LES PÈLERINS DU DIABLE

Du même auteur

Les Paras sacrifiés. Beyrouth 1983-1984, Presses de la Cité, 1994 (prix 1994 de l'Association des écrivains combattants)
Les Casques bleus français : 50 ans au service de la paix dans le monde, Italiques, 1995
Les Français à Sarajevo : les bataillons piégés, 1992-1995, Presses de la Cité, 1995 (prix Erwan-Bergot 1996 de l'Armée de terre)
Les Troupeaux du diable, Presses de la Cité, 1999 (Grand Prix du roman 1999 de l'Académie du Languedoc et de la ville de Toulouse)
Les Soleils de l'Adour, Presses de la Cité, 2003
Pièges à Bagdad, Presses de la Cité, 2004
Passeurs de nuit, Presses de la Cité, 2006 (prix 2006 Mémoire d'Oc de la région Midi-Pyrénées)
Israël en état de choc, Presses de la Cité, 2007
Mourir pour le Liban, Presses de la Cité, 2007
Anne-Lorraine. Un dimanche dans le RER D, CLD éditions, 2008
Afghanistan. Les soldats de la liberté, éditions Valmonde, 2009
Opérations extérieures : les volontaires du 8e RPIMa. Liban 1978-Afghanistan 2009, Presses de la Cité, 2009 (prix 2009 de l'Union nationale des officiers de réserve)
Algérie, le vrai état des lieux, 1962-2012, Calmann-Lévy, 2013
Poutine, Calmann-Lévy, 2014
Les Constitutions arabes (ouvrage collectif), Karthala, 2016
Le Martyre des Chrétiens d'Orient, Calmann-Lévy, 2017
Géopolitique des Émirats arabes unis (ouvrage collectif), Karthala, 2019

Frédéric Pons

LES PÈLERINS DU DIABLE

Roman

CALMANN LÉVY
territoires

COUVERTURE
Maquette : olo.éditions
Photographie : © Spirit Stock/Shutterstock

ISBN : 978-2-7021-6292-7

À ma mère. À Marie-Hélène. À Élise.

I

« Et chaque sentinelle est responsable de tout l'empire. »

Antoine de SAINT-EXUPÉRY, *Terre des hommes*

1

Lourdes, 3 juillet

– Où tu te crois, petit ? Regarde-moi !

Le jeune homme ne bougeait pas. Avachi sur la chaise en plastique blanc, la tête tournée vers la fenêtre grillagée du bureau, il fuyait ostensiblement le regard du policier. Ses questions aussi. Le capitaine Arnaud Payolle reprit :

– Donc, tu t'appelles Driss Kraibi. Tu es né à Pau le... Putain, tu me regardes, oui ou non ?

Tassé sur lui-même, Driss gardait la même position depuis le début de l'audition. La mâchoire crispée, plus encore qu'à son entrée dans le bureau, il affichait son mépris pour son interlocuteur. La provocation était totale. Payolle se tut. Il connaissait bien ce genre d'attitude. Le capitaine savait que ce mépris était un marqueur d'identité face à tout ce qui était extérieur à son quartier ou à sa bande, une preuve de sa force. Il repoussa sa chaise, se leva et se tint quelques secondes silencieux le dos à la fenêtre. Le lieutenant Fournier l'observait. Elle apprenait et tentait de retenir tout de ce que faisait et disait son chef direct.

Un silence pesant régnait. Des bruits de portes métalliques et de conversations animées parvenaient des autres bureaux à travers les cloisons. Prenant son temps, Arnaud Payolle traversa la pièce en contournant Kraibi, interpellé deux heures plus tôt. Il ouvrit la porte.

– Ah, on respire un peu mieux ici. Ça sent moins le…

Il se tut. Driss Kraibi ne put retenir un léger tressaillement. Il attendait l'insulte raciste, prêt à bondir. Payolle le savait. Ancien de la BAC de Pau, mis au repos après un grave accident de voiture lors d'une course-poursuite, il avait choisi une nouvelle affectation au commissariat de Lourdes. C'était plus calme pour sa famille. Avec deux petites filles de 7 et 9 ans à la maison, il avait décidé de ralentir le rythme, d'être plus présent au côté de son épouse. Il avait aussi repris le sport. Depuis son arrivée à Lourdes, il pouvait repartir le soir chez lui en courant, du commissariat de la rue Baron-Duprat, au pied du château fort, jusqu'au gave[1] de Pau.

Payolle referma la porte et revint s'asseoir à son bureau. Il soupira. L'atmosphère était effectivement étouffante, saturée d'une odeur aigre comme si le jeune interpellé transpirait son angoisse et son énervement. Le besoin d'air frais poussa le policier à se lever à nouveau pour aller ouvrir la fenêtre. Il le regretta aussitôt. La grosse bouffée de chaleur montée de la rue des Petits-Fossés le fit reculer. Même en partie masquée par le treillage d'acier rouillé, la vue vers les collines vertes qui dominaient la ville à l'est lui fit cependant du bien. Le pic du

1. Mot gascon pour dire « cours d'eau ».

Jer était situé à gauche, dans un angle mort impossible à voir. Il se rappela l'engagement pris auprès de Sarah, sa femme, de l'emmener faire une excursion par le funiculaire du pic du Jer pour un pique-nique en famille sur la terrasse panoramique du bar-restaurant du Haut-de-Lourdes. « La plus belle vue sur la ville », lui avait-il fait miroiter.

Le capitaine Payolle n'avait pas encore réussi à tenir sa promesse. Arrivé fin août dans la cité mariale, le temps d'emménager et de prendre ses marques au commissariat central, le site du funiculaire avait fermé début novembre. Il avait fallu laisser passer l'hiver et attendre la réouverture au 1er avril. On était déjà en juillet, il devait se dépêcher. Il venait de faire une nouvelle promesse : « Nous irons avant la fin des grandes vacances, juste après le départ des touristes ».

L'ambiance plutôt paisible de Lourdes reposait le capitaine Payolle. La situation de cette ville n'avait rien à voir avec celle qu'il avait connue dans les quartiers sensibles qui entouraient Pau. Il avait côtoyé pendant cinq ans des jeunes désœuvrés, désenchantés, un pied déjà dans la délinquance, issus pour la plupart de l'immigration du Maghreb, d'Afrique noire ou de Turquie. Pour l'essentiel, leur horizon se limitait aux tours de la cité et aux séries TV de téléréalité. Il avait appris à décrypter leurs codes, leurs habitudes, leurs phobies et leurs manies. Il s'était aussi attaché à certains d'entre eux, en échec scolaire, en rupture avec leur famille, voire la société tout entière. Payolle comprenait que beaucoup étaient en panne d'affection, en demande de cette valeur qu'ils appelaient le « respect », un mot-clé dans leurs discussions et leurs colères, un véritable mantra.

Le capitaine connaissait parfaitement les ingrédients qui pouvaient mettre le feu aux poudres dans ces communautés à fleur de peau. Il suffisait d'un mot, d'un geste, d'une allusion. Mais il fallait parfois prendre le risque de l'embrasement pour arriver à débloquer une situation, révéler une piste, débusquer des non-dits, obtenir un aveu. Tous ses collègues de terrain le savaient. Ils jouaient avec le feu quand c'était utile.

Le dossier du jeune Driss Kraibi l'ennuyait. Payolle voulait régler cette affaire banale au plus vite, ne pas perdre de temps avec cette petite frappe à peine sortie de l'adolescence. Son profil était sans intérêt, les charges très minces. Payolle relut le papier sous ses yeux : outrages, rébellion, menaces... La routine. Ailleurs, faute de temps et d'effectif, on ne réagissait même plus à ce genre d'antécédents. On laissait courir. Et si la police s'obstinait à faire son travail, les magistrats remettaient tout le monde dehors.

À Lourdes, il fallait pourtant traiter l'affaire sans attendre, au moins pour rassurer ses collègues. En premier lieu, la sanction devait être visible. Ce serait d'abord un tour en cellule. Mais il fallait un motif valable pour la garde à vue, quelque chose d'un peu plus consistant qu'une simple rébellion. Le capitaine savait exactement ce qu'il fallait faire : une provocation qui ferait exploser le jeune délinquant, ce qui permettrait alors de le boucler, momentanément, et de passer à un autre dossier.

Le capitaine se rassit, saisit un crayon dans le mug gravé à son nom et le fit tourner entre ses doigts. « Pas tout de suite, se dit-il prudemment, attentif à bien rester dans le cadre de la procédure légale. Ce petit con ne m'aura pas. Je le laisse venir. Il va tomber tout seul. »

– Alors Driss, tu n'es pas trop bavard. Je croyais que t'étais une grande gueule...

Kraibi était interpellé pour la quatrième fois depuis le début de l'année. Pour des peccadilles, mais toujours un peu plus lourdes que les précédentes, un peu moins supportables pour les policiers et pour les citoyens. « Un dossier classique de délinquance », observa Payolle en lisant en diagonale le pedigree du jeune homme. Abandon de l'école. Lâchage par les services sociaux, excédés. La rue, des fréquentations malsaines. À 22 ans à peine, Kraibi était déjà en perdition.

Payolle connaissait bien ce genre de dégringolades. C'était son lot quotidien à la BAC de Pau. D'abord des bagarres avec d'autres élèves puis les insultes contre les profs, les policiers et les conducteurs de bus et ensuite l'engrenage : les premiers larcins, sans grande importance, mais il suffisait de juges laxistes ou dépassés pour que naisse un sentiment de force et d'impunité qui poussait le jeune délinquant à aller encore plus loin. Des vols de scooters ou de voitures, des petits braquages et, un jour, le franchissement de la ligne jaune : la drogue, une rupture souvent sans retour. Le parcours commençait au plus bas de l'illégalité : consommateur occasionnel, puis régulier. Il se poursuivait comme guetteur, parfois livreur ou revendeur de sachets ou de barres au pied des immeubles. L'issue était parfois tragique : une rafale de Kalachnikov, une nuit, sur un trottoir de la cité. Driss n'en était pas encore là. Il fallait lui faire peur, le sanctionner réellement, rattraper ce qui pouvait l'être. Si c'était encore possible.

2

Venant de Tarbes sur la route du Goutillou, Karim détourna le regard au passage du casino de Capvern. Il ne comprenait pas le goût des hommes et des femmes de ce pays pour ces jeux stupides. Cette addiction à l'argent le dégoûtait encore plus que l'alcool et la cigarette. Et, de toute façon, les jeux d'argent étaient bannis par le Livre saint. *Haram*, impur, interdit.

Après une absence de cinq ans, Rachid Bouraoui, son ami d'enfance de la cité Laubadère, venait de réapparaître. Il s'était manifesté au début de l'année et les deux amis avaient aussitôt repris le fil de leur complicité, renforcée par une fidélité réciproque malgré les années passées, malgré des parcours un peu divergents. Rachid n'avait rien raconté de ces cinq ans sans nouvelles mais Karim devinait sans poser de questions. Certaines choses ne se demandaient pas. On comprenait ou pas. Son ami revenait du Bilad el-Cham, le territoire du nouveau califat arraché par Daech aux impies et aux traîtres, la terre de toutes les promesses. Rachid avait été un soldat de cette reconquête dans les rangs de l'État islamique au Levant. Pour Karim, il était un héros parce qu'il était allé au bout de son engagement. Endurci dans sa foi et dans sa détermination, Rachid avait repris contact avec lui. Il ne reprochait rien à Karim, au contraire. Sa sollicitude et son amitié intacte avaient profondément ému celui qui était resté en France. Lui aussi se montrerait digne un jour de cette amitié et de cet engagement au service des vrais croyants.

Aide-soignant à l'hôpital de Lourdes, Karim ne s'était pas couvert de gloire mais Rachid l'avait rassuré :

– Tu es resté un bon musulman, mon frère. En vérité, chacun doit l'être à la place que Dieu lui donne. Ton tour viendra, Karim, *inch Allah !*

Karim était allé voir sur Internet les effets des gilets explosifs et des voitures kamikazes. Il avait visionné des dizaines de vidéos, jusqu'à l'écœurement. Les explications des sites amis, entrecoupées de chants guerriers et de sourates authentiques livrées au Prophète par Allah, apportaient du sens à ces actions. Il écoutait en boucle les *anasheeds*, ces chants guerriers ou religieux chantés a cappella que les djihadistes glissaient en fond sonore de leurs vidéos sauvages. Tout le persuadait de la nécessité d'une grande action d'éclat pour faire entendre les souffrances et les espoirs du monde musulman. Il fallait témoigner, aux yeux du monde entier.

Karim lisait et relisait le saint Coran. Il s'accrochait à la vraie parole, celle du verset 157 de la 3e sourate : « Et si vous êtes tués dans le sentier d'Allah ou si vous mourez, un pardon de la part d'Allah et une miséricorde valent mieux que ce qu'ils amassent. » Comment douter davantage du sort privilégié de ceux qui acceptaient d'être tués sur le sentier d'Allah ? Ach-Chahid, le Témoin, le 51e des 99 plus beaux noms d'Allah, n'ignorait rien du sacrifice de ses fils. Les *chahid*[1] ne mouraient pas, ils restaient vivants auprès du Seigneur qui les pourvoyait abondamment. Seuls les inconscients ou les mécréants l'ignoraient.

Karim réfléchissait et priait longuement, avec application, sur l'étroit tapis rouge qu'il dépliait devant son canapé-lit, face à la fenêtre qui donnait en direction de l'orient. Le GPS lui indiquait les coordonnées exactes de La Mecque, très loin de cette vallée du gave et des Pyrénées centrales. Là-bas était la Vérité. Il la ferait partager ici, *inch Allah*, quand viendrait l'heure. Il témoignerait à son tour, comme tous les *chahid* qui l'avaient précédé sur le chemin de la Justice et de la Vérité. Le lendemain de ces longues soirées à visionner des atrocités, Karim arrivait à l'hôpital encore plus aimable avec ses collègues, encore plus déterminé.

On l'appréciait pour sa serviabilité et son sens de la camaraderie sans soupçonner le bouillonnement qui s'était emparé de lui.

– Moktari est vraiment gentil, on peut compter sur lui, témoignaient ceux qui travaillaient avec lui.

Une seule personne montrait une certaine réticence : sa chef de service, Monique Pontiès.

– Je ne le sens pas, disait-elle parfois dans la salle de repos où tous venaient prendre le café lors des rares pauses. Karim est gentil et toujours disponible, c'est vrai.

---

1. Martyrs.

Mais je le trouve un peu fuyant, plus qu'avant. Il ne fait jamais la bise aux femmes, vous avez vu ?

Les autres la rassuraient en riant :

– Allez Monique, arrête avec ça. Au moins lui ne nous harcèle pas. Et puis, il est musulman. Il a le droit de vivre comme il veut, non ? Il faut le respecter.

Beaucoup pensaient que Monique exagérait. Elle était mariée à un rapatrié d'Algérie et quelques-uns la suspectaient d'islamophobie. La brusque montée du Front national à Lourdes aux dernières élections commençait à inquiéter, surtout dans cette paisible Bigorre qui réalisait depuis des lustres la synthèse tranquille entre un fervent catholicisme marial couplé à un radical-socialisme d'une grande modération, le tout au service d'intérêts commerciaux bien compris. La délinquance à Lourdes était sans rapport avec celle de Pau ou de Tarbes. Et on ne voyait pas beaucoup d'immigrés au bord du gave, sauf, en saison, avec l'arrivée des millions de pèlerins qui se rendaient à la grotte. D'autres collègues que Monique Pontiès s'étaient aperçues que Karim ne serrait plus la main aux femmes. Elles n'osaient pas le dire, d'abord par respect pour sa foi, surtout pour ne pas être suspectées de racisme.

Mais Karim voulait être utile, faire quelque chose de grand dans sa vie, même au risque de la perdre. Un mot de Rachid l'avait fait réfléchir : « Un acte de foi vaut mille batailles. C'est la volonté de Dieu qui décide. »

Le retour de Rachid avait ouvert un horizon nouveau dans sa vie, la perspective de servir sa communauté, de se dépasser et de remplir de fierté sa famille et ses quelques amis. Rachid revenait et lui avait demandé son aide. Un bon musulman ne pouvait pas refuser de tendre la main à un vrai soldat de Dieu. Karim avait donc décidé de l'aider. Ils avaient longuement parlé de leur projet et commencé sa réalisation, en sachant qu'il serait agréable aux yeux de leur Maître. La mort en martyr était pour eux le choix raisonné de l'éternité.

Cette fois, le rendez-vous était fixé à Lannemezan. La ville semblait s'étendre chaque année un peu plus dans la campagne. De nouveaux ronds-points avaient été aménagés. Karim engagea sa Ford Fiesta à droite, sur la rue du 8-Mai-1945. Il obliqua ensuite vers la rue du Tir, en direction du sud, le long de la voie ferrée. Il avait hésité mais il était arrivé en avance et la curiosité le poussait à cette légère imprudence. Il voulait revoir ce bout de route aperçu à l'époque derrière une vitre grillagée. C'était quinze ans auparavant. La fourgonnette bruyante de l'Administration pénitentiaire sentait la transpiration et la chaussette sale. Elle l'avait conduit de Tarbes vers son premier séjour en prison. Son dernier aussi.

Le centre pénitentiaire de Lannemezan comprenait deux quartiers : le quartier Maison centrale et le quartier Centre de détention. Condamné à une courte peine, il avait échappé à la Centrale où ne séjournaient que les longues peines. Son univers s'était réduit pendant quelques mois à une cellule de douze mètres carrés. Les nuits sur son matelas en mousse large d'à peine soixante centimètres étaient interminables. Le plafonnier central et le néon blafard au-dessus du lavabo éclairaient mal la pièce. Il passait des heures à la fenêtre barreaudée, essayant d'apercevoir le ciel et la montagne, au loin, cette image de la liberté qui ne le quittait plus.

Karim avait été affecté à l'entretien des espaces verts, sous les ordres de gardiens qui ne savaient parler que de femmes ou de rugby. Il les avait aussitôt détestés. Ils le lui rendaient bien. Il avait su rester patient et respectueux, ravalant les humiliations et le racisme quotidien à son égard. Il gardait intacts en mémoire l'odeur de la prison, le son brutal des grilles qui claquent, la violence désespérée des cris nocturnes poussés par les longues peines. Il savait que se trouvaient parmi eux beaucoup de « frères ».

Les juges de Tarbes l'avaient envoyé en prison après le braquage raté de Laubadère.

– Une courte peine, avec du sursis, le jury a été indulgent, lui avait dit le jeune avocat commis d'office, soulagé d'en avoir fini avec ce dossier médiocre, l'histoire d'un casse minable mené par des petites frappes de quartier.

Karim l'aurait étranglé. Il s'était tu, décidé à patienter, à encaisser, pour s'en sortir le plus vite possible. Tous étaient restés muets sur la présence de Rachid, le seul à avoir échappé à l'arrestation, au procès et à la prison. Karim et les trois autres avaient été arrêtés, pas Bouraoui.

Karim n'avait plus eu de nouvelles de lui pendant les premiers mois de son incarcération. Deux mois avant sa sortie, une carte postale lui était arrivée de Paris. Quatre mots tout simples écrits au stylo-bille – *Salut soss*[1].

1. « Associé », dans l'argot des cités.

À bientôt. Et, en bas, une signature, aussitôt reconnue : *Esquirous*, « les écureuils » en gascon. Le nom de la cité où ils avaient grandi ensemble, dans le quartier de Laubadère. Rachid lui donnait un signal. Il serait là, à sa sortie, le jour venu. Karim n'avait jamais oublié.

Karim savait qu'il n'aurait pas dû tourner sur la droite, après la voie de chemin de fer, ni continuer sur la rue du Tir. Une force irrésistible le poussait à continuer, à aller encore plus loin. Il aperçut les poteaux du terrain de rugby dans le champ sur sa droite, juste au pied de la grande clôture de la prison. Il engagea la Fiesta sur le chemin parallèle à la longue muraille grise. Les deux miradors aux vitres fumées qui dominaient le centre pénitentiaire, à treize mètres au-dessus du terrain de sport, étaient toujours aussi impressionnants. À cette heure, le parking était presque désert.

Le grand porche beige et gris formait une curieuse excroissance triangulaire dans le mur d'enceinte. Le portail lui parut moins imposant que dans son souvenir. Il reconnut les deux arcades dissymétriques, aux arches faussement orientales, la lourde porte métallique supposée pouvoir résister à un enfoncement de camion. Plus loin, la tour de guet en balcon au-dessus du canal de la Neste. Karim revit son séjour derrière la double enceinte, la clôture grillagée qui encerclait la détention des courtes peines, à cinquante mètres de l'entrée. Au-delà, les bâtiments massifs de la maison centrale où un peu plus de cent trente détenus purgeaient quelques-unes des plus longues peines de France. Karim ne les avait vus que de loin. Il avait finalement séjourné si peu de temps ici. Mais il en était marqué à jamais.

Un poids lui oppressa soudain la poitrine. Tout lui revenait en tête, brutalement. Un goût amer le força à déglutir. Il souffla bruyamment pour se libérer de cette sensation étouffante. Il savait que deux frères étaient emprisonnés ici pour très longtemps encore. « Des martyrs… » Il fallait maintenant vite partir, ne pas s'attarder. Les caméras de surveillance couvraient tout le parking. Il ne devait pas être reconnu à cet endroit. Pas maintenant, pas avant son rendez-vous.

Sans s'arrêter, il décrivit une courbe rapide et repartit par le même chemin, les mains crispées sur le volant, presque essoufflé. Ce n'est qu'après avoir franchi le pont sur le canal de la Neste qu'il accéléra violemment. Il ouvrit la vitre pour hurler à tue-tête le refrain de ce chant de marche islamiste qu'il aimait tant. Karim l'avait découvert sur l'application Telegram. Il l'avait appris par cœur :

– « Avance, avance, avance. Sans jamais reculer, jamais capituler. Avance, avance, avance. Guerrier invaincu l'épée à la main, tue-les. »

Malgré son crochet par la centrale, Karim arriva un peu plus tôt que prévu au lieu de rendez-vous. Il passa une première fois le carrefour des rues Saint-Jean et du 8-Mai-1945. La zone de stationnement était presque déserte. Il vit aussitôt la Twingo blanche, garée à une vingtaine de mètres de la Boîte à Pizzas, sous les arbres. Rachid était lui aussi en avance. L'ombre épaisse empêchait de voir à l'intérieur de la voiture. Elle pouvait être vide. Karim devina que ce n'était pas le cas. Rachid l'avait lui aussi sans doute aperçu. À cette heure de la journée, le trafic était peu intense. En virant à vitesse lente, Karim compta sept voitures en stationnement, presque autant devant les commerces à l'entrée de la rue Saint-Jean. Il décida de faire le tour complet du pâté de maisons sans relâcher son observation. En cas de présence suspecte, il était convenu qu'il devrait repartir aussitôt en direction de la route de Toulouse. La consigne de Rachid était claire : « Tu roules et tu vas t'arrêter au parking du Lidl de Montréjeau. Pas avant. Et tu viens me rejoindre à pied. »

Sur la place, l'air chaud sentait la pâte à pain, la pizza trop cuite. Une fille s'affairait dans le kiosque aux couleurs criardes. Karim commanda une maxi, sans porc. La vendeuse le servit et encaissa l'argent sans un mot. Éclairés par le néon fixé sous l'auvent, ses piercings d'acier crochetés à une narine et à sa lèvre inférieure jetaient des éclats brillants. Cette fille le dégoûtait. Karim cracha sur le côté. En se retournant avec sa boîte en carton, il balaya rapidement le parking du regard. La vitre avant gauche de la Twingo blanche s'abaissa et se releva aussitôt. C'était le signal. Rachid l'attendait.

3

Le capitaine insista en se baissant vers Driss, toujours fermé sur lui-même :

– T'es pourtant un gros tchatcheur quand tu vends ta cam aux gamins à la sortie du lycée, quand tu emmerdes les bourgeois, non ? Driss, tu sais pourquoi tu es là ?

Payolle revint à son bureau, laissant le silence retomber. Il fit semblant de fouiller dans une chemise d'où dépassaient des feuillets administratifs. Il tapota sur son clavier.

– Eh oui, c'est bien ça... Tapage nocturne, petits deals devant le lycée, altercations sur le marché... On t'a déjà amené ici trois ou quatre fois depuis le début de l'année, mon pote. Tu crois que ça peut durer encore longtemps ?

Le lieutenant Fournier s'était arrêtée de lire une note technique sur l'organisation de la sécurité pour la soirée du 14 juillet. Elle attendait la suite de l'interrogatoire avec une certaine gourmandise. Pour elle, c'était formateur. La fatigue allait commencer à agir sur le jeune rebelle. Driss n'avait pas esquissé un geste depuis son arrivée. Payolle lui avait fait enlever les menottes. Il restait pourtant sur ses gardes, devinant que le gamin allait vouloir bouger, se détendre. Il avait sans doute très soif. Il attendrait pour lui donner à boire.

– Tu sais que tu nous fais perdre du temps avec tes conneries, Driss ? On a autre chose à faire que courir après des branleurs comme toi.

Driss Kraibi restait figé, comme ailleurs. Mais sa jambe droite commençait à trembler légèrement. Payolle l'avait remarqué. Il fallait insister encore un peu. Le capitaine prit son temps pour mettre de l'ordre dans son jeu de stylos et fouilla dans la boîte à trombones. Il s'adressa à sa collègue :

– C'est vrai, Fournier. C'est plus facile d'insulter un ASVP[1]. Évidemment, l'ASVP, c'est pas un flic. Pas armé, pas bien méchant. C'est plus marrant pour faire le coq de combat, surtout s'il y a des gonzesses autour.

Le tremblement de la jambe s'accéléra. Driss s'essuya les mains mécaniquement sur son pantalon de survêtement gris dans lequel il semblait flotter.

– Ouais, c'est ça, reprit le policier. C'est courageux d'insulter les ASVP ou les gonzesses. T'es un petit dur, Driss, un tout petit dur. En fait, je crois que t'as pas de couilles.

Par expérience, Payolle savait que ce genre d'insultes pouvait déclencher la phase explosive d'une audition. Seuls les vrais durs encaissaient, parfois en souriant, rompus aux méthodes policières pour les faire craquer, sans tomber dans le panneau. Driss n'avait pas l'habitude. Trop jeune, pas assez endurci. La mâchoire crispée, le visage ostensiblement tourné vers la fenêtre, le jeune

1. Agent de surveillance de la voie publique.

homme ne pouvait plus contenir son tremblement compulsif. Son talon claquait sur le linoléum gris.

Payolle sentit l'orage venir. Il fit un signe discret à Fournier, un léger coup de tête indiquant la porte. Le lieutenant comprit et se leva pour l'ouvrir en grand. Le capitaine appliquait cette précaution apprise de ses anciens. À l'approche d'un incident prévisible pendant une audition, il était recommandé de prévoir des témoins. En cas de violences, une enquête interne serait déclenchée. La porte ouverte témoignerait de la volonté de travailler en totale transparence, de ne rien vouloir dissimuler. Quand l'IGPN[1] commencerait à poser des questions, ce détail serait un élément favorable pris en compte.

Le capitaine Payolle contourna son bureau sans quitter Driss des yeux. Toujours assis et muet depuis plus d'une heure, le jeune homme se contrôlait encore mais sa colère montait au rythme des vibrations de sa jambe droite. Le policier attendait le bon moment pour faire exploser cette violence afin de pouvoir la qualifier pénalement, sans contestation possible. L'infraction serait actée. Le jeune délinquant serait ensuite envoyé en cellule, le temps de faire signer la garde à vue, de valider son énième passage devant un juge.

Payolle espérait une vraie peine qui éloignerait ce trublion de son secteur pour quelque temps. Il n'y croyait pas vraiment. Les deux dernières interpellations de Driss Kraibi s'étaient soldées par des tonnes de paperasse, une

---

1. Inspection générale de la police nationale, la « police des polices ».

admonestation et le renvoi du jeune délinquant dans la rue. Revenu en quasi-héros dans sa cité du boulevard d'Espagne, il était réapparu plus goguenard que jamais. Le jeu policier et judiciaire était faussé par des années de mauvaises habitudes. Le laxisme de certains magistrats désespérait les policiers. Driss profitait largement, comme certains de ses camarades. Pour les policiers, la tentation de franchir la ligne rouge n'était jamais loin. Payolle n'en était pas exempt. Mais il ne le ferait pas. Il devait rester dans la légalité. Ne pas faire de cadeau aux voyous, à leurs avocats et à ces magistrats qui rêvaient de se payer du flic.

– Alors, monsieur Kraibi, que s'est-il passé ?

Driss soufflait, excédé, cognant en cadence ses talons contre le sol. Un murmure sourd répondit au policier. Payolle n'avait pas compris. Il tendit l'oreille.

– Répète, Driss. Je n'ai pas entendu.

De nouveau le silence. Le capitaine fit semblant de perdre patience, sans trop se forcer.

– Écoute-moi, petit con. Tu me fais perdre mon temps. À moi et au lieutenant. Si t'as pas de couilles pour répéter, c'est ton problème. Tu vas retourner en cellule et j'irai boire mon café peinard.

Driss renifla un grand coup et souffla un gros crachat qui atterrit entre ses Nike dernier modèle. Payolle n'eut même pas le temps de répliquer. Le jeune homme s'était dressé comme un ressort. Il hurlait, avec de grands moulinets de bras.

– Vous faites chier, les keufs ! Bande de bâtards ! Vous n'avez rien d'autre à foutre que nous emmerder, tout le temps. Vous faites chi-er !

Toute l'énergie et la haine accumulées en lui depuis soixante-dix minutes éclataient. Le jeune homme buté et provocateur était devenu une boule de colère, les yeux noirs dardés sur le policier :

– Vous en avez pas marre de nous faire chier ? Parce qu'on est maghrébin, musulman ou quoi d'autre. Vous cherchez quoi ? Des embrouilles ? Z'avez rien d'autre à foutre dans cette ville de merde ? Nique cette ville…

Payolle fit face. Il en avait vu d'autres, de plus méchants, de plus dangereux que ce jeune con.

– Ta gueule, gamin ! Reste poli. Tu sais rien, tu connais rien.

La fureur submergea Driss, vexé d'être traité comme un gamin. Il se voulait un dur, craint et respecté. Il n'était qu'un bloc de haine, à l'état pur. Le policier savait que le paroxysme approchait. Driss balaya brusquement le bureau du capitaine d'un large revers du coude, attrapa la lampe de bureau et l'arracha pour la fracasser contre une affiche administrative.

– Paperasse de merde ! Keuf de merde ! hurla-t-il.

Payolle et Fournier bondirent sur lui pour le neutraliser. Le brigadier Taurel accourut et stoppa net à la porte, jugeant le bureau trop étroit pour intervenir à trois. Costaud, taillé en troisième ligne de rugby, son collègue Payolle lui semblait de taille à plaquer et immobiliser le jeune délinquant, plutôt mince, presque chétif. Et Fournier était sportive. À eux deux, ils y arriveraient.

– Arrête, bouge plus !

Le capitaine tentait de saisir les bras de Driss pour l'entraîner vers la porte et le couloir. L'autre se débattait avec force mais de façon désordonnée. La chaise vola à l'autre bout de la pièce. Il fallait amener le jeune homme au sol. Payolle lui décocha une balayette sèche. Instantanément fauché, Driss tomba au pied de la table et se retrouva aussitôt plaqué, à l'endroit exact où il venait de cracher. Fanny Fournier était sur lui, un genou dans les reins, l'autre sur sa tête. Immobilisé, Kraibi avait la joue écrasée sur son crachat.

– Taurel, les bracelets, vite…

L'autre policier semblait indécis.

– Lesquels, lesquels ?

Payolle s'impatientait :

– M'en fout ! Les plastoc ou les autres…

Immobilisé, les bras serrés dans le dos par les liens en plastique autobloquants, Driss fut remis debout, tiré dans le couloir, encadré par Taurel et Fournier. Un peu essoufflé, le brigadier bombait le torse qu'il avait déjà très large. Affecté généralement à la rédaction des notes de service, Taurel était fier de cette intervention musclée aux côtés d'un collègue respecté, venu de la BAC de Pau. Certains policiers levaient la tête de leur écran. D'autres, plus habitués à ce type d'incident, jetaient un œil distrait. Fournier se pencha sur Kraibi :

– Bravo Ducon. Tu vas prendre un peu de vacances au sous-sol. Soleil pas garanti.

Driss cracha une nouvelle fois, en visant les pieds du policier.

– Me touche pas ! T'es une meuf. T'as pas le droit.

Fournier lui décocha une claque sur la nuque et remonta un peu plus haut le bras droit, tirant davantage sur le lien étroit de la menotte.

– Écoute Ducon : on est en France ici. Pas en Arabie.

Driss ne put retenir une grimace de douleur.

– Je t'emmerde, sale meuf ! Je vous emmerde ! Bande de cons racistes !

Taurel resserra lui aussi sa prise, arrachant un gémissement au jeune délinquant.

– Ta gueule, merdeux. Les collègues bossent. Tu vas les réveiller…

Incapable de résister, épuisé, Driss se laissa traîner vers l'escalier qui menait au sous-sol où se trouvaient les cellules d'arrêt et de dégrisement. Les liens et la poigne des deux policiers l'empêchaient de bouger. Juste avant de descendre les premières marches, il tenta encore de se redresser. Tordu, la tête vers l'arrière, il hurla, aussi fort qu'il le pouvait :

– Bandes de *kouffars* ! On va vous fumer tous, avec vos gosses.

Sa violence haineuse soldait ses années d'échecs et de colères, ses vexations et ses envies inassouvies, celles aussi de ses frères, de ses cousins, de ses copains.

– Vous irez en enfer ! *Allahou Akbar !* Au nom de Dieu, les bâtards, on vous grille tous. Les frères se vengeront. Au nom d'Allah le Victorieux…

Il n'eut pas le temps d'en dire plus. La lourde gifle de Taurel le fit trébucher dans la cellule étroite ouverte devant lui. Étourdi deux secondes, il ne put retenir des larmes. Il toussa, un goût de sang dans la bouche. Le goût de l'humiliation, de la haine, de la vengeance.

4

– Mon frère, je suis heureux de te voir.

Karim s'était assis sur le siège avant défoncé de sa Twingo, la boîte de pizza sur les genoux.

– Moi aussi, mon frère.

– Est-ce que tu vas bien ?

– Oui, grâce au Tout-Puissant, le Miséricordieux.

– Nous sommes entre ses mains, l'instrument de sa volonté.

– En vérité, mon frère. Sa grâce nous accompagne maintenant et toujours.

– *Inch Allah*, qu'il soit fait selon sa volonté.

Rachid Bouraoui fit claquer son couteau à cran d'arrêt discrètement posé le long de sa cuisse. Il découpa quatre grosses parts dans le carton taché de gras. Ils mangèrent en silence. La pizza au fromage dégageait une odeur puissante de graisse fondue et de pâte carbonisée. Rachid picora les dernières miettes de frites et puisa une grosse poignée de mouchoirs en papier dans la boîte éventrée jetée sur le siège arrière. Ils s'essuyèrent la bouche et le menton, et se passèrent une bouteille d'eau minérale sortie du vide-poches.

– C'est toujours aussi dégueulasse, ces pizzas de merde.

Karim ne commenta pas, sentant monter la mauvaise humeur de son aîné. Les années de guerre avaient durci ses traits. Il fallait parler vite et se séparer sans attendre, ne pas rester trop longtemps sur ce parking. Rachid rota et gratta sa barbe noire.

– Alors, tu l'as trouvé ?

Hébergé chez des amis d'une cité HLM de Croix-Daurade, derrière la gare Raynal à Toulouse, Rachid voulait maintenant un abri sûr, sans lien avec la communauté. Le temps de tout préparer.

– Al-Faransi aussi en a besoin.

Karim s'en doutait. Ludovic Larrouy, alias Abou Omar Al-Faransi, était fiché. Sa tête de Gaulois était connue. Elle était dans les fichiers de la police depuis le casse de Laubadère. Converti, Ludovic avait essayé de se laisser pousser la barbe. C'était une prescription de bon musulman. Mais il était roux comme un écureuil et sa touffe frisée couleur de feu attirait encore plus l'attention. La mort dans l'âme, Ludovic Al-Faransi avait dû se raser.

– Ouais, j'ai ce qu'il faut, dit Karim. À l'entrée de Lourdes, sur la 21, près de la gare. Tu vas me suivre. Je mettrai le cligno en passant devant. On se garera ensuite plus loin. Après on ira ensemble.

Rachid tiqua en émettant un bruit de succion. Il baissa la vitre et cracha un jet de salive.

– Tu crois ? C'est une bonne idée ça ?

– On n'a pas le choix, mon frère.

Karim lui expliqua que la planque était simple, sûre, suffisamment loin de la cité de l'Ophite, probablement surveillée de temps en temps. Karim avait choisi aussi cet appartement parce qu'il était près d'un grand axe, permettant de rejoindre rapidement les rocades filant vers Pau ou Tarbes. C'était tout près du centre hospitalier où il travaillait. Le petit vieux qui louait cet appartement miteux avait un peu hésité en découvrant l'origine maghrébine du locataire. Il s'était finalement laissé convaincre quand Karim lui avait parlé de la fatigue de ses gardes à l'hôpital. Cela nécessitait qu'il n'habite pas très loin. Et surtout quand il avait rajouté au bon moment deux billets de cent euros.

– À cinq minutes à pied, Rachid. Pour la bouffe et tout, c'est super. On peut mettre les bagnoles à cinquante ou cent mètres de là. Ni vu, ni connu. J'ai tout installé.

Rachid écoutait, visiblement satisfait.

– Et l'autre, le frère que tu connais ? Ça marche, il a dit oui ?

Karim réfléchit, à toute vitesse. La partie devenait plus sensible. C'était là sans doute qu'il fallait être le plus prudent.

– Ouais, mais tu sais…

Rachid se retourna vers lui, d'un coup, et le fixa durement.

– Tu sais « quoi » ? Tu veux dire quoi ?

Karim s'y attendait. Il garda son calme.

– T'inquiète mon frère. Oui, j'ai un frère. Il est bien, dévoué. Un serviteur du Prophète. Il veut marcher dans la trace des martyrs.

– Dieu soit béni. Alors, c'est quoi le problème ?

Rachid s'impatientait. Comment lui dire que les choses avaient un peu changé depuis les attentats de 2015 et 2016 ? Rachid Bouraoui débarquait après presque cinq ans d'absence. L'ambiance n'était plus la même depuis le massacre de *Charlie Hebdo* et le sursaut « Je suis Charlie », puis le carnage au Bataclan et sur la promenade des Anglais.

Karim tenta de lui expliquer la nouvelle donne :

– Les *chibani*[1] font plus attention aux jeunes, maintenant. Il y a plus de surveillance des keufs sur nos mosquées, nos cités. Les *kouffars* se méfient. Les gars sont moins volontaires.

Rachid souffla :

– Tu crois que je ne sais pas. Je sais tout ça. Même là-bas, je savais. Des frères nous disaient. Tu me donneras son nom quand viendra le moment. Il faut le tester avant. Je le ferai.

Il s'interrompit, but une gorgée de Cristalline et alluma le contact.

– Tu sais, mon frère. Les anges d'Allah n'ont pas voulu déployer leurs ailes pour m'emporter auprès du Miséricordieux.

– C'est une chance pour nous, Rachid, glissa Karim en esquissant un sourire.

– Non, mon frère. La mission n'est pas finie. Je ne suis pas revenu du Cham pour recommencer à voler des Carambars ou des Piaggio. Tu sais pourquoi on est là ? Par la volonté d'Allah. Pour faire notre devoir de bons

1. Les vieux.

musulmans. Faire descendre sa bénédiction sur cette terre de mécréants. Le *malhama*[1] a commencé et finira là-bas, avec le Jugement dernier. Il passera avant par ici, je te le dis. On vengera nos frères. On tuera ces cochons de croisés. On brisera les croix, *inch Allah*.

Karim craignait que Rachid ne s'emballe davantage. Il reconnaissait mal son ami. Il était si taiseux avant son départ pour la Syrie. Le djihad mené là-bas les armes à la main passait maintenant par les mots, violents. En attendant autre chose. Pour Karim, ce que disait Rachid était juste. N'était-ce pas ce que prescrivait la parole dictée au Prophète par Dieu dans le saint Coran, la conduite recommandée aux croyants dans la tradition des hadiths, depuis les premiers imams ? Rachid était dans le vrai. Il levait l'étendard de la révolte. Karim le savait et l'admirait pour cela. Lui, l'employé discret et modeste, souffrait de vivre depuis tant d'années dans la soumission apparente aux codes d'une société dépravée. Il attendait un signal. Rachid venait de le lui donner.

Ses mots lui firent du bien. Il lui fallait des forces nouvelles pour accomplir son djihad personnel. Son ami lui apportait le souffle des martyrs.

– Ne t'inquiète pas, mon frère. Celui que le Très-Haut nous envoie est plein de vaillance. Il nous livrera ce qu'il faut pour le châtiment. Il réussira et nous aussi.

Rachid parut soulagé :

– À la grâce de Dieu…

---

1. Le carnage, la boucherie.

5

Le commandant divisionnaire Mathieu Cabana détestait être dérangé. Au travail, comme à la maison, il lui fallait du silence. Surtout quand il rédigeait un rapport. Du silence pour réfléchir. Sa seule façon de bien se concentrer était de fixer sa collection de boules à neige, soigneusement alignées sur l'étagère à gauche de son bureau. Les objets en plastique multicolore luisaient doucement en renvoyant la lumière de sa lampe de travail. Il en était fier. L'alignement résumait sa carrière, des amitiés, de bons moments, son propre réseau.

La veille, le préfet lui avait demandé un compte rendu complet sur la nouvelle mobilisation de Gilets jaunes autour de Lourdes. Rien de comparable avec la crise de l'hiver 2018-2019, mais le préfet venait de voir une vidéo sur France 3, ce qui l'avait mis en alerte. Les quelques retraités, chômeurs et agriculteurs rassemblés sur le grand carrefour, au débouché du boulevard du Centenaire et de la nationale 21 menant à l'aéroport d'Ossun, ne semblaient pas très déterminés. Ils avaient allumé un feu de palettes de bois. Mais en pleine saison des pèlerinages, il fallait éviter un abcès de fixation.

– Cette rocade de Lourdes, entre Tarbes et Pau, doit être tenue. C'est un ordre, Cabana.

Le commandant sortit de son bureau avec sa mine des mauvais jours. Grand et maigre, affecté d'un fort début de calvitie et d'une légère voussure qui le vieillissaient prématurément, il ne savait pas cacher sa mauvaise humeur. Son long visage triste de gisant espagnol s'assombrissait alors davantage, accentuant l'ombre noire qui mangeait ses joues malgré un méticuleux rasage matinal. Sa pilosité noire et drue le préoccupait. Elle était pour lui une souffrance. En cas de rendez-vous à la mairie ou à la préfecture dans l'après-midi, il devait de nouveau se raser pour espérer être net.

Le raffut dans le couloir et l'escalier l'avait dérangé. Il aperçut ses trois collègues qui émergeaient du sous-sol. Il s'avança.

– C'est quoi, ce bordel ? Payolle, au rapport ! Tout de suite.

Ancien commandant d'active dans le Train, passé de l'armée à la police treize ans plus tôt, Cabana gardait de ses quinze ans de vie militaire le goût de l'ordre, de la méthode et des phrases courtes.

– OK, patron. Ce n'est pas bien grave. Ce gamin on le connaît déjà. Il est dans la provoc habituelle.

– À voir Payolle, à voir… Je n'aime pas bien ce que j'ai entendu, grogna Cabana. Ce rombier[1] a dit des choses qui ne me plaisent pas beaucoup. Entrez et fermez la porte.

---

1. Argot militaire : individu.

Payolle savait qu'il allait perdre dix minutes pour un recadrage totalement inutile.

– Je viens moi aussi, mon commandant ? interrogea Fanny Fournier.

Elle croyait bien faire. Cabana ne répondit pas. Ce lieutenant féminin l'agaçait. Il n'aimait pas sa curiosité, son ambition, sa présence tout simplement, et son parfum de mûre et musc qu'il devait subir chaque matin. Pour lui, la police était un métier d'homme.

– Un métier pas taillé pour les gorettes[1], disait-il parfois mais toujours hors de la présence de Fanny Fournier.

Pour ce célibataire endurci de 48 ans, tout dévoué à son métier, les femmes étaient des mères ou des psys, des infirmières, éventuellement des médecins. La féminisation de la fonction publique l'inquiétait. Il la constatait partout, dans l'enseignement, la magistrature et même dans les métiers d'autorité et de force comme la police et la gendarmerie. Dans sa promotion à Saint-Cyr-au-Mont-d'Or, le major avait été une femme. Elle avait pris l'un des plus beaux postes offerts. Comme d'autres de ses camarades, Cabana l'avait mal supporté. Il fit au lieutenant Fournier un vague geste de la main. Elle comprit qu'elle n'avait pas sa place dans le conciliabule. Elle retourna à son bureau, un peu déçue. Elle n'en apprendrait pas plus avant la réunion du lendemain.

Le briefing du 4 juillet commença dans une ambiance assez morne. Un épais manteau de nuages étouffait la

1. Argot militaire : femme ou fille.

cuvette de Lourdes. Il avait plu dans la nuit. Des bourrasques étaient attendues dans la journée. Un air humide et froid descendait des cimes. Du gave de Pau, grossi par les pluies récentes, aux toits d'ardoises de la ville, tout était gris. La pointe du clocher du Sacré-Cœur construite en pierre grise des Pyrénées paraissait encore plus sombre que d'habitude.

– Bon, on a quoi ? Pas grand-chose ce matin, je crois.

Le commandant Cabana ne voulait pas s'attarder. La réunion allait être brève. Tout le monde s'en réjouissait sauf le lieutenant Fournier qui aimait bien ces briefings où elle pouvait voir les chefs, apprendre son métier à leur contact et tenter de briller. Elle serait commissaire de police un jour. Elle s'était déjà renseignée sur le concours. À l'école de formation des officiers de Cannes-Écluse, un de ses cadres lui avait dit en fin de scolarité :

– Fournier, tu as le potentiel de commissaire.

Elle ne l'avait jamais oublié. Elle y pensait toujours. Fanny Fournier, que tous au commissariat avaient surnommée « Efef », savait qu'elle irait plus loin que son père. Ancien de la gendarmerie, il bénéficiait d'une retraite d'adjudant-chef. Après une scolarité difficile, Fanny s'était orientée vers des études courtes. La fac de droit et les cinq ans de master pour préparer le concours externe de commissaire lui avaient paru insurmontables. Trop long, trop cher, trop difficile. Elle voulait entrer le plus vite possible dans la vie active, apprendre le métier de policier sur le tas. La voie directe lui étant interdite, elle tenterait le concours par la voie professionnelle interne. Il fallait pour cela atteindre le grade de commandant. Il lui resterait ensuite les deux ans de formation à l'École nationale supérieure de la police de Saint-Cyr-au-Mont-d'Or avant de pouvoir porter la casquette bleu marine à feuilles de chêne. Elle rêvait de ce jour-là. Ses parents en seraient témoins. Elle leur en avait parlé.

– Papa et maman, vous serez au premier rang. Papa, tu mettras ta Médaille militaire.

Cette décoration prestigieuse était la récompense des vieux soldats. Son père portait toujours le ruban vert et jaune sur sa veste du dimanche. En lui annonçant ce que serait son parcours jusqu'au grade de commissaire, elle avait ajouté :

– Papa, j'aurai la Légion d'honneur, je te le promets. Tu pourras être fier de moi.

Le brigadier-chef Fournier n'avait jamais imaginé avoir un jour une fille officier de police. Il n'osait pas dire à sa Fanny qu'il était déjà très fier d'elle. Il n'avait jamais trouvé les mots et craignait d'être trop sentimental, ridicule. Fanny avait la patience nécessaire. Ici, à Lourdes, elle apprenait tous les jours, se nourrissait de tout ce qu'elle voyait et entendait. Elle était à bonne école, heureuse de faire équipe avec Arnaud Payolle, un policier solide, déjà plein d'expérience. Elle considérait aussi que la rudesse du commandant Cabana à son égard était un élément de sa formation. Fanny savait que plus elle affichait sa disponibilité et son allant dans le service, plus il en montrait de l'agacement. Payolle la rassurait :

– C'est formateur, Efef. Tu progresses.

Cabana parla, pour mémoire, des Gilets jaunes revenus sur le carrefour à l'entrée de la route de Tarbes. Il rappela l'attention qu'il fallait porter au niveau du gave et des risques d'inondation. La rivière recommençait à gonfler.

– La crue menace. On se tient prêts, messieurs. Les procédures sont connues. Les collègues de la municipale et les employés de la mairie sont en alerte.

Un brigadier, un ancien, en poste au commissariat de Lourdes depuis vingt-trois ans, prit la parole :

– Mon commandant, il y a eu de gros travaux depuis les grandes inondations de 2013 puis de 2018. Vous n'étiez pas encore là. Je crois que cette fois, ce sera sous contrôle.

Cabana leva son regard triste sur ce subordonné rondouillard qui l'interrompait.

– Vous vous croyez plus fort que le gave ? Sous contrôle, dites-vous ! Alors, on n'a plus qu'à fermer les hublots[1].

La pluie redoublait sur la ville haute. La luminosité baissait fortement. Fournier alluma le plafonnier. Les néons clignotèrent et s'allumèrent en cliquetant, jetant une lumière froide sur le groupe. Cabana apparut blafard, les traits tirés. Face à lui, le brigadier audacieux était rubicond et presque luisant.

– Vous qui êtes lourdais, brigadier, vous devez savoir que la nature est souvent la plus forte, non ? Sérions le problème, messieurs. Un, on est dans une cuvette. Deux, on a toute la flotte de la montagne qui s'évacue ici, par le gave. Trois, autrefois le gave divaguait où il voulait,

1. Argot : s'endormir.

précisément là où se trouve aujourd'hui le Sanctuaire. Alors ?

Un silence un peu gêné s'était installé dans la salle de briefing. Payolle et Fournier s'étaient regardés à la dérobée, retenant leur sourire. Le commandant « sérions-le-problème » montait en pression. Son tic de langage amusait tout le commissariat. Beaucoup l'imitaient entre collègues. Cabana reprit :

– Perception de cerveau, les gars. Les travaux, c'est bien, mais ça risque d'être insuffisant. Il faudra des prières. Et peut-être encore un miracle.

– C'est qui encore ce mec ?

De retour dans son bureau, le capitaine Payolle avait posé la question d'un ton las. La fiche sous ses yeux l'intriguait. Elle changeait de la routine habituelle. Il commençait à ne plus supporter les informations sur les vols à la tire, sur l'insistance parfois violente de certains Roms qui faisaient la manche aux portes du Sanctuaire, sur l'audace et l'impudence de groupes d'enfants transformés en mendiants professionnels par leurs parents. Ces affaires subalternes saturaient les dossiers du commissariat. On signalait aussi, certains matins, des beuveries qui avaient mal fini la veille dans des hébergements. Des pèlerins confondaient trop facilement ivresse de la foi et coma éthylique. Il fallait régulièrement intervenir, tard le soir. Le Roi Albert et le Jeanne-d'Arc, les deux cafés les plus animés au débouché du Pont-Vieux, étaient des sujets habituels de préoccupation. La terrasse au bord du gave située à l'arrière du Roi Albert attirait les fêtards. Les plus imbibés finissaient parfois dans l'eau glacée du cours d'eau.

Ces frasques étaient sous la responsabilité première de la police municipale mais le commissariat central en était tenu informé, comme de la surveillance discrète aux abords du Village des Jeunes, avenue Monseigneur-Rodhain. Sur cette colline excentrée en bordure du chemin de croix des Espélugues, des débordements étaient régulièrement signalés malgré les consignes données aux moniteurs de groupes par la direction du Sanctuaire. L'indiscipline et la consommation d'alcool devenaient une source de préoccupation même chez ces jeunes venus en pèlerinage au pied de la Vierge Marie.

Payolle revint à la biographie de Rachid Bouraoui. La note du SRPJ de Toulouse signalait la présence probable en Occitanie de ce « délinquant fortement suspecté de bascule islamiste ». D'où un appel à la vigilance des services en Midi-Pyrénées. C'était vague.

– Les cons, s'ils croient qu'on peut faire quelque chose avec ça.

La fiche était chargée, les renseignements précis. Au moins jusqu'à un certain point : Rachid Bouraoui, Français, origine algérienne, grands-parents arrivés du Constantinois. Né le 16 juillet 1984 à Tarbes, Hautes-Pyrénées. Son père travaillait chez Alstom.

6

4 juillet

– Patron, je crois que c'est du lourd, commenta le lieutenant Fournier. Enfin, je veux dire pour Lourdes…

Le capitaine Payolle cliqua sur le dossier en même temps qu'il compulsait la chemise cartonnée rose que son adjointe venait de poser sur son bureau.

– On a quoi ?

La photo de Rachid Bouraoui était d'assez bonne qualité. Un visage encore juvénile, durci par une barbe de trois jours, un regard sombre et presque doux. Puis un autre cliché, pris quelques années plus tard. La face s'était épaissie, comme le cou. On devinait une calvitie naissante mais la barbe plus fournie accentuait l'intensité du regard noir. Le visage était mangé par des cernes au-dessus de pommettes saillantes. La gauche portait une cicatrice nouvelle, en forme de V renversée.

– Sale gueule, ce mec ! Je préfère la première photo, murmura Payolle.

– La première photo, c'était l'année de son premier séjour en taule, dit Fournier. L'autre, c'est la dernière qu'on ait de lui. Elle a un peu plus de 5 ans.

– Et la cicatrice ?

Fournier replongea dans le dossier :

– Une bagarre au ciseau.

– Des victimes ?

– Non, je ne crois pas.

Fournier s'était préparée. C'était une des leçons reçues de son père : « Anticiper les emmerdes... » En livrant les informations au capitaine, elle lui faisait gagner du temps même si elle savait qu'il relirait tout par la suite.

– Regardez le cou, tout en muscles. En prison, il s'est mis à la muscu et à la boxe. Le sterno-cleido-mastoïdien a quasiment triplé de volume. Le trapèze aussi.

Payolle leva la tête :

– Vous avez fait médecine, Fournier ?

– Non, patron, mais je fais un peu de muscu depuis ma sortie de Cannes-Écluse. En fait, j'avais commencé à l'ENSOP[1]. Je n'ai pas arrêté.

Le capitaine l'observa. Fine et énergique, son adjointe cachait bien ses muscles. Il éclata de rire :

– Méfiez-vous, Efef. On commence par les haltères et on finit par bouffer des saloperies survitaminées pour assurer la gonflette. Regardez les tronches de Schwarzenegger ou de Stallone. Des mâchoires de buffle, des pectoraux de grizzly...

1. École nationale supérieure des officiers de police, située à Cannes-Écluse, en Seine-et-Marne.

Fanny Fournier se redressa de façon exagérée.

– J'en suis là, capitaine ? Poids constant depuis deux ans. Je fais surtout du Pilate. Le gainage, y a pas mieux.

– Bravo, lieutenant. Continuez.

Le commandant Cabana les rejoignit. Debout au milieu du bureau de ses officiers, il joignit les mains devant sa bouche, signe habituel du sérieux du moment. Payolle et Fournier attendirent les ordres.

– Sérions les problèmes, commença-t-il.

Fournier s'était levée par respect.

– Non, non, restez assise lieutenant. Vous allez écrire.

Il fit deux pas vers la fenêtre, observa le ciel couleur d'ardoise et revint se planter devant les deux policiers.

– Sérions…

Les deux officiers se regardèrent. Il ne fallait pas rire ni même sourire. La manie du boss de tout disséquer en séquences chiffrées continuait de les étonner. L'armée lui avait sans doute appris cette méthode.

– Petit 1 : je veux tout savoir sur ce Rachid Bouraoui. Où, quand, comment ?

– Quoi ? glissa Fournier avec précaution.

– Quoi, quoi, Fournier ?

Elle comprit qu'elle venait de faire une erreur. Trop tard. Elle savait pourtant qu'il ne fallait pas interrompre le commandant divisionnaire sans une très bonne raison. La mécanique professionnelle que Cabana développait devant ses subordonnés ne supportait aucun arrêt, aucun à-coup. Fournier l'avait oublié.

– Ben oui patron, commença-t-elle, visiblement gênée. Je veux dire... où, quand, comment, d'accord. Mais quoi ? Qu'est-ce qu'on cherche ?

Cabana s'était arrêté net. Il fixait Fournier, agacé. La charité l'emporta une nouvelle fois. Il rentra sa colère.

– Je reprends donc. Petit 1. Si Bouraoui est bien chez nous, où est-il ? Depuis quand ? Que fait-il ? Avec qui ? Pourquoi ? Petit 2. Des questions, donc des réponses. Petit 3. Des réponses mais dans les meilleurs délais. Au boulot.

Tous avaient une grande confiance dans ce commandant expérimenté. Parfois entier comme pouvaient l'être les Basques, il avait remis de la rigueur au commissariat et de la méthode dans les procédures. Les absences répétées et tolérées pour la chasse à la palombe ou la cueillette des champignons avaient cessé. Son passage par l'armée rassurait les autorités. Il en était récompensé par la confiance qu'elles lui accordaient, et de menus cadeaux qu'il redonnait à ses collaborateurs : bouteilles de madiran et de jurançon, billets pour les jeudis du théâtre municipal et, en saison, places pour le Grand Prix automobile de Pau, le festival de Gavarnie ou le spectacle Equestria à Tarbes.

Une seule chose restait dans son bureau : les boules à neige qu'on lui offrait de temps en temps. Mathieu Cabana était un collectionneur compulsif de ces objets décoratifs remplis de fausse neige. Un pèlerin passé par le Sanctuaire sur la route de Saint-Jacques lui avait offert sa première boule alors qu'il était au collège. Il avait 11 ans. Émerveillé par cette petite coque en plastique bleu pâle dans laquelle une minuscule Vierge de Lourdes se couvrait de flocons blancs, il l'avait gardée comme un talisman. Il en était très fier, la secouant chaque matin à son réveil. D'autres boules à neige avaient suivi. Sa famille d'abord, puis ses amis et ses collègues avaient vite compris comment lui faire plaisir.

Sa collection n'avait plus cessé d'augmenter, de plus en plus kitsch. Ses boules venaient du monde entier : de Rome et de Jérusalem, de Częstochowa et de Notre-Dame de Guadalupe, de Medjugorje et des Philippines. Il mettait des étiquettes et inscrivait la date du cadeau. Sa collection était devenue une obsession, l'objet de toute son attention après le service de l'État. Tout le monde le savait, au commissariat, à la préfecture ou à la mairie. En quête de nouveauté, lui-même passait régulièrement au palais du Rosaire, la grande boutique historique des bondieuseries lourdaises, au carrefour stratégique reliant l'avenue Bernadette-Soubirous et le boulevard Sempé.

Mathieu Cabana alla retrouver sa collection de boules dans son bureau afin de préparer la réunion de sécurité générale à la mairie dans l'après-midi. La routine.

Ce fonctionnaire connaissait Lourdes mieux que personne. Pourtant classé dans la botte, parmi les premiers, à la sortie de l'École nationale supérieure de police il avait surpris ses chefs et ses pairs pour sa première affectation, préférant le commissariat de Lourdes à des postes porteurs pour sa carrière dans un grand service ou une métropole. Fils unique d'une vieille famille originaire de la Basse-Navarre, l'un des sept territoires historiques du Pays basque, il voulait se rapprocher de sa mère en fin de vie, frappée par la maladie d'Alzheimer, qu'il avait installée dans une maison de Saint-Jean-Pied-de-Port.

– Saint-Jean, c'est *Donibane Garazi* pour nous les Basques, rectifiait-il toujours.

Au début, il avait choisi une chambre d'où elle pouvait voir la montagne, le panorama de toute sa vie. Aujourd'hui c'était fini. Elle avait perdu la vue et s'éteignait doucement.

Mathieu Cabana était surtout animé d'une foi intense. Jeune scout, il était venu chaque année en pèlerinage au pied du rocher de la Vierge. Le Sanctuaire n'avait pas de secrets pour lui. Il était ensuite devenu hospitalier volontaire à l'Hospitalité Notre-Dame de Lourdes. Malgré ses affectations militaires dans l'est de la France, il avait continué d'accomplir chaque année des missions au service des malades et des handicapés. Célibataire et sans enfant, il n'avait aucune difficulté à sacrifier deux à trois semaines de ses permissions d'été à ce bénévolat. Au commissariat, on respectait sa foi et son engagement. Il n'était pas rare qu'on le croise devant la grotte à l'heure de la pause déjeuner.

7

Bilal n'avait pas pu dire non à Karim. À la fin de son service à l'hôpital, son « grand frère » de la cité de l'Ophite était venu le prévenir.

– Bilal, ce soir, je passe te prendre en bagnole.

Un air doux et tiède descendait des collines au sud. À l'ouest, bien au-delà de Saint-Pé-de-Bigorre, le jour finissait de se coucher dans un flamboiement orangé que Bilal trouvait beau. Il aurait préféré rester devant la télévision mais il ne pouvait pas refuser ce rendez-vous. Malgré son âge, autour de 35 ans, Karim, le sage, était le seul à lui parler avec respect dans la cité, à lui, Bilal, le gamin de 23 ans. L'aîné comprenait le cadet qui en tirait en retour une grande fierté. Karim acceptait de le dépanner quelquefois d'un billet de cinq ou de dix euros. Ces gestes, un mot gentil, un billet froissé, Bilal ne pouvait pas les oublier. Il voulait rendre à Karim le bien qu'il lui faisait.

Il fallait aussi penser à l'avenir. Karim occupait un emploi stable. Grâce à son job d'aide-soignant au centre hospitalier de Lourdes, il bénéficiait d'un salaire qui tombait chaque mois. Sa Ford Fiesta attestait de sa réussite. Il profitait de nombreux jours de repos, ce qui lui permettait de préparer un diplôme d'infirmier en formation continue. Il allait voir des amis à Tarbes, à Pau, à Toulouse. Bilal ne les connaissait pas mais cela le rassurait. Le jour où il déciderait de vraiment travailler, il ferait appel à lui. La solidarité de la cité jouerait. C'est sûr que ses amis lui trouveraient un bon job, cool et bien payé. Les frères seraient là.

Karim était un proche de la famille Yousfi. Il laissait dire les voisins sur son intérêt pour Khadidja, la plus jeune sœur de Bilal. Celle-ci travaillait à Pôle Emploi. Karim lui avait trouvé ce poste par le biais d'un ami. Khadidja était jolie. Brune avec de beaux cheveux ondulés, l'accent chantant des filles de la Bigorre, elle se prenait pour une vraie Lourdaise. Mme Yousfi souriait quand on l'interrogeait. En secret, elle rêvait du mariage de sa dernière avec le sage Karim.

Ce soir-là, Bilal aurait aimé faire autre chose que d'aller à l'aventure avec son ami. Pour la forme, par habitude de la tchatche, pour passer le temps, il tenta de râler, de négocier.

– Ouais, mon frère, tu me pourris la soirée, là. J'peux pas, ouais. J'suis à la fin de ma vie, quoi.

Karim l'interrompit sèchement, en levant sa main, noueuse et sèche :

– On ne négocie pas, Bilal. 22 heures. Devant chez moi.

Ils stationnaient depuis une quinzaine de minutes sur le parking de l'esplanade du Paradis.

– Ici, on est tranquilles pour discuter. À cette heure, plus personne ne vient.

Le moteur de la Fiesta refroidissait lentement, en émettant des légers claquements discrets. Le parking était presque vide. Il restait les voitures des pèlerins et des clients des trois hôtels échelonnés sur l'avenue de l'Esplanade. Les gros cars de tourisme et les camping-cars stationnaient plus loin, sur le parking de l'Arrouza. La vie et l'animation s'étaient réfugiées de l'autre côté du gave de Pau, à La Bamba, cet ancien entrepôt transformé en boîte de nuit à la lisière de la ville mariale et des champs.

Karim sentait son couteau dans sa poche. Il repensa à l'étrange sortie de la veille avec Rachid, au bord du gave, sur le terrain vague près du parking de l'Arrouza, à la périphérie de Lourdes. Ils étaient allés s'entraîner au geste mortel, tester leurs lames. Sur des chiens. Karim avait capturé le premier chien devant le Carrefour Market de la rue Lucien-Pourxet. Le labrador couleur ivoire n'avait opposé aucune résistance. Placide et confiant, il s'était laissé emmener puis débarquer du coffre au bord du gave. Karim l'avait égorgé après avoir écouté les conseils de Rachid.

– Tu dois faire tout dans le même mouvement : tirer la tête en arrière et passer la lame très vite. Juste avant que le corps ne se recontracte. Vu ?

Le gros et brave labrador était mort sans un aboiement, sans même gémir. Il s'était affaissé dans son sang, dans un couinement presque inaudible, les yeux grands ouverts sur cette mort qu'il ne comprenait pas. Ils avaient jeté le cadavre le plus loin possible dans le gave. Le courant l'avait emporté en faisant onduler sa masse claire à la surface de l'eau avant de la faire disparaître dans la nuit.

Karim avait trouvé l'autre chien, un cocker marron, attaché à un arbre du jardin de l'You. Des enfants l'y avaient laissé. Ils jouaient à une vingtaine de mètres et n'avaient rien vu. Le chien était monté dans le coffre en confiance mais une fois enfermé, il s'était aussitôt mis à aboyer.

Il avait fallu le tenir solidement tant il était agité. Karim s'y était repris à deux fois pour l'égorger. Le bruit du gave avait étouffé son hurlement de mort. La nuit et le courant avaient avalé le cadavre ensanglanté.

Karim restait muet. Bilal s'ennuyait, enfermé dans la Fiesta. Il regardait les néons multicolores entrelacés sur le fronton de La Bamba, de l'autre côté du gave. Leurs éclairs acidulés éclairaient l'avenue Peyramale en bordure de l'eau. Des rires et des cris fusaient de temps à autre parmi les groupes de fumeurs rassemblés devant le portail. Bilal aperçut la haute silhouette de Gaëtan, l'un des videurs qui officiait le week-end. D'un coup de menton, il désigna la boîte de nuit à Karim, assis au volant.

– Ce fils de pute… Il m'a viré l'autre jour. J'ai même pas pu entrer…

Karim le regarda, un léger sourire aux lèvres.

– Tu n'as rien à foutre là-dedans. Ça coûte cinq euros l'entrée. Garde ton fric, mon frère. Mets-le ailleurs.

Bilal se tapa sur la cuisse, soudain enjoué. Il riait de bon cœur.

– Ah, alors tu connais le prix de l'entrée, mon frère. Ouaich… Tu sais tout, quoi ! C'est la mort, ça…

Il s'arrêta net en croisant le regard froid de son ami. Karim se retint. Il ne pouvait pas dire à Bilal qu'il y était lui-même allé sur le conseil de son ami Rachid. Pour voir, pour repérer. Du portail aux chiottes. Il en était vite ressorti, assourdi par la musique, écœuré par le spectacle. L'alcool, les filles, le tabac et le reste. Il se contenta de lâcher :

– Des porcs, mon frère. Des porcs !

La radio était allumée, en sourdine. Elle diffusait une mélopée répétitive que Bilal ne comprenait pas. Ils restèrent un long moment sans se parler, les yeux fixés sur La Bamba. Bilal s'était habitué aux silences pesants de son ami. Un aîné qu'il respectait, comme tous les minots de la cité. Il attendait simplement l'explication. Karim ne l'avait pas emmené à cet endroit sans raison. Il fallait patienter. Le silence était une des lois de la cité.

Puis Karim exposa à Bilal la mission qu'on attendait de lui. Il tenait de bonne source une information sur un emploi ouvert à la carrière du Soum. L'entreprise avait subi un grave accident du travail. Karim l'avait appris en convoyant la civière qui amenait l'accidenté au bloc opératoire. Abadie, l'ouvrier blessé, s'était confié. Il était inquiet pour le suivi des commandes du chantier, pour la charge de travail supplémentaire que son absence allait faire peser sur ses collègues. Son genou broyé le préoccupait moins que le vide qu'il créait à la carrière. Un ouvrier en moins à cette saison était une catastrophe. Dans l'après-midi, Khadidja avait confirmé à Karim que la carrière proposait un emploi en intérim. Elle avait retiré l'offre des fiches de Pôle Emploi. Khadidja était à l'affût de ce genre d'information pour aider des jeunes du quartier. Lutter contre l'exclusion, c'était se battre et s'entraider pour obtenir des emplois. Karim demandait à Bilal de se porter candidat. Cette entreprise les intéressait beaucoup. L'occasion de se faire embaucher sur ce chantier en sous-effectif au pire moment était trop belle. Il ne fallait pas la manquer.

– C'est le moment ou jamais, mon frère, insista Karim. On attend depuis trop longtemps. C'est maintenant. Il faut y aller.

Bilal était disponible. Il avait arrêté sa formation de cariste fin juin sans aller jusqu'au bout. Plutôt solitaire et peu bavard, il traînait depuis presque trois semaines dans la cité. Grand et costaud, il donnait un coup de main pour les livraisons, les déménagements. Karim avait aussi profité de ce temps libre pour l'amener à la mosquée. Bilal s'était laissé faire. Pas plus pieux qu'un autre, il aimait cependant le calme de la salle de prière, les tapis, les lumières un peu tamisées. À genoux dans la grande salle toujours un peu fraîche grâce aux ventilateurs sur pied généreusement offerts par la boucherie halal Bouzidi, près des Halles, il priait un peu, rêvait beaucoup, pensait au bled où il irait flamber quand il aurait assez d'argent. La mosquée lui redonnait un peu le goût de vivre. Il enviait même certains jeunes autour de lui, concentrés dans leurs prières et qui repartaient de la mosquée confiants dans l'avenir. Tout le contraire de lui.

Karim lui avait aussi montré des photos et des vidéos sur son portable. La guerre en Syrie, en Irak, des prêches enflammés qui lui redonnaient un peu de fierté, de tonus, dans son quotidien triste et sans perspectives. Le moment de l'action était arrivé.

8

5 juillet

– Holà, monsieur. Houla, houla ! Où allez-vous ? Chantier interdit au public… Vous n'avez pas vu le panneau ?

Despax avait crié pour couvrir le vacarme d'un camion benne qui s'éloignait en direction du portail pour prendre la direction de la nationale 21 vers les vallées au nord de Lourdes. L'homme qui s'avançait dans le nuage de poussière blanche laissé par la benne chargée de rochers et de gravats l'avait-il entendu ? Il s'avançait vers Despax comme si de rien n'était, chacun de ses pas soulevant des volutes grises. Le grand portail métallique et la clôture de grillage protégeaient un immense parking où sommeillaient une dizaine de camions bennes, des chariots-élévateurs et de gros engins de levage. Plus loin, bien alignés, des stères d'énormes cubes de calcaire blanc et des bacs géants abritant des tonnes de matériaux et de granulats, prêts à être expédiés.

Michel Despax, l'un des plus anciens employés de la société de la carrière du Soum, voyait bien qu'il ne s'agissait pas d'un de ces touristes randonneurs venus de la gare de Lourdes. On en voyait monter à pied vers Argelès-Gazost par l'avenue du Lavedan plus calme que la nationale 21. En cette saison, ces marcheurs passaient par deux ou quatre, sac au dos, leurs grosses chaussures de montagne accrochées au sac, cognant en cadence sur leur gourde. Ils convergeaient vers le Balaïtous par le lac d'Estaing, au milieu de paysages magnifiques.

Despax travaillait beaucoup à la belle saison, idéale pour fournir en matériaux de terrassement les chantiers de travaux publics. Voir passer ces touristes partis à la découverte de ses chères Pyrénées ne le dérangeait pas. Au contraire. Il s'en réjouissait. Fils de Pierrefitte-Nestalas, sur les bords du gave de Cauterets, torrent descendu du plus haut des Pyrénées centrales, Despax était heureux de voir son cher Lavedan si fréquenté. Il en connaissait tous les chemins dans les sept vallées entre Lourdes et la frontière espagnole.

Dans sa jeunesse, quand il n'était pas à l'école et au rugby, il marchait jusqu'à Cauterets. Quand il faisait beau, il prolongeait cette longue montée par une pointe jusqu'au lac de Gaube par le pont d'Espagne. Il lui fallait trois heures de marche supplémentaires. Aujourd'hui, c'était fini. Alourdi par l'âge, fatigué par ses journées de travail à la carrière, les genoux abîmés par les lourdes charges qu'il était obligé de porter, il avait cessé d'arpenter les chemins. Il en gardait toujours l'envie, pas la force. Voir chaque jour en été des jeunes venus du monde entier pour goûter à ses Pyrénées le faisait voyager par procuration. Il imaginait parfaitement les merveilles qu'ils allaient découvrir bien au-dessus d'Argelès-Gazost.

– Oui, monsieur, j'ai vu le panneau. Je viens pour le travail, lui dit le jeune homme en lui tendant la main.

– Le travail ? Quel travail ?

Despax ne savait pas que le patron avait ouvert à l'embauche un nouveau poste. L'entreprise de la carrière du Soum battait un peu de l'aile sous les coups de la concurrence de groupes plus importants, mieux équipés.

– Je viens pour le remplacement, ajouta le jeune en sortant les mains de ses poches.

– Ah d'accord... Ouais, enfin... C'est pour remplacer Abadie ? Il est à l'hosto. Le pauvre s'est pris un bloc sur le genou. Pas beau à voir. Il va en avoir pour une quinzaine de jours.

Le jeune balaya du regard le chantier. Despax se grattait la tête :

– Pôle Emploi ne m'a pas prévenu. Ils foutent rien...

Bilal rit de bon cœur.

– Vous savez, c'est l'administration.

Il se retint de dire qu'il en savait quelque chose : sa sœur Khadidja y travaillait. Despax opina.

– Bon, je ne suis pas au courant, mon gars, grogna-t-il en se frottant le menton. Je ne sais pas quoi faire. Le patron est pour deux jours à notre sablière de Maubourguet.

Il grimaça :

– C'est pourtant vrai qu'on aurait bien besoin de renfort. Je vais l'appeler.

Il se dirigeait déjà vers le bâtiment qui abritait le bureau et une pièce technique quand il se retourna.

– Eh, attends. J'ai besoin de ton nom et de ton âge. On ne prend pas de mineurs, ici.

– Kevin, monsieur…

Despax stoppa net sa marche et revint sur ses pas, un large sourire aux lèvres.

– Écoute, mon gars, tu te fous de moi, peut-être. Si tu t'appelles Kevin, moi je m'appelle Mohamed, tu vois…

Bilal hésita une seconde. L'autre l'encouragea :

– Il faut me dire ton vrai nom, petit. Autrement le patron t'embauchera pas. Tu comprends ? Je ne suis même pas sûr qu'il pourra t'embaucher. C'est pas facile en ce moment.

– Ouais, monsieur. En fait… Je m'appelle Bilal. Bilal Yousfi.

– Tu vois, c'est mieux. Pas de problème pour moi, Bilal. À propos, t'es bien français, de nationalité, hein ?

– Oui, français, né à Lourdes, répondit le jeune avec un accent chantant qui ne trompa pas Despax, le vieux Pyrénéen.

– Oui, même que je l'entends que tu es de par chez nous. C'est mieux. Parce que embaucher un étranger, sans contrat, ça pourrait coûter très cher au patron. On préfère quand même un Français. En cas de paperasse. T'as déjà fait ce boulot ? Je veux dire dans les carrières.

– Non, jamais. Mais j'ai quand même une formation de cariste. J'ai bossé au Leclerc d'Ibos. Un peu…

Six mois en fait, au bout desquels Bilal avait dû partir, à la fin de sa période d'essai. Trop peu ponctuel, trop peu liant avec les autres. Personne dans l'équipe n'avait voulu le garder.

– Bon, cariste, c'est pas ça mais ça peut aider. Et ton âge ?

– 23, monsieur, en fait presque 24 ans.

– OK, donc tu n'es pas mineur. C'est ce qu'il faut. Bon, tu viens avec moi au bureau pour m'écrire ton adresse et j'appelle le patron. T'habites ici ou t'es de passage ?

– Ici, ici. Boulevard d'Espagne.

– Ah oui, la cité de l'Ophite... J'ai failli y habiter au début des années 80. À l'époque, c'était encore neuf. Pas mal d'ailleurs, avec de grands jardins et un parc de jeux pour enfants. Et c'est comment aujourd'hui ?

Bilal ne tenait pas du tout à répondre. Il connaissait la mauvaise réputation chez certains Lourdais de cette cité HLM construite aux lisières est de la ville, au pied de la falaise du pic du Jer. La cité « pas mal » avait changé. Il s'en moquait que l'autre le sache ou pas. Bilal avait chaud et soif. Il n'était pas d'humeur à entamer une discussion avec ce type qui lui paraissait très vieux. Il voulait simplement savoir s'il était embauché ou pas. Sans attendre la réponse, Despax s'était déjà détourné pour trouver le numéro de son patron sur son portable.

– Merde, il ne répond pas. C'est le répondeur. Il est quand même pas à la sieste...

Il laissa un message :

– Patron, c'est Despax. J'ai un gars ici, avec moi. Un jeune, costaud. Il veut du travail. On pourrait peut-être le prendre pour finir le mois et la commande de la DDE ? Avec l'absence d'Abadie, c'est un peu galère. Rappelez-moi. À plus, patron.

Bilal ressortit du bureau surchauffé, étouffant. Le ventilateur en bakélite bleue qui tournait à puissance maximale ne servait à rien. Adossé au muret aveuglant de clarté, il s'essuya la figure, luisante de transpiration, et regarda sa main. La sueur et la fine poussière blanche collée à ses joues et son front formaient une pâte visqueuse et grisâtre qui le dégoûta. « Putain, c'est l'enfer ce job. Je ne pourrai pas bosser longtemps ici. » De toute façon, il n'en était pas question. C'était l'affaire de quelques jours. Il entendit la sonnerie du portable à l'intérieur, un bruit de voix, un tiroir qui se refermait. Despax sortit quelques instants plus tard.

– OK, Kevin. C'est plus simple que je t'appelle comme ça que Bilal, non ?

Bilal leva les yeux, les poings serrés. La remarque du contremaître venait de claquer dans son cerveau comme un coup de fouet. C'était de sa faute. Pourquoi s'était-il inventé un autre nom que celui donné par ses parents ? Il s'en voulait d'avoir eu honte, d'avoir tenté d'usurper une autre identité, en reniant la sienne. Il fallait rester calme, ne pas répondre.

– Le patron est d'accord, fit Despax qui n'avait rien remarqué. Tu apportes demain une copie de ta carte d'identité. Le reste, on verra après. Je t'attends à 8 heures. Tu commenceras avec moi. On a du boulot, tu peux me croire. Le patron te verra quand il sera là. Et, ah oui, laisse-moi aussi ton numéro de téléphone.

Bilal était prêt à tout laisser, son numéro, sa carte d'identité, sa carte Vitale. Pour ce qu'il ferait de tout cela après…

9

Karim avait demandé sa matinée à l'hôpital. Serviable, ponctuel, toujours prêt à aider un collègue pour un remplacement, il n'avait eu aucun mal à obtenir cette modification sur la feuille de service. Le mois de juillet était pourtant une période chargée en raison de l'afflux des touristes. Il était allé garer sa Fiesta sur le parking de l'hôpital. Ceux qui le chercheraient penseraient peut-être qu'il était quelque part en service dans un des bâtiments. Il préférait tout faire à pied. Il reprendrait sa voiture plus tard.

Avant de rejoindre Rachid qui l'attendait dans la planque louée au 9 bis de l'avenue Alexandre-Marqui, il fit un crochet pour acheter à manger et à boire. Il avait ses habitudes à l'Istanbul Kebab, en face de l'hôtel Ibis, à moins de deux cents mètres de l'hôpital. Pour ne pas perdre de temps, il avait réservé deux barquettes de poulet-frites et deux canettes de Fanta orange. Le serveur pakistanais n'était pas étonné. Il voyait Karim au moins deux ou trois fois par semaine, parfois seul, parfois avec des collègues de son service. Ils n'échangèrent pas trois mots. Karim paya et sortit. Ce détour à pied lui permit aussi de vérifier s'il n'était pas suivi.

La cache où patientait Rachid offrait un énorme avantage, elle offrait deux accès : le principal, sur l'avenue Alexandre-Marqui, la D 914 filant vers Tarbes ; l'autre, à l'arrière du bâtiment vieillot, menait vers la cité Albert-Ier et la route qui allait vers Pau. Il fallait passer devant les box et franchir les vingt mètres de la cour intérieure. Ce quartier tranquille peuplé de familles et de retraités était éloigné des secteurs les plus surveillés. Les boutiques aux rideaux baissés, en vente ou à louer, montraient qu'il n'y régnait pas une grande activité commerciale. C'était une garantie de tranquillité. Karim avait payé la location meublée en liquide, pour six mois. Ils seraient en sécurité pour les quelques jours qu'ils devaient passer à préparer leur projet. Il avait aussi loué le box proposé avec le deux-pièces. Rachid y avait garé sa Twingo chargée de sacs de voyage gonflés de matériel.

Le box n° 28 était parfaitement placé. Une rangée de platanes très feuillus le cachait en grande partie à la vue des étages. On pouvait ouvrir la porte métallique sans que personne ne voie ce qui se trouvait à l'intérieur. Rachid avait félicité son ami. À la nuit tombée, il avait récupéré deux gros sacs dans la voiture. Ils contenaient les vestes multipoches achetées par Karim au Leclerc de Tarbes-Ibos. Une beige et une noire, taille XXL. Un autre sac était resté stocké dans le box, avec la Kalachnikov, deux téléphones portables et quatre chargeurs.

Rachid mastiquait son sandwich au poulet tout en puisant une à une de grosses frites dans une boîte en carton auréolée de taches d'huile chaude. Karim ouvrit sa boîte.

Quelques frites tombèrent sur la table. Rachid finissait sa ration. Il but une gorgée de Fanta et rota.

– *Al-hamdullilah*… C'était dégueulasse. De la merde. Pire qu'à Raqqa.

Il vida la canette et la broya dans sa main, la réduisant à un trognon d'aluminium.

Karim leva la tête, s'essuya la bouche avec une fine serviette en papier gris récupérée chez Istanbul Kebab.

– Mon frère. Je crois que je sais comment…

Il hésita une seconde, ce que perçut aussitôt Rachid, sur le qui-vive.

– Quoi ? Dis-moi !

– La chance est avec nous, Rachid.

– Pas la chance, le Très-Haut.

– Je sais où trouver du lourd, de vrais explos, des détonateurs, et tout et tout.

Rachid n'aimait pas les devinettes ni perdre du temps. Les moments qu'il ne consacrait pas à la prière ou à l'action étaient perdus. Et l'ennemi en profitait pour avancer. Toute perte de temps l'embrouillait. Karim vit son impatience. Il poursuivit, pour le rassurer :

– Et sans trace sur Internet. Les keufs ne verront rien jusqu'au dernier moment.

Son ami s'était redressé.

– Quoi ? Raconte, vite ! Après tu dois repartir, tu le sais.

Karim le savait. Ils ne devaient pas rester davantage dans l'appartement. La discrétion exigeait d'être le moins souvent possible ensemble, le moins longtemps possible.

– Dans la région, Rachid, on peut trouver beaucoup d'explosifs et des détonateurs.

– Où ça ?

– Les carrières, vieux soss, là où on casse la pierre, le marbre.

– Dieu soit béni !

Rachid avait presque crié, comme on lâche un juron après avoir subi une trop forte pression. C'était une bonne nouvelle. Il aurait dû y penser lui-même.

– Alors on fait comment ? Ton idée, c'est quoi ?

D'abord un peu enroué, Karim s'éclaircit la voix. Il raconta l'accident à la carrière du Soum, l'embauche de Bilal dont il venait d'avoir la confirmation.

Rachid s'y connaissait en engins explosifs. À Raqqa et Idleb, il avait pu passer de la théorie aux travaux pratiques. Cinq ans d'école d'application de techniques explosives. Le plastic, le C4, le TATP[1], « la mère de Satan » comme disaient les frères au pays de Cham, et le nitrate d'ammonium n'avaient plus de secrets pour lui.

Quant à Karim, son poste à l'hôpital lui avait permis de détourner discrètement des composants qui seraient utiles : l'eau oxygénée, l'acétone et l'acide chlorhydrique. Il se servait uniquement par petites quantités. Les « emprunts » passaient inaperçus.

Karim connaissait la recette du redoutable TATP facilement trouvée sur Internet. Il ne s'était pas risqué à essayer d'en fabriquer lui-même. Il redoutait les effets

1. De l'anglais *triacetone triperoxide*.

ravageurs d'une mauvaise manipulation. Le moment délicat était l'ajout de l'acide au mélange d'acétone et d'eau oxygénée.

– Il faudra être prudent…

– C'est sûr, poursuivit Rachid. Ça fait beaucoup de chaleur. Parfois ça s'enflamme. Et boum ! Plus personne ! Mais sois tranquille, soss. Si j'ai tout sous la main, je te fais une bombe dans la cuisine de ta mère.

Bien entraîné, un chimiste amateur obtenait une poudre blanche, apparemment anodine. Allumer un détonateur au milieu de ces cristaux blancs comme du sucre était une autre étape, très risquée. En cas d'explosion inopinée, la déflagration de gaz brûlants semait la mort sur plusieurs dizaines de mètres à la ronde. Les attentats au peroxyde d'acétone, le fameux TATP, avaient fait des ravages en Syrie, en Irak, en Afghanistan et en Europe. En perquisitionnant la cache des kamikazes de Bruxelles, en 2017, les enquêteurs en avaient retrouvé 15 kilos, avec 150 litres d'acétone, 30 litres d'eau oxygénée. Et en prime, des détonateurs et une valise remplie de clous… De quoi faire plusieurs gilets explosifs et de nouveaux carnages, comme à Paris, en novembre 2015, ou à Bruxelles quelques mois après.

10

Le capitaine Payolle voulait accélérer la traditionnelle réunion de calage du matin. Benoît Cestas, le responsable de la sûreté du Sanctuaire, l'avait appelé la veille pour une nouvelle évaluation de la sécurité en prévision du 14 juillet. Le jour férié, la fête et le feu d'artifice de 22 h 30 attiraient beaucoup de monde en ville et au Sanctuaire. Rien ne devait être laissé au hasard. Ils avaient prévu de se voir à l'heure de l'apéritif. Il enchaîna :

– Permettez, mon commandant, je reprends. Rien d'autre à signaler d'important, ni en ville, ni au Sanctuaire, hormis l'affluence habituelle des pèlerins à cette période, les embouteillages ponctuels du côté de la place Monseigneur-Laurence, des travaux rue Lafitte.

Le lieutenant Fournier leva le doigt.

– Oui, Fournier ?

Elle montra une ligne sur le compte rendu quotidien.

– C'est bizarre, cette info sur les chiens.

Tous se replongèrent dans le bulletin de renseignement, généralement sans surprise.

– C'est quoi, cette histoire de chiens ? grogna Cabana.

Trop heureuse de garder la parole, Fournier enchaîna :

– Eh bien, on a retrouvé deux clébards dans le gave. Le premier sur une berge le long du chemin de l'Arrouza. Le deuxième…

– En français, on dit « le second », l'interrompit sèchement Cabana. Les chiens, on s'en fout. Quoi d'autre ?

Payolle avait lu jusqu'au bout les cinq lignes du compte rendu fait par deux agents municipaux lors de leur patrouille le long du gave. Il insista :

– Mon commandant, c'est que… Les clébards sont morts…

Cabana trouvait le temps long. Des préoccupations plus importantes que cette histoire de chiens attendaient ses équipes.

– Morts ? OK. De maladie, de quoi ? On appelle peut-être l'IJ[1], la PTS[2] ? On fait quoi ? Une autopsie, peut-être ?

Payolle encaissa l'ironie du patron. Les collègues souriaient. Il fallait continuer sans se démonter. Il reprit la parole avec un peu plus d'autorité dans la voix :

– Écoutez, les chiens ont été tués. Égorgés à l'arme blanche. On ne sait pas pourquoi, ni par qui. Bizarre, non ?

Le commandant hocha la tête, visiblement agacé.

– Bon, OK. On a deux clebs égorgés.

Il se tourna vers Fournier et agita le paquet de feuilles dans sa direction, de façon théâtrale pour mieux souligner la dérision de ses propos.

1. Identification judiciaire.
2. Police technique et scientifique.

– Cette affaire de canidés occis, c'est du lourd... Donc, on va confier cette enquête « criminelle » à notre lieutenant. Fournier, vous suivez personnellement et vous rendez compte *illico subito* !

Il s'arrêta, changea de ton :

– J'aimerais qu'on continue et qu'on conclue. Qu'est-ce qu'on a comme gros pélés à venir ?

Cabana connaissait la réponse mais il tenait à faire participer toute son équipe. Un nouvel afflux de pèlerinages français et étrangers s'annonçait. Fanny Fournier se lança la première avant que Payolle n'ait eu le temps de prendre la parole. Il n'en prit pas ombrage. Efef voulait bien faire.

– J'ai là le calendrier du Sanctuaire, commença Fournier. Je note les gros bataillons des Italiens de l'Unitalsi[1], bien sûr. Ils seront un peu moins nombreux que l'an dernier. Ensuite, beaucoup d'Espagnols et de Belges, jusqu'à la fin du mois. Rien de bien méchant. Des pèlerinages diocésains surtout.

Le commandant l'interrompit :

– Allez, allez, avancez ! Côté français, on a quoi ?

– Bien sûr, patron, répondit Fournier, empressée. Nice va arriver. Après, on aura Beauvais, Meaux, Soissons, Saint-Dié. Les jeunes du diocèse de Créteil. À surveiller. Ah oui, et des gros morceaux : le diocèse de Nice, l'Hospitalité Notre-Dame-de-Lourdes de Bordeaux, la

1. Unione Nazionale Italiana Trasporto Ammalati a Lourdes e Santuari Internazionali, association dédiée à l'organisation des pèlerinages.

communauté des Béatitudes. Beaucoup de monde en même temps.

Cabana s'impatientait :

– Pas de généralités, Fournier. Des chiffres, des dates !

Prise au dépourvu, Efef hésita :

– Ben... patron... Tout s'échelonne entre le 9 et le 15 juillet. Pour le nombre, heu... on peut dire plusieurs milliers mais... je dois vérifier.

– Vérifiez, vérifiez, Fournier. Passez-moi ce calendrier.

Le gardien de la paix et le brigadier de service qui assistaient au briefing regardèrent le commandant. Payolle haussa les épaules. Sa jeune collègue apprenait le métier. Trop nouvelle pour connaître toutes les ficelles, pas assez familière de Lourdes pour avoir en mémoire les chiffres des principaux pèlerinages, elle ne savait pas encore qu'il valait mieux répondre avec assurance à son patron en lui donnant une réponse immédiate. La magie du chiffre. Quitte à modifier plus tard sa réponse, « après vérif ».

Cabana s'impatientait :

– OK, je continue. Sérions les priorités. Un, on a le 14 juillet dans quelques jours. Deux, les fêtes de l'Assomption, autour du 15 août. Trois, dans la foulée, les gens du voyage. Près de deux mille Roms avec leurs centaines de bagnoles et de caravanes, dix terrains à leur disposition à surveiller. Des mœurs compliquées, des relations pas faciles avec les locaux. Quatre, début octobre, le Rosaire. C'est le must : vingt mille à vingt-cinq mille pèlerins. Avec eux, pas de souci. Nous, on est rodés. Mêmes dispositions que pour le PMI...

Fournier se pencha vers Payolle :

– Le quoi ? demanda-t-elle à voix basse.

– Le Pèlerinage militaire international. En mai. Très sensible. Plus de douze mille militaires venus de cinquante pays. L'an dernier c'était la soixantième édition.

L'heure tournait. Les e-mails devaient s'accumuler. Cabana accéléra :

– Je disais donc… Oui, les gros morceaux. Je vous rappelle l'essentiel du dispositif sur lequel on peut compter. C'est surtout pour mettre à jour notre lieutenant. Ça lui évitera des approximations regrettables. Au jour d'aujourd'hui, on peut compter sur une compagnie de CRS, la 27 de Toulouse ; on a en plus 38 personnels de sécurité intérieure, de voie publique et enquêteurs. J'ajoute une douzaine de renforts de Tarbes et une trentaine de militaires de Sentinelle. Et aussi, on nous affecte trois maîtres-chiens, de chez nous ou de la gendarmerie, je ne sais pas. Pas encore confirmé. Je vous renvoie au plan général de sécurisation. Vous devez le connaître par cœur.

– Le mieux serait encore de disposer des moyens du Sarise[1], se crut obligée de préciser le lieutenant Fournier.

Cabana l'interrompit d'un geste sec de la main.

– On remercie notre jeune collègue pour ses lumières. Je préfère que vous alliez voir les équipes cynophiles, Fournier. Pour votre enquête sur les clébards. Je continue et j'aimerais terminer. Outre les moyens de l'État et des municipaux, on peut compter sur les effectifs du

1. Sarise : Système autonome de retransmission d'images pour la sécurisation d'événements géré par des CRS spécialisés.

Sanctuaire, aux entrées, aux sorties, à l'intérieur du site. Vous y allez tout à l'heure Payolle, je crois ?

– Affirmatif, mon commandant. C'est rodé. Par rapport à avant 2016, on peut dire que c'est le jour et la nuit.

Cabana approuva de la tête. Pour sa part, cela ne l'empêcherait pas de prier la Vierge pour que tout se passe bien. Il se retint de le dire.

Le lieutenant Fournier avait bien perçu la moquerie du commandant quand elle avait évoqué l'information sur les chiens. Mais il lui avait quand même confié l'enquête de routine sur cette affaire apparemment si subalterne. Elle en parla aussitôt après à Payolle. Il lui confirma l'intérêt de pouvoir ramener quelques renseignements, ne serait-ce que pour calmer les propriétaires de chiens et donner des éléments de discussion à la maire, déjà informée de l'incident.

Fanny Fournier commença cette enquête improbable par l'audition des propriétaires des chiens volés. Les premiers habitaient place du Vieux-Moulin. Ils avaient laissé leur labrador accroché avec sa laisse devant l'entrée du Carrefour Market de la rue Lucien-Pourxet. Pas de témoin. Les autres propriétaires avaient laissé leurs enfants partir jouer au jardin de l'You avec le cocker familial. Trois ou quatre mères étaient présentes mais seule une mamie qui promenait son chien tous les jours rue de l'Hôtel-de-Ville, à deux pas du jardin, se souvenait de quelque chose. Elle se rappelait d'un homme marchant vite, avec un chien :

– C'est qu'il aboyait beaucoup, madame, lui dit la mamie. Il était bruyant, pas bien éduqué je crois. Peut-être aussi l'orage qui tournait. Allez savoir. Ça peut les rendre nerveux, n'est-ce pas ? C'est qu'ils sont sensibles nos amis. On l'oublie souvent…

Fournier n'y connaissait rien en comportement canin. Seul le signalement de l'individu l'intéressait. La mamie resta vague :

– Un homme assez jeune, plutôt brun.

Elle se souvenait mieux du chien :

– Un cocker spaniel noir, bien propre, je dois dire, et…

– Mais l'homme qui le tenait ? Habillé comment ? Les cheveux longs, courts ? Un signe distinctif ?

– Ma foi, je pense qu'il portait un jean, les cheveux plutôt courts.

Les indices étaient maigres.

– Est-il monté en voiture ?

La dame ne le savait pas.

– Portait-il une barbe ?

– Ah, ça non. Les jeunes hommes aujourd'hui sont trop barbus. On en voit trop. Ça fait quand même un peu négligé. Celui-là, pour une fois, ne l'était pas.

Fournier insista :

– Négligé ou barbu ?

– Non. Pas barbu, je vous dis. Pas négligé non plus. Même plutôt propre.

Le lieutenant allait partir, un peu furieuse d'avoir récolté si peu d'indices. Elle tenta une nouvelle question :

– Mais, dites-moi madame, avait-il l'allure d'un Rom ?

– Un quoi ? Un Rom ? Ah, vous voulez dire un Gitan. À la réflexion, peut-être, quoique… Il était assez brun.

– Madame, soyez plus précise, s'il vous plaît.

La mamie montra son agacement :

– Mais ce n'est pas facile, tout de même. Alors je dirais brun, oui. Mais par chez nous aussi, vous savez, on a de ces bruns… très bruns, presque noirauds. L'Espagne n'est pas loin. On a eu des invasions par la montagne. Notre Roland, à Roncevaux, ne les pas tous arrêtés, pardi.

Fanny voulut abréger, gentiment.

– Donc, un Rom c'est possible. Ou un profil, disons… maghrébin ?

La mamie s'éloignait déjà, soudain un peu inquiète devant ces questions pressantes :

– Peut-être, peut-être. Ou pyrénéen, mais de l'autre côté alors, versant espagnol, au sud. Ou peut-être basque aussi. Allez, *adishatz*[1] madame. Je dois y aller.

---

1. Formule de salutation gasconne.

11

Le lieutenant Fournier commenta à voix haute :

– Il est gaucher le mec, comme mon frère. On dit souvent que les gauchers sont doués… Tiens, c'est marrant, Rachid aura 36 ans dans six jours. Il est en effet possible qu'il ait eu envie de souffler ses bougies au pays. Les collègues de Toulouse ont peut-être raison.

Payolle pointa du doigt un nom de lieu.

– Laubadère, évidemment… Oui, il est vraiment du pays, ce mec. C'est à l'entrée de Tarbes en venant de Bordeaux.

Il connaissait ce quartier depuis longtemps. Il y était même retourné récemment après son départ de Pau. Son collègue Jérémy Rosinski, camarade d'école affecté depuis douze ans au commissariat central de Tarbes, l'avait invité à y passer une demi-journée.

– Tu es quand même un peu plus de la région que moi, lui avait lancé Rosinski pour le convaincre de venir.

– C'est sûr, un peu plus que toi, vieux Polack, avait répondu Payolle

Le « tour du propriétaire » avait commencé juste après la voie de chemin de fer, en remontant sur la route de

Bordeaux par la rue Robert-Destarac et le chemin de l'Abattoir.

– Ah, Laubadère, Payolle! L'objet de toutes nos attentions. Un coin classé Zone urbaine sensible depuis 1996. À Lourdes, tu n'as pas de Laubadère. Mon vieux, tu es peinard.

Le capitaine Payolle avait observé les barres HLM à l'entrée nord de la préfecture des Hautes-Pyrénées. Des immeubles sans âme construits dans les années 60, serrés entre la voie ferrée et l'Adour.

– La mairie a mis le paquet ici, tu sais Payolle. Près de quinze ans de traitements ininterrompus. On y a détruit près de huit cents logements et rénové ou construit presque autant.

Payolle avait pu le constater. Sur le boulevard du Garigliano, de nouvelles lignes de bus circulaient. Bordés par des pistes cyclables, les trottoirs étaient élargis. Le désert minéral d'autrefois avait fait place à des plantations de végétaux, encore maigrelets.

Payolle avait remarqué un mur aveugle couvert de tags. Dans un coin, un texte peint à la bombe et au pochoir avait attiré son attention. Le texte était de travers, avec un titre: « L'école de la rue. » Beaucoup de lettres étaient presque effacées. On voyait encore apparaître les deux premiers commandements: « Un, ne jamais balancer ton soss. Deux, ne jamais laisser ton frère en galère. » Les règles 3 et 4 étaient illisibles. Le numéro 5 résistait au temps: « Cinq, ne jamais rien lâcher. »

Les travaux de ravalement avaient maquillé les balcons et encadrements des fenêtres avec de la couleur. Le fard maladroit et outrancier d'une vieille femme qui ne veut pas vieillir. De gros bacs de fleurs et la marqueterie gris et rose des pavés autobloquants en pierre reconstituée égayaient le béton.

– Tu te souviens du parc des Bois Blancs ? Presque plus de trafics. Ça s'est bien calmé de ce côté-là.

À six cents mètres des anciennes usines d'armement aujourd'hui désaffectées et reconverties en quartier culturel, Laubadère ne s'était pas complètement défaite de son masque de tristesse laborieuse. Le quartier semblait pourtant moins désespérant. Payolle avait désigné le parc et l'avenue à son collègue :

– C'est vrai, Rosinski, je trouve le coin moins triste, moins inquiétant que dans mon souvenir. C'est encourageant, non ?

Son collègue avait souri, une pointe de lassitude dans la voix.

– Il fait beau aujourd'hui. Tout paraît presque pimpant. Tant mieux. Mais je ne suis pas sûr qu'on ait vraiment réglé le problème de fond. Cette politique de la ville dont on nous rebat les oreilles depuis des années est un leurre.

Payolle s'était insurgé :

– Mais elle est nécessaire. On a des résultats. Il faut bien commencer par quelque chose, non ?

Rosinski lui avait tapé sur l'épaule, comme pour l'encourager.

– Ouais, mon pote, si tu y crois. Est-ce si efficace qu'on le dit dans les bureaux ? Vu du terrain, j'en doute. Le problème n'est pas de planter des poteaux de basket ou de réparer les ascenseurs. C'est bien plus profond. C'est la population, l'emploi, l'intégration de gens qui ne veulent pas s'intégrer et que des salopards manipulent avec du fric. Beaucoup de fric.

Ils étaient revenus au commissariat en roulant lentement. Rosinski avait tenu à longer les grilles et les arbres centenaires du jardin Massey, fierté de Tarbes depuis le milieu du XIXe siècle.

– Au moins, il nous reste ce parc. Merci Napoléon III. C'est beau. On a aussi les haras et les hussards. Le reste ? Walou. Il n'y a même plus d'équipe de rugby digne de ce nom. Le vieux Stado n'est plus ce qu'il était. Tu te rends compte, putain ? Même ça !

Le long de la rue Massey, loin du béton et des arbres étriqués de Laubadère, le changement d'ambiance était radical. Le parfum épicé des cèdres du Liban et des magnolias *grandiflora* qui s'élevaient autour de belles maisons 1900 entrait dans l'habitacle avec le vent.

– On croit qu'on arrange les choses, avait repris Rosinski, de plus en plus aigre. On ne fait que retarder. On le comprendra plus tard, trop tard.

– Arrête de voir tout en noir. On contrôle quand même la situation, globalement.

– Tu y crois vraiment, Payolle ? Déconne pas. Ne me dis pas que tu y crois.

– Mais oui, je pense que…

– Regarde mon histoire perso et celle des immigrés des années 20 et 30. Nous, je veux dire mes grands-parents polack, on arrivait avec nos prénoms et nos coutumes. Mais en une génération, c'était fini. On abandonnait nos prénoms de Pologne pour choisir des prénoms bien gaulois. On laissait tomber nos coutumes.

– Mouais… À part la vodka !

– OK, si tu veux. Mais en une génération, on faisait l'effort de s'intégrer. Ça passait par les prénoms.

– Et alors ?

– Regarde aujourd'hui, putain ! Les immigrés gardent leurs prénoms et leurs coutumes. Tout ! Ils ne s'intègrent plus. En trente ans, les prénoms d'origine maghrébine ou musulmane sont passés de moins de 1 % à 18 % de fréquence. Les Marie et les Pierre ou Jean disparaissent.

Les deux policiers s'étaient séparés sur le parking de la rue Georges-Clemenceau, devant le commissariat central.

– Passe me voir à Lourdes quand tu auras le temps, avait lancé Payolle en bouclant sa ceinture. On ira brûler un cierge ensemble.

Rosinski avait esquissé un sourire.

– On ferait mieux d'aller griller quelques cartouches au stand de tir. Ce sera plus utile le jour venu.

12

Le capitaine Payolle alla se servir son troisième gobelet de café de la matinée. À la machine, habituel carrefour des informations du commissariat de la rue Baron-Duprat, un agent du secrétariat lui assura que Rosinski venait de demander sa mutation pour Hendaye :

– Le Polack veut finir plus au sud. De la Baltique au Pays basque, quel parcours !

Payolle n'en était pas étonné. Il avait trouvé son camarade d'école fatigué, désabusé. L'aigreur et la rancœur n'étaient jamais bonnes conseillères dans ce métier. Si Rosinski partait, un poste s'ouvrirait donc au commissariat de Tarbes, sans doute à l'été. Payolle n'en voulait pas. Il se sentait bien à Lourdes. Sa famille aussi. La perspective de retrouver Laubadère et tous les problèmes qu'il avait voulu laisser derrière lui en quittant Pau et « le merdier » de l'Oussedeb[1] le décourageaient. Il ne comptait pas bouger de la paisible cité mariale. Il écrasa son gobelet, expédié d'un jet précis dans la corbeille à papier.

1. Le quartier sensible de l'Ousse-des-Bois.

Le dossier Rachid Bouraoui était volumineux. Né en 1984, le jeune n'avait pas connu la période de réhabilitation de Laubadère. Bouraoui était parti juste avant le début des grands travaux. Sa dérive délinquante l'avait ensuite éloigné de son foyer. Il avait d'abord habité rue de la Gascogne, près du stade. Son père était parti du foyer au début de son adolescence. Élevé par une mère incapable de s'occuper de ses enfants, il s'était endurci dans un univers déglingué, sans cadre, livré à lui-même.

Placé en foyer puis en famille d'accueil avant sa majorité, comme son frère et ses deux sœurs, il avait été récupéré à 16 ans par sa grand-mère. La cité Lous Esquirous, à quelques dizaines de mètres des voies de garage de la gare de Tarbes, terminus de la ligne de Paris, était devenue son terrain de jeu puis de trafics.

– Tiens, intéressant, releva Payolle à voix haute. Si la mamie vit encore, Bouraoui peut y trouver un point de chute.

– Capitaine ! Il n'est pas trop bête le gonze, répondit Fournier sans quitter des yeux son écran. Il sait évidemment que sa grand-mère sera surveillée.

Formation : un CAP ouvrier paysagiste, commencé en classe de troisième. Obtenu apparemment sans difficulté.

– Bon départ, Rachid, releva Payolle.

Sa préparation au baccalauréat professionnel jardinier-paysagiste avait été plus chaotique. La fiche du lycée professionnel agricole et horticole Agricola de Tarbes précisait que Bouraoui avait voulu s'orienter vers une spécialisation « Maintenance des terrains de sport et de loisirs ». Des problèmes de discipline et de mésentente avec un moniteur avaient conduit à la rupture. Un mystérieux vol de sacs d'engrais agricoles était venu aggraver son cas. Les sacs n'avaient pas été retrouvés. « Probablement revendus au noir à un paysan malhonnête », pensa Payolle. La suite montrait une dégringolade judiciaire rapide.

– Du classique…

L'adolescent rebelle était passé de la petite délinquance à la criminalité assumée d'un jeune adulte devenu marginal.

– Tiens, son nom est cité dans le braquage d'un bureau de tabac, rue du Maquis-de-Sombrun, nota Payolle. Au cœur de Laubadère. Il logeait où à l'époque ?

– Le dossier ne le dit pas, lui répondit Fournier.

– Et après ?

– La trace de Bouraoui a été momentanément perdue à ce moment-là.

Payolle se rappelait assez bien cette affaire du casse de Laubadère et du procès de trois jeunes quelques mois plus tard. Anne-Marie Rancès, la buraliste, avait été sauvagement agressée par quatre loubards vers 19 h 20, juste avant la fermeture. Gazée, rouée de coups, elle avait eu le temps d'appeler son mari. Déjà âgé mais costaud, Patrick Rancès avait tenté d'intervenir. Son nerf de bœuf n'avait servi à rien. Les malfrats s'étaient acharnés sur lui à coup de pied, avec une telle violence qu'ils l'avaient laissé dans le coma sur le seuil de la boutique. Trois voleurs avaient été arrêtés dans les quinze jours. Ils étaient du quartier.

Le quatrième agresseur n'avait jamais été formellement identifié. Il s'agissait sans doute de Bouraoui. S'enfermant dans un mutisme apeuré quand le tribunal avait évoqué son nom, aucun des comparses n'avait osé le dénoncer malgré les pressions des enquêteurs.

– Regardez, capitaine, commença Fournier. Bouraoui avait quitté l'appart de sa grand-mère six mois avant. Il était donc dans la nature.

– Oui, et alors ?

– Il était sans doute dans le coin.

– OK. Dans ce cas, il a pu squatter pas loin du bureau de tabac, chez un pote. Peut-être même chez le premier mec arrêté, au 4 de l'avenue Saint-Exupéry. De sa chambre, il voyait le carrefour du bureau de tabac, nous précise le rapport. On a son nom ?

Payolle passa aussitôt au paragraphe suivant : Karim Moktari, 16 ans à l'époque.

– Ça lui fait aujourd'hui 34-35 ans. On sait où il est, ce qu'il fait ?

Le lieutenant feuilleta quelques pages du dossier.

– Non, patron. On n'a rien. Il faut faire un nouvelle recherche au fichier. C'était il y a plus de quinze ans.

– Je veux des éléments complémentaires. Mais attention, Efef : ne perds pas trop de temps là-dessus. C'est une enquête de routine.

– OK pour la vérif. Ça vaut le coup.

Le rapport sur cette affaire, le procès et le jugement donnaient les noms des délinquants. Il relevait leur attitude provocatrice et menaçante, comme si les prévenus ne redoutaient rien, persuadés qu'ils allaient ressortir en héros.

– Tiens, on trouve un Gaulois avec eux !

Payolle lisait la fiche de Ludovic Larrouy, apprenti chaudronnier. La photo montrait un visage rond et des taches de rousseur, des boucles presque enfantines.

– Larrouy… Ses ancêtres devaient être roux.

Le lieutenant Fournier leva la tête, étonnée par cette sagacité :

– Ah oui… Pourquoi patron ?

Sa collègue venait du nord de la France, de Picardie, très loin au nord de la Garonne.

– Évidemment, ce nom ne te dit rien. Ici, c'était le sobriquet pour les roux. Comme Darrouy ou Roujet. Toi, tu es châtain. Tu te serais appelée… Castay ou Castin.

Fournier hésita.

– Et blonde, patron, on dit comment ?

Arnaud Payolle lui répondit du tac au tac. Son enfance gasconne dans le Val d'Adour, au cœur du vignoble de Madiran, et, plus tard, ses quinze années passées dans la police en Béarn lui avaient donné quelques notions du parler régional :

– Blonde en gascon c'est *bloundé*. Ressemblant, non ? Mais par ici, en Lavedan, on dirait plutôt *arrouyàt*. Avec le « t » bien distinct à la fin. *Arrouyate…*

Payolle et Fournier prirent le temps de lire les casiers judiciaires. Ils étaient assez copieux. Des larcins, de grosses incivilités : effractions, destructions sur la voie publique, vols d'autoradios, incendies de poubelles, vols avec violences, consommation et revente de stupéfiants, outrages à agents. La chronologie de l'affaire des époux Rancès à Laubadère était éclairante. Il y avait d'abord eu des mots et des gestes impolis, puis des comportements brutaux, des insultes. Le couple avait raconté au procès les mois de calvaire subi dans leur bureau de tabac jusqu'au soir du déferlement de violences. Les voyous faisaient pression sur la commerçante pour qu'elle laisse les « minots » piocher dans les bocaux de bonbons. Les petits se servaient. Les grands en survêtement les couvraient. Puis des adolescents étaient venus extorquer des plaquettes de briquets et de piles, des cartouches de Marlboro. Les adultes témoins des incidents baissaient la tête.

Modeste et repentant, Karim Moktari avait pris deux ans de prison, dont dix-huit mois avec sursis.

– Le tribunal a été plutôt clément, observa Payolle. Sa jeunesse a dû plaider pour lui.

Un rapport psychologique demandé par la présidente du tribunal assurait que Moktari pouvait se réinsérer facilement dans la société. Il avait manifesté le désir de se former, de trouver un travail. Arrogants, provocateurs, applaudis par la foule de leurs amis venus les soutenir, Ludovic Larrouy et Mohammed Hannachi, supposé être le chef du groupe, avaient au contraire été aussitôt placés sous mandat de dépôt, avec une peine de quatre ans de prison dont douze mois avec sursis.

– Hannachi a bénéficié d'une remise de peine. Larrouy est resté un an de plus pour mauvaise conduite et violences contre un surveillant.

– Ce serait bien de savoir ce qu'ils ont fait depuis. Et aussi de les loger.

Deux jours plus tard, le commissariat central de Lourdes recevait les réponses. Karim Moktari était aide-soignant depuis trois ans au centre hospitalier de Lourdes. Les rares informations le concernant indiquaient une vie rangée : un deux-pièces cité de l'Ophite, une Ford Fiesta achetée d'occasion, un début de formation continue pour préparer le diplôme d'infirmier. Sans histoire. Bonne réputation. Bon camarade, modeste et serviable. Musulman pratiquant mais sans excès. La fiche était précise : il fréquentait une salle de prière sauvage installée dans un T3 de la cité de l'Ophite. Il était vu parfois à la mosquée Omar Ibn Al Khattab, place Germain-Claverie à Tarbes. Rien n'indiquait qu'il fréquentait la mosquée El Hijra de Laubadère, comme s'il avait rompu les ponts avec son ancien quartier. Son dernier voyage dans sa famille en Algérie remontait à 2014. Pas de femme, pas d'enfants. Un profil tranquille, à l'image de sa personnalité décrite lors du procès une quinzaine d'années plus tôt.

– Ses loisirs, c'est quoi ?

Payolle trouvait ce portrait excellent. À l'instinct pourtant, un léger doute le tracassait.

– Il fréquente le complexe sportif de la Coustête, boulevard Lapacca, lui répondit Fournier. À part ça, il entraîne bénévolement les gamins au foot. À l'Ophite.

Le capitaine leva les yeux vers la fenêtre. Quelque chose lui échappait. Tout devait pourtant le rassurer dans cette fiche, mais il s'interdisait de conclure trop vite :

– Ce jeune a cherché à s'intégrer après ses conneries de jeunesse. Il a réussi. Il est lisse.

13

6 juillet

– Tu ne dois pas rester longtemps sur ce chantier, annonça Karim dès l'arrivée de Bilal.

Il ne le regardait pas, les yeux tournés vers le local des poubelles, un abri à claire-voie. Deux gamins de la cité avaient entrepris de l'escalader. Ils grimpaient comme des singes, souples et rapides.

– Ils peuvent te virer d'un jour à l'autre, insista Karim. Tu n'as pas beaucoup de temps pour récupérer ce qu'il nous faut.

Bilal s'étira. Les courbatures de ses deux premiers jours de travail l'engourdissaient.

– Facile à dire… J'ai pas beaucoup de liberté là-bas. Le mec avec qui je suis a peur que j'aie un accident du travail. Il ne me quitte que rarement dans la journée.

Frappés de plein fouet par le soleil de la fin d'après-midi, les huit étages du bâtiment 16 allongeaient leur ombre dans le jardin intérieur. L'immeuble à l'opposé était coupé en deux par la lumière. Seuls les derniers étages étaient éclairés, ce qui donnait à l'édifice un air pimpant que chaque détail de la façade démentait. Des plaques d'isolant laissaient échapper leur laine de verre, des trous et des salissures piquetaient la façade devenue grise avec le temps. La peinture des volets métalliques, naguère d'un bleu azur digne de la Méditerranée, avait pâli et pris une couleur gris-bleu, celle des jeans délavés passés à la pierre ponce. Des cris d'enfant leur firent tourner la tête. Un petit s'était fait mal en sautant du haut d'une grande poubelle.

– Dégagez les minots ! leur cria Karim.

Ils s'enfuirent comme une volée de moineaux, redoutant la taloche du grand. Le soir, après une journée aux urgences de l'hôpital, Karim aimait retrouver du silence, le calme, ne pas parler, ne pas entendre de plaintes. Il se demandait parfois si toutes les misères du monde ne se donnaient pas rendez-vous au centre hospitalier, entre la gare et le Sanctuaire, aux urgences précisément. À certaines heures, l'affluence des patients y devenait presque étouffante. Le calme lui était de plus en plus nécessaire. Surtout pour la prière, pour réfléchir. Il faisait bien son travail mais ne le supportait plus. L'échéance choisie avec Rachid se rapprochait et l'attente lui devenait pénible.

La paix qui régnait dans ce jardin intérieur de la cité l'apaisait. Il ne voyait plus les pelouses pelées, la terre battue qui gagnait d'année en année du terrain sur l'herbe. Les espaces verts de la cité résistaient mal au manque de moyens affectés à l'entretien. Il restait les allées de marronniers, particulièrement feuillus à cette saison. Ces rangées d'arbres lui donnaient encore l'illusion de se trouver dans un parc, un havre de paix où aucun malade ne viendrait l'embêter. Une sorte d'antichambre du paradis…

Karim habitait un HLM en bordure de la cité. Cinq étages seulement, ce qui était un gros avantage quand l'ascenseur était en panne. Les volets orange et les loggias ajourées, « comme là-bas » disait sa grand-mère, donnaient un air pimpant à ces bâtiments bâtis pour accueillir les ouvriers espagnols après la Seconde Guerre mondiale. Bilal quant à lui logeait dans les immeubles les plus hauts, cinq cent cinquante bâtiments édifiés par l'office HLM des Hautes-Pyrénées au début des années 70.

Karim reprit la parole, observant alternativement chaque entrée du parc. Comme il connaissait tout le monde ici, depuis sa première enfance, il pouvait identifier tout intrus, à la seconde. Flic, dealer, Rom à l'affût d'une affaire, voleur ou simple touriste égaré. Sa réserve et sa prudence étaient ses qualités premières, celles qui le faisaient tant apprécier au service des urgences de l'hôpital où il passait pour empathique, toujours attentif aux autres. S'il l'était, c'était d'abord pour sa tranquillité, c'est-à-dire pour sa sécurité. Il ne fallait pas tout gâcher en se croyant en dessous des radars dans cette paisible cité mariale vouée au tourisme religieux et au commerce de bondieuseries. Karim n'y voyait qu'idolâtrie et hypocrisie. À ses quelques amis, il confiait que ceux qui tenaient tous les commerces catholiques de la ville étaient en réalité les Juifs.

– Tu finis le repérage et tu passes à l'action. On compte sur toi, Bilal.

Karim sentait son ami un peu hésitant.

– Tu n'es pas entré dans cette boîte de merde pour lui faire gagner de l'argent, ne l'oublie pas. L'argent, on le donnera à ta famille. C'est dit et ce sera tenu. Fais confiance aux frères, Bilal. Tu vas les étonner en marchant sur le chemin d'Allah. Et tous seront fiers de toi.

Il était tard. Les deux hommes s'étaient levés. Ils traversèrent le jardin et entrèrent dans le bâtiment 16, par l'arrière. Le vestibule était maintenant inondé de soleil qui, loin à l'ouest, jetait ses derniers rayons de la journée. Les fragments de marbre gris coulés dans la banquette en béton de l'entrée, sur une idée de l'architecte de la cité, brillaient comme des onyx. De minuscules éclats semblaient les éclairer de l'intérieur. En passant devant, Bilal eut le même geste que lorsqu'il était enfant : celui de caresser cette surface scintillante qui le fascinait. L'immeuble était sans âme mais Bilal trouvait le hall d'entrée presque beau. Ces éclats donnaient une touche d'art incongrue à un espace sans âme, encombré par le bloc métallique des boîtes aux lettres, cent fois repeintes, cent fois souillées. Bilal se demandait parfois si les autres voyaient ce que lui aimait regarder depuis toujours.

Perdu dans ses pensées, Karim était passé sans s'arrêter.

– Bilal, n'oublie pas ton engagement : après le temps de la patience vient le temps de l'action. Notre frère est revenu du Cham avec l'étendard du Prophète. La mission nous attend.

Bilal tressaillit :

– Il est où ?

Il n'avait pu s'empêcher de poser la question mais comprit aussitôt son erreur. Karim le fusilla du regard, sans répondre. En ouvrant la lourde porte vitrée pour rejoindre le parking, Karim se retourna et lui claqua un double salut du poing.

– Méfie-toi, Bilal, ils peuvent te virer à tout moment.

– Je sais. Je fais ça dès que je peux. *Inch Allah !*

– Oui, que le Très-Haut te vienne en aide, mon frère. On va y arriver, je le sais.

Karim allait ouvrir la portière de sa voiture quand il entendit son nom. Bilal le rappelait.

– Excuse-moi, frère. J'ai un truc à te dire. Viens, monte boire un thé. Ma mère a fait les *ka'b al ğazāl*[1], les meilleures cornes de gazelle du nord d'Alger.

Karim hésita. Il voulait prier, être seul. Mais il sentait bien la nécessité d'être vigilant concernant Bilal. Le jeune devait rester sous contrôle jusqu'au bout. Il revint sur ses pas et monta l'escalier.

Encombré de bibelots et de tableaux encadrant des paysages méditerranéens lumineux, le petit salon des Yousfi était plongé dans une semi-pénombre. Pour ménager un peu d'ombre et rafraîchir la pièce, la mère de Bilal avait ouvert la porte-fenêtre donnant sur la contre-allée, pompeusement baptisée rue de l'Ophite. Les volets métalliques étaient tirés, ne laissant passer qu'un filet de lumière. Mal isolées, les cloisons donnant à l'ouest avaient absorbé toute la chaleur depuis le matin. Elles la restituaient à l'intérieur de l'appartement. Le courant d'air avec la fenêtre de la salle de bains, située côté est, à l'arrière du quatre-pièces, était insignifiant. Il soulevait à peine les rideaux

1. En arabe, « cheville de gazelle ».

blancs au crochet, tricotés par la grand-mère quelques mois avant sa mort. Le tapis de laine et les châles jetés sur le canapé accentuaient l'impression d'étouffement que ressentait Karim. Pour gagner du temps, il refusa le thé à la menthe et préféra du Fanta orange.

Karim entrouvrit le volet et se pencha à la fenêtre. Par habitude, par prudence, et pour respirer un peu d'air. Dès qu'il arrivait chez les Yousfi, il regardait dehors. Situé presque au centre de la cité, l'appartement faisait face au grand panneau publicitaire indiquant la direction d'un magasin Carrefour. De là, on voyait assez bien toute la rue, en enfilade. Une quinzaine de voitures étaient garées en bas. Du deuxième étage où se situait le F4 des Yousfi, Karim apercevait l'habitacle des voitures les plus proches. Personne à l'intérieur. Plus loin, d'autres voitures, en grande partie cachées par les marronniers.

Personne ne semblait surveiller le bâtiment. Les reflets du soleil sur les pare-brise le gênaient pour tout voir mais il fut en partie rassuré. Ces voitures étaient trop éloignées de l'appartement pour permettre d'éventuelles écoutes. Juste en dessous, devant l'entrée du 14, deux camionnettes utilitaires cuisaient au soleil. Karim savait que la police utilisait des « sous-marins » pour écouter, photographier, observer des cibles. Les séries télé en avaient largement parlé. Mais il connaissait le propriétaire de ces véhicules. Un Marocain, autoentrepreneur, créateur d'une affaire de transport et de livraison de colis. Il résidait au troisième étage. Il revint s'asseoir, rassuré.

Profitant de l'absence de sa mère repartie en cuisine pour remplir le plateau de cornes de gazelle, Bilal baissa la voix, déjà en partie couverte par les dialogues et la musique de *Plus belle la vie*. La série de France Télévisions était le rendez-vous quotidien très attendu de Mme Yousfi. Et de Khadidja quand elle était là.

– Quoi Bilal ? Je t'écoute.

Son ami se gratta la tête. Il était visiblement embêté. Il lui raconta une conversation avec Driss, son copain d'école, compagnon de mauvais coups et de foot. Driss avait beaucoup ri en l'écoutant raconter qu'il travaillait à la carrière.

– Toi, mon frère, tu vas bosser là ? Mort de rire. Tu vas faire esclave de ces mecs, dans la poussière…

Pour se justifier, Bilal avait fait la bêtise de dire qu'il préparait un coup, qu'il y avait de quoi faire un beau feu d'artifice dans cette carrière.

– J'suis désolé, soss. J'voulais rien dire mais ce con m'a obligé. Il me manquait de respect, tu vois. Tu comprends, Karim ? Tu comprends ?

Karim comprenait que Bilal avait été bavard. Vantard et impudent, Driss parlait souvent, trop, n'importe comment. Il était capable de rapporter la confidence de Bilal à n'importe qui. Karim était abasourdi. « Ce petit con va nous planter… » Bilal lui mit la main sur le bras.

– Attends, Karim. Il ne dira rien, je le sais. C'est un costaud. Il m'a juré, sur la tête de sa mère. La vérité !

Karim comprit qu'il devrait régler le problème de Driss au plus tôt. Il fallait partir, maintenant.

– Ne t'inquiète pas, non frère. Je vais parler à Driss. Il saura m'écouter.

Le retour de la mère de Bilal l'interrompit. Il saisit une corne de gazelle, par politesse, pour ne pas offenser la cuisinière.

– Bon je vais y aller, madame Yousfi. Pour ne pas vous déranger plus. Merci pour le gâteau, comme là-bas. C'est bon, y a pas à dire. La vérité, je n'en ai jamais mangé de meilleure.

Dans l'entrée envahie par des boîtes à chaussures empilées les unes sur les autres, Karim prit le bras de son ami.

– Bilal, tu respectes ce qu'on a dit, hein? Pas après, ce sera trop tard. Les frères attendent beaucoup de nous. Il ne faut pas les décevoir. On peut y arriver, à la grâce de Dieu.

Au moment où la porte allait se refermer, Karim la repoussa légèrement.

– À propos, merci pour l'accueil. Mais je vais te dire une chose vachement importante: le Fanta c'est quand même meilleur avec des glaçons!

Marchant vers sa Ford Fiesta, Karim ressentit une sourde inquiétude. Bilal ne devait pas les lâcher. Et Driss ne devait pas parler. Lui aussi, il fallait l'accrocher au projet.

14

7 juillet

Mathieu Cabana reposa sa boule à neige de Lisieux. Il venait de l'essuyer machinalement, sans nécessité. Son armée de boules était dépoussiérée tous les deux jours par le personnel de ménage. Assis en face de lui, le capitaine Payolle attendait son commentaire sur le dossier de Bouraoui posé sur son bureau. Cabana prit une à une les photos et les regarda longuement.

– Son évolution physique résume assez bien son parcours délinquant. On voit qu'il a pris du poids et des muscles entre le premier cliché judiciaire et la dernière photo après quatre ans de prison.

Il fixa le capitaine qui opinait.

– Payolle, pas de photo plus récente de ce Bouraoui ?

Le capitaine avait lui aussi noté ce vide dans le dossier.

– Désolé mon commandant, mais je n'ai rien de plus. On a fait la demande. On attend.

Bouraoui s'était volatilisé après le braquage violent de Laubadère. Il n'avait pas non plus été sanctionné pour le vol de plusieurs sacs d'engrais agricole dans l'établissement où il préparait un baccalauréat professionnel jardinier-paysagiste. Plus tard, il y avait eu des menaces sur un conducteur d'autobus « avec usage ou menace d'une arme », après avoir refusé de présenter son titre de transport. Avaient suivi diverses condamnations pour conduite sans permis, refus d'obtempérer, outrage à agent. Il avait fini par tomber, d'abord pour un braquage avec un pistolet à billes dans la région de Toulouse. Trois semaines de détention. Mais aucun suivi sociojudiciaire. Consterné, le commandant hocha la tête :

– Quel gâchis pour ce gamin ! Comment rattraper tout cela ensuite ?

Un vol avec violence dans la région du Cap d'Agde la même année avait valu à Rachid Bouraoui une condamnation sérieuse : dix-sept mois d'emprisonnement, dont trois mois avec sursis. Direction la maison d'arrêt de Toulouse-Seysses, à proximité du centre de détention de Muret. En cellule, il avait cohabité avec des détenus prévenus et des condamnés en instance de sortie. Cabana devinait la situation de ce jeune délinquant, plongé à 21 ans dans un véritable incubateur de criminalité, infiltré, dès cette époque, par des recruteurs islamistes. Libéré sans avoir accompli la totalité de sa peine, il avait basculé ensuite dans une nouvelle série de méfaits assortis d'une rafale de condamnations à Toulouse, Grasse, Albi : vol de moto, vol de voiture… Le commandant Cabana pointait du doigt, ligne après ligne, les condamnations.

– On l'arrête, on le libère, il recommence…

Puis la récidive de trop : le braquage d'une supérette, conduit dans une grande violence. Quatre ans en prison, dans trois établissements différents. La maison d'arrêt de Grasse, le centre pénitentiaire du Pontet, Toulouse-Seysses pour la fin de sa peine.

– Un détenu trop itinérant ! Pas bon du tout. Ces déménagements lui ont sans doute permis de rencontrer beaucoup de monde, dans cet univers parallèle où la délinquance côtoie trop souvent la grande criminalité et le radicalisme islamiste. Il s'est endurci, là !

Un extrait d'un rapport de l'administration pénitentiaire soulignait le début de son processus de radicalisation au Pontet. C'était confirmé à Toulouse-Seysses. Bouraoui avait alors changé d'attitude. On relevait une susceptibilité exacerbée sur la nourriture et l'habillement, des comportements nettement plus intransigeants, des altercations fréquentes avec les surveillants ou ses codétenus musulmans qu'il obligeait à respecter les interdits, les prières, même pendant les promenades.

– Placé en quartier disciplinaire puis en cellule d'isolement à plusieurs reprises, on voit qu'il en est ressorti à chaque fois plus mutique avec les non-musulmans, plus rigoriste et plus prosélyte avec les autres.

À sa libération, Bouraoui portait la barbe et la djellaba, juste au-dessus des chevilles, comme le recommandent les hadiths les plus rigoristes du Prophète. Mais sa dernière photo le montrait en survêtement, musclé, le crâne rasé, le regard noir et dur.

– C'est fou. Ce mec n'est pas ressorti calmé mais dopé et vengeur. On a libéré une bombe.

Heureusement, l'administration pénitentiaire avait fait un rapport sur son comportement à la Direction centrale du renseignement intérieur (DCRI).

– Sa fiche S3 ne l'a pas empêché de disparaître du paysage depuis près de cinq ans, nota Cabana.

Les services avaient pu le pister en Belgique puis au Liban. Sa trace avait été ensuite perdue à la frontière sud, entre la Turquie et la Syrie.

– Après, c'est le trou noir. Que des suppositions. Une forte probabilité de ralliement au califat de Daech ou un autre groupe djihadiste entré en guerre contre le régime de Bachar al-Assad.

Le rapport ne disait rien sur sa participation à la création de l'État islamique en Syrie et au Levant qui avait manqué de peu d'emporter les régimes irakien et syrien entre 2012 et 2015. C'était probable mais non prouvé. Rien n'était tout à fait sûr concernant la suite du parcours de Rachid Bouraoui.

– Une certitude, patron, ajouta Payolle. La guérilla, les prises d'otages, les exécutions sommaires, le maniement des explosifs : c'est l'itinéraire de formation du parfait futur terroriste. Si ce mec-là est revenu, ça va être chaud.

En cette fin d'après-midi, le temps virait à l'orage. La luminosité avait beaucoup baissé rue Baron-Duprat, comme si l'ombre du château sur son rocher commençait à tirer un rideau sombre sur le quartier.

Le commandant était pressé. Il avait pris du retard en lisant le dossier Bouraoui. On l'attendait à la mairie qu'il voulait rejoindre à pied, à moins de dix minutes de marche. Il tapa du doigt sur une chemise cartonnée :

– Demandez des précisions à la DGSI. Du concret. Pas d'analyses sur la menace islamiste…

Il s'éloigna vers l'escalier et attrapa un parapluie. À la porte, il se demanda quel détail important il oubliait : « Il faudra sérier les vides et les pleins… » En débouchant dans la rue, il évita un groupe d'enfants en VTT qui déboulait à toute vitesse dans la pente, en venant de la rue du Fort. Homme d'habitudes, Cabana caressa le solide pilier de marbre gris qui encadrait la porte cochère du commissariat. Il aimait la solidité et la rusticité de cette grosse bâtisse bigourdane bâtie au cœur de la vieille ville et qui avait longtemps servi de tribunal aux Lourdais. Il s'engagea à grandes enjambées en direction de la place Peyramale, préoccupé. Il redoutait que ses collègues de la DGSI retiennent les meilleurs renseignements sur Bouraoui et qu'ils ne partagent que le minimum avec son commissariat : « Me donneront-ils ce qu'ils ont, au risque de dévoiler l'insuffisance de leurs renseignements ? Au besoin j'appellerai mon pote Larcher. »

Sans surprise, le dossier Bouraoui fut complété par la DGSI mais seulement superficiellement. Il manquait l'essentiel, la réponse à la question qui les préoccupait tous : où se trouvait l'ex-délinquant passé par la case islamiste en Syrie ? On leur confirmait : « Quelque part en Occitanie. » C'était plutôt vague. Son passage avait d'abord été signalé à Istanbul. Un renseignement des douaniers allemands indiquait qu'il avait été repéré ensuite à Francfort-sur-le-Main. C'était au mois de septembre suivant. Bouraoui était sans doute revenu clandestinement en Europe en profitant de l'arrivée des dizaines de milliers de migrants passés par la Grèce et le sud-est de l'Union européenne.

Cabana comme Payolle se souvenaient de Mehdi Nemmouche, admirateur de Mohamed Merah, le tueur de Montauban et de Toulouse en 2012 : les militaires tués puis des enfants juifs dans la foulée… Nemmouche, cela avait été d'abord la délinquance, puis la récidive, la prison, le djihad, la Syrie… En Syrie, il torturait et assassinait en chantant du Aznavour. Puis il était revenu en Europe pour massacrer quatre personnes en mai 2014 au Musée juif de Bruxelles.

La conclusion était claire pour tous : il fallait localiser très vite Rachid Bouraoui !

15

Les premières heures de travail avaient été denses, épuisantes, menées à un train d'enfer par Michel Despax qui montrait à Bilal les outils et les rudiments du métier. Le « vieux » Despax faisait preuve d'une résistance étonnante malgré son visage raviné par les rides et sa stature en fût de bière monté sur deux courtes pattes. Le vieux gardait des muscles et du souffle. Il était aussi d'une souplesse insoupçonnée, capable de monter et descendre de la cabine d'un camion ou d'aller débloquer la chaîne d'une benne un peu récalcitrante avec aisance. Bilal s'en était vite rendu compte en suivant le rythme de Despax d'un bloc de roche à l'autre. Il lui semblait avoir mal partout. Il n'était pas encore 11 heures du matin et il avait déjà bu deux magnums d'eau.

– Le patron passera cette après-midi, lança Despax. Pour l'instant on bosse. Tiens, regarde ce matos. Tu sais ce que c'est ?

Bilal fut incapable de répondre. L'outil que Despax lui désignait, au sommet d'un gros parallélépipède de calcaire blanc, était une sorte de tronçonneuse comme il n'en avait jamais vu, un monstre d'acier prolongé d'un axe et d'un bras pivotant équipé d'une chaîne hérissée de dents.

– C'est une haveuse, Kevin. Du matos allemand. Du bon, du solide. Les dents que tu vois, c'est du carbure de tungstène. Avec ça, rien ne résiste. On tronçonne la pierre en vertical ou en horizontal jusqu'à cinq mètres de haut. Avant, les anciens faisaient la coupe à la main, au marteau-piqueur. Ils foraient des trous de trois à quatre mètres. Ils montaient et descendaient à la corde. Sans masque, sans protection, malgré la poussière et les éclats. Pas mal, hein ?

Bilal tournait déjà la tête, plus intéressé par le hangar en partie enterré au pied de la falaise de pierre, derrière une haute clôture métallique piquetée de panneaux rouges d'interdiction.

Despax passait une huile sombre sur la haveuse. Il leva la tête.

– Dis Kevin, tu sais ce que c'est l'ophite ?

Bilal fit une moue d'incompréhension qui alluma un large sourire sur le visage du contremaître.

– Bah, je m'en doutais. On n'apprend plus tout ça à l'école. Tiens, donne-moi un coup de main.

Despax rangea les outils laissés en désordre devant le local technique adossé au bureau.

– L'ophite, évidemment tu ne connais pas. Mais tu sais, mon gars, c'est cette pierre très dure qui a fait une partie de notre richesse, ici à Lourdes.

Despax se parlait à lui-même, sans s'inquiéter de savoir si Bilal l'écoutait.

– T'as regardé un peu la falaise derrière ton HLM, au pied du pic du Jer ? Ça fait quoi ? Soixante, soixante-dix mètres de haut ; sept cents, huit cents mètres de longueur ? À peu de chose près, je crois. C'est ce qui reste de la grande carrière d'ophite du pays. Il est sorti de là des dizaines de milliers de tonnes de concassé pour le ballast du chemin de fer. Et même les gros enrochements qui protègent nos plages des Landes. Ils viennent de chez toi, de ta cité de l'Ophite. À l'époque, nos immigrés étaient surtout des Espagnols. Les Maghrébins n'étaient pas encore arrivés.

Despax et Bilal levèrent la tête en même temps et se regardèrent. Le contremaître enchaîna, craignant d'avoir choqué le jeune :

– Oui, les Espagnols faisaient ce boulot. C'était dur, mal payé. Nous, de ce côté des Pyrénées, on était déjà des faignants.

Accroupis sur le gros rocher promis au sciage, ils rirent de bon cœur. Bilal avait fini de rentrer le matériel. Il attendait les ordres pour la suite en reprenant son souffle. Despax sourit. Il ennuyait le jeune apprenti, c'était visible.

– Allez Kevin, c'est tout pour aujourd'hui. Tu vas pouvoir y aller, mon gars. Eh oui, c'est vrai, putain ! J'allais oublier.

Bilal le regarda, soudain alerté par le ton légèrement inquiétant pris par son collègue.

– Oui, j'ai oublié de te dire : nos blocs d'ophite, on les a aussi envoyés pour la protection des digues en baie de Saint-Jean-de-Luz. On est un peu fiers ici.

Il partit d'un grand éclat de rire.

– On est cons quand même de s'attacher à ces souvenirs. À quoi ça sert ? À rien. Mais ça fait du bien. Cela nous rappelle qu'on a compté un peu pour quelque chose à une époque, ici même, dans cette France du bout du monde.

Il serra la main de Bilal.

– À demain, mon gars. Tu connais le Pays basque ? Si tu n'y es jamais allé, vas-y ! Y a des jolies filles, tu sais, là-bas. À ton âge…

Bilal se moquait bien de la côte basque. Il ne connaissait pas Saint-Jean-de-Luz. Il n'irait jamais se baigner sur ces plages où tout le monde, hommes et femmes, venait se mélanger, presque nus. Cette indécence lui était insupportable. Il enrageait de savoir que deux de ses sœurs allaient elles aussi à la piscine ou à la plage, au milieu des hommes.

– Si t'y vas pas pour les brunes, vas-y au moins pour goûter les mouchous ! lui cria Despax qui venait de brancher le jet d'eau pour se rincer les mains et le visage.

– Les quoi ?

– Les mouchous[1], pauvre âne ! Des bouchées douces comme des bisous… comme tu n'en auras jamais.

Vincent Hourcade était soucieux. Son passage à la sablière de Maubourguet lui avait confirmé que les gars avaient pris du retard dans l'extraction des sables. Les clients ne seraient pas livrés dans les délais annoncés. La réputation de la carrière du Soum allait en prendre un coup. La concurrence pourrait se régaler. Il avait eu aussi très chaud dans cette plaine de l'Adour, une cocotte-minute saturée de chaleur et d'humidité, étouffée par les centaines d'hectares de maïs qui s'étendaient chaque

1. Macarons à base d'amandes broyées.

année un peu plus. « En plus, ils pompent toute l'eau de la nappe pour leurs arrosages, on n'a pas fini de payer ce gaspillage », se disait-il sur la route qui le ramenait vers Lourdes, au pied des Pyrénées.

La fraîcheur relative qui descendait de la montagne ne suffit pas à le reposer. Despax lui avait fait un bilan rapide du retard pris dans la découpe des dix derniers blocs extraits. L'accident d'Abadie était une catastrophe. Son contremaître, expert en l'art de la découpe, resterait absent au moins trois semaines. En pleine saison, on ne pouvait pas prévoir pire.

Après le compte rendu de Despax, les deux hommes s'étaient assis de part et d'autre du bureau métallique couvert de poussière. Deux bières fraîches commençaient à se couvrir de buée. Ils avaient discuté, par phrases courtes, à l'économie, comme d'habitude. Travaillant ensemble depuis presque vingt ans, Vincent Hourcade et Michel Despax se comprenaient sans avoir besoin de s'expliquer longtemps.

– Le gars Bilal n'est pas du métier, c'est sûr, mais il semble avoir de la volonté, plaidait Despax. Et puis, est-ce qu'on a le choix ? Ce jeune est costaud, il pourra aider un peu.

Fatigué, préoccupé, Hourcade pensait aux deux chargements encore en attente alors qu'ils auraient déjà dû avoir quitté le chantier depuis trois jours. Il soupira :

– Tu as raison, Michel. On n'a pas le choix.

Tout juste tirée du frigo, la bouteille était encore tout humide de condensation. Il la fit rouler sur son front. La fraîcheur du verre glacé lui fit du bien.

– On est coincés, je pense. On a besoin de lui, c'est sûr, mais tu le sais : je ne peux pas l'embaucher. On est trop ric rac. Créer un autre emploi est impossible. Il faut tenir le coup en attendant le retour d'Abadie.

Despax approuva. Il connaissait presque aussi bien que son patron l'état précaire de la carrière du Soum.

– On fera avec, grommela-t-il.

Hourcade posa la bouteille et le fixa :

– Michel, je te demande une chose. Il bosse avec toi. Tu ne le lâches pas d'une semelle. Je ne veux pas le voir sur les machines. Tu l'éloignes de la haleuse et pas touche aux explos. S'il est cariste, il sait conduire. Tu le testes un peu. Il pourra manœuvrer sur le site, pas à l'extérieur.

– OK patron !

– J'insiste, Michel. Je ne le déclare pas. Il est au *black*. Donc pas d'accident du travail. Surtout pas ! Pas de connerie était superflu.

Despax le savait. L'avertissement du patron était superflu.

– J'ai pigé, boss. Tu peux compter sur moi.

– On le garde une semaine, dix jours. Pas plus.

Les deux hommes se turent. L'un après l'autre, ils avalèrent une large rasade de bière. Couvert par le ventilateur, le crissement des graviers près du tuyau d'arrosage, à l'extérieur du bureau, passa inaperçu. Bilal était venu s'accroupir sous la fenêtre ouverte depuis quelques minutes, dans cette attitude d'observation et d'écoute qu'il avait gardée de son enfance. Son père lui avait dit un jour qu'il avait hérité cette habitude de ses ancêtres gardiens de moutons dans la région de Constantine. Bilal avait souri. Les moutons, depuis son enfance, ils ne les connaissaient qu'égorgés et pantelants, quand les hommes s'affairaient pour préparer les quatre jours de fête qui commençaient le 10 du mois de *dhou al-hijja*, le dernier dans le calendrier musulman. C'est bien plus tard que Bilal apprit que ce rituel du sacrifice marquait aussi la fin du Hajj, le pèlerinage aux lieux saints de La Mecque pour tous les croyants. Chez lui, la fête l'emportait sur le reste. Ni ses parents, ni ses sœurs n'étaient de vrais croyants. Son père semblait faire les prières quotidiennes et le ramadan comme tout le monde dans la cité de l'Ophite, mais il le voyait si rarement faire l'aumône véritable, comme le recommande Allah par le biais du saint Coran dicté au prophète Mahomet.

Le soir même, il rejoignit Karim sur un banc de la cour intérieure du bâtiment 16 de la cité. Par curiosité, il était allé observer l'immense falaise à moitié cachée par une haie de peupliers derrière les bâtiments, au-delà des parkings. Des cassures régulières dans la roche indiquaient où les ouvriers avaient placé les charges explosives pour faire s'écrouler de façon méthodique des pans entiers de la montagne. La végétation était repartie à l'assaut de ce mur compact que le temps commençait à verdir de mousses et de tiges végétales insolites. Bilal était resté un long moment à contempler les profondes balafres striant la roche. La puissance des explosifs utilisés l'avait laissé rêveur. S'ils avaient pu pulvériser cette barrière de pierre, ils pourraient détruire bien autre chose. Ce soir-là, la falaise lui avait semblé encore plus écrasante que dans son enfance, un mur dressé entre lui et le ciel, une clôture derrière laquelle on l'avait parqué, lui et sa famille, les coupant du monde. « Cela devra changer un jour, *inch Allah* », s'était-il dit en regagnant à longues enjambées la cour intérieure où l'attendait Karim.

– Alors mon frère, qu'est-ce que ça te fait de bosser ?

Karim se moquait gentiment de lui. Il insista :

– C'est fini les grandes vacances ! T'es devenu un vrai ouvrier des Pyrénées maintenant... La vérité cousin, tu sens déjà la poussière de la montagne.

Bilal sourit. À la carrière, il éprouvait la satisfaction d'être utile même si le travail en tant que tel ne lui plaisait pas. Ses collègues étaient plutôt sympathiques mais leurs conversations ne l'intéressaient pas. Leurs plaisanteries ne le faisaient pas rire.

À la pause repas, au début, les ouvriers l'avaient invité à leur côté quand ils ouvraient leur gamelle ou déballaient leurs sandwichs. Mais Bilal ne buvait pas de bière, ni de vin. Il ne supportait pas les morceaux de jambon ou les rillettes de porc qui débordaient des tranches de pain. Il parlait peu. Les autres s'étaient habitués à son mutisme, d'autant que cette recrue de l'été n'appartenait pas vraiment à l'entreprise.

– Allez, les gars, il faut respecter la différence, avait recommandé Despax, après avoir essayé de convertir son nouvel adjoint aux grattons de porc. C'est vrai, ce n'est pas très halal, mais le jeune ne sait pas ce qu'il perd.

Les autres avaient ri, dans un joyeux brouhaha. Un apprenti affecté au sciage avait ajouté, en mordant à belles dents dans son sandwich :

– Lui au moins, il ira au paradis. Pas nous.

Bilal allait prendre sa pause déjeuner sur les bords du gave, à quelques centaines de mètres du chantier. Un kebab au poulet et un fruit lui suffisaient. Il n'avait pas de quoi acheter davantage pour son repas du midi. Il devait attendre la table familiale du soir : la soupe et la platée de légumes aux épices que sa mère préparait quasiment chaque jour. Assis au bord du petit étang coincé entre le gave et le chemin des Arailles, il voulait surtout échapper, au moins pour quelques dizaines de minutes, à la poussière sèche du chantier qui lui brûlait les poumons. Malgré le bruit de la route, juste au-dessus de lui, il goûtait la tranquillité de la berge. Parfois, il poussait plus loin, sur le Saillet de Peyre Nègre, d'où il aimait regarder les jeunes s'équiper pour faire du rafting.

La fraîcheur du gave l'apaisait. Il se disait qu'il était bien à cet endroit. C'était son pays, là où il était né, la terre de son enfance, mais il n'aimait pas les gens, sans trop savoir pourquoi. Karim lui avait donné une explication qu'il croyait maintenant juste :

– Ce sont des mécréants, Bilal. Ils ne croient plus en rien. Ça explique leur mauvais comportement avec les pauvres comme nous, avec les femmes, avec nos sœurs. Ça explique leurs lois et la pornographie. Crois-moi, ils sont dans l'erreur. Ils sont dans la mauvaise foi.

Bilal avait tenté de le contredire :

– Peut-être ailleurs, mais ici, à Lourdes, Karim, regarde comme ils ont la foi. Ils prient toute l'année.

Depuis son enfance, il voyait les pèlerins dans les rues, les malades épaulés par des bénévoles. Les processions et les chants l'impressionnaient. Karim était très persuasif :

– C'est rien, tout ça, Bilal. Du cinéma pour enrichir les commerces, les banques. Tous des Juifs, n'oublie pas ce que je te dis. Il faut les réveiller et les amener à la vraie foi, celle du Prophète. On n'est pas nombreux à le savoir mais ce qu'on fait, c'est pour eux, pour leur bien.

Bilal aimait s'asseoir à l'ombre d'un gros camion benne. De cet endroit discret, il voyait le bureau et l'annexe où ses collègues se réunissaient pour déjeuner. C'est là qu'il se postait. En se décalant vers la droite, il pouvait aussi observer le hangar entouré d'une haute clôture. Elle n'était pas électrifiée, malgré les panneaux rouges avertissant de risques d'électrocution.

– Tout est installé mais bon, c'est quand même risqué de mettre du jus en permanence là-dessus, lui avait expliqué celui qui s'était présenté comme le chef mineur, l'employé chargé des explosifs à la carrière du Soum.

Calme et très aimable, Thierry Lalanne était flatté que ce jeune travailleur sans contrat s'intéresse à son métier. Il aimait expliquer, être utile aux autres, et prenait à cœur son autre activité : entraîneur bénévole des benjamins du LOC, le Lavedan Olympique Club, une vingtaine de gamins à canaliser sur un stade de rugby, chaque samedi après-midi et parfois le dimanche. Apprendre et transmettre étaient sa passion. Au travail, pris par ses activités et la routine, il n'avait jamais l'occasion d'expliquer à qui que ce soit ce qu'il faisait. Ses collègues savaient déjà tout ou presque. Ou ils s'en foutaient. Il ne voyait jamais aucun stagiaire car les scolaires n'avaient pas l'autorisation de venir. Principe de précaution, lui avait-on dit, à cause de la dangerosité du site et de la pollution aux poussières.

Avec ce jeune Bilal Yousfi de si bonne volonté, Lalanne pouvait montrer ses savoir-faire, les techniques employées dans sa partie, les progrès de la technologie. Il lui semblait même redécouvrir son métier. Et s'il pouvait mettre au travail un jeune du pays et lui apprendre un métier, ce serait une grande satisfaction personnelle. Bilal écoutait sans trop poser de questions. Son collègue était volubile. Il se laissait entraîner dans de longues explications, parfois trop compliquées pour lui. Bilal disait à Lalanne de ralentir ou de raccourcir ses démonstrations, débitées avec la force précipitée d'un gave de printemps sur les galets du Lavedan. Lalanne riait puis recommençait aussitôt, en essayant de simplifier.

Un peu perdu mais attentif, Bilal s'efforçait de garder en mémoire ce qui pouvait l'intéresser même s'il ne pouvait pas se souvenir de tout. Lalanne l'avait amené deux fois déjà dans le hangar situé à l'écart des deux petits bâtiments qui servaient de bureau et de local technique. Une fois la clôture grillagée franchie, il fallait descendre quatre marches pour accéder au portail de ce local bien protégé. Bilal avait découvert qu'il était climatisé en cette saison, comme l'indiquait le ronronnement permanent d'un climatiseur installé à l'arrière du bâtiment. Un énorme tuyau flexible protégé par une carapace d'amiante et d'aluminium apportait l'air froid dans le local. À l'intérieur, derrière une cage grillagée, des caisses et des malles sommeillaient dans l'ombre.

– Tu vois, Bilal, c'est incroyable : rien ou presque n'a changé depuis le début de l'exploitation de nos carrières. On a toujours des explos, comme avant. On les dose mieux, c'est tout. On fait aussi plus attention aux mesures de sécurité. La législation est féroce.

– Heureusement, avait répondu laconiquement Bilal, les yeux fixés sur les caisses qu'il devinait pleines d'explosifs et d'amorces.

– Tu vois, à l'époque, le chef mineur chargeait les volées et…

– Les volées ? interrogea Bilal.

– Ouais, les volées. Il fallait casser les blocs trop gros pour le concasseur. On faisait des trous qu'on bourrait de dynamite. Avec un détonateur, bien sûr. Et boum ! On n'avait plus qu'à ramasser les morceaux plus petits.

Lalanne avait ouvert un compartiment dans la malle la plus grosse.

– Les retardateurs.

Il referma la boîte et épousseta machinalement le couvercle.

– Touche à rien, Bilal. C'est stable mais on ne sait jamais. Les mecs, avant, préparaient les mèches et les pétards… OK, ne rigole pas. Les pétards, c'est pas les joints que tu t'envoies le samedi soir. Mes pétards à moi, c'est plus costaud pour s'envoyer en l'air. Jusqu'au paradis…

Bilal s'était insurgé :

– Eh, attention, m'sieur, je ne fume pas. C'est *haram*.

– Oui, oui, je sais, c'est ce qu'on dit toujours. Mais je m'en fous. Je ne suis pas de la police.

Lalanne avait pris en main une sorte de saucisson orange qu'il manipulait avec précaution. Il lui avait expliqué les évolutions rapides dans les techniques, depuis les années 60. En dehors du bruit et de la poussière, toujours omniprésents, on cassait aujourd'hui les gros blocs avec des explosifs mieux dosés, équipés de retardateurs sécurisés.

– À part cela, tu l'as vu, il reste le sciage au câble diamanté et la coupe à la haveuse. Moi, j'ai toujours eu un faible pour les explos, même si on les emploie surtout pour le granit et le grès. Pas trop chez nous. Les explos, c'est mon côté gamin.

Le lendemain, Lalanne l'avait appelé près du hangar.

– Viens voir. On a reçu des colis.

Une fois déverrouillés la serrure et les deux gros cadenas en acier à cinq gorges, l'abri avait révélé un mur intérieur de sacs de sable de près d'un mètre de largeur et, derrière, deux nouvelles malles sombres.

– Elles sont arrivées très tôt ce matin, avant même l'heure d'embauche. Livraison banalisée.

Lalanne se montrait enthousiaste en ouvrant les malles l'une après l'autre.

– On a tout, là. Du bon matos. Il faut d'abord bien vérifier le conditionnement. On a tout pour faire péter la montagne. D'un côté les explos. De l'autre les détonateurs. Jamais ensemble. Pour la sécurité. Et là, c'est les amorces et les boosters. Tu sais ce que ça veut dire, booster ? OK, bien sûr. Là, un petit bijou : la console de tir et un microretardateur. Pas mal, hein ?

Bilal hésitait à poser des questions. Il préférait s'en tenir à des généralités, sans trop se rapprocher des malles qui l'attiraient pourtant beaucoup.

– Mais, dis-moi, ça ne risque pas quelque chose quand même ?

– Oh, petit, tu t'inquiètes ? Pour qui ? Pour ta belle gueule ou pour moi ? Tu sais, j'ai une formation. Un certificat technique, quoi. Mais pour les gros trucs de démolition, on fait venir des techniciens certifiés. C'est plus sûr, surtout pour les assurances.

Bilal comprenait qu'il fallait faire venir des experts pour chaque opération de démolition, ce qui confirmait la difficulté de mise en œuvre de ces explosifs.

– Ce sont des spécialistes qui savent paramétrer les circuits électriques et coordonner les explosions. C'est plus efficace au résultat. Ils optimisent, comme ils disent. Surtout pour toutes les nuisances possibles avec ce genre de trucs…

Lalanne lui avait expliqué le principe des émulsions explosives en vrac ou encartouchées, les effets chimiques dévastateurs des perles de nitrate d'ammonium, les différentes catégories de puissance selon les roches à fracturer. Il lui avait vanté les mérites du Gémulsite 80 et du Gémulstar V.

– Ça dégage une énergie, putain ! De la dynamite puissance 100 ou plus. C'est du lourd.

Lalanne s'était arrêté, peut-être inquiet d'en dire trop à ce jeune collègue taiseux mais visiblement intéressé.

– Bah, tu dois savoir tout ça. On trouve tout sur Internet. C'est même incroyable. Un mec peut y copier tous les schémas, faire son marché, se faire livrer le nitrate par la poste. Après il achète du fuel et en avant pour se fabriquer une bombe. C'est dingue !

16

9 juillet

Manon sourit. À Lourdes, c'était son moment préféré de la journée, elle qui détestait tant se lever tôt habituellement. À Bordeaux, un réveil à 5 h 45 lui aurait paru une épreuve insurmontable. Sauf pour un départ en vacances, et encore, vers un pays chaud. Son service volontaire annuel de cinq jours auprès des malades et des personnes handicapées n'était pas des vacances. Loin de là. Mais ses repères habituels étaient bouleversés. Elle l'avait compris, en arrivant ici la première fois, deux ans auparavant. Une hospitalière bénévole à l'Hospitalité Notre-Dame de Lourdes devait rejoindre le bâtiment de l'accueil Notre-Dame dès 6 h 25. Cette résidence de neuf cents lits réservés aux pèlerins malades ou handicapés était une ruche très matinale. Il fallait deux bonnes heures pour réveiller et préparer les malades, puis les faire déjeuner avant de les rassembler pour commencer les activités de la journée.

La matinée commençait en chanson et Manon Pradier aimait ce moment de partage. La douceur du chant religieux que son groupe chantait chaque matin aux malades pour les aider à sortir paisiblement du sommeil atténuait le choc de l'entrée dans la chambrée. Juste avant qu'on ne relève les volets roulants pour entrouvrir les fenêtres, les hospitaliers pénétraient dans la moiteur confinée de la pièce fermée depuis la veille au soir. L'odeur aigre et lourde des malades était une vraie épreuve. On ne s'y habituait pas.

Les hospitaliers en âge d'avoir fait leur service militaire évoquaient leurs souvenirs de caserne, les lits puants et les chaussettes sales. Les premiers jours, les bénévoles les plus jeunes étaient déconcertés de se retrouver dans cette ambiance de collectivité presque animale, si loin de leur confort et de leurs habitudes. Ils finissaient par en rire, notamment pendant la toilette, quand il fallait s'y mettre à trois ou quatre, hommes et femmes, pour porter à la douche, soutenir et laver un handicapé particulièrement lourd. Pendant le ménage général, les hospitalières les plus chevronnées s'efforçaient de donner des cours de serpillière à des hommes peu habitués aux tâches ménagères. Le plus souvent, ceux-ci restaient sagement à bonne distance, se contentant de les regarder travailler. Certains d'entre eux expliquaient doctement la meilleure méthode pour faire un lit au carré, s'estimant experts à jamais après avoir subi, du temps de leur service, la pédagogie martiale d'un caporal de chambrée ou d'un adjudant de compagnie.

Manon et ses amies « bonnets blancs » écoutaient ces radoteurs en se moquant gentiment. L'important était le service auprès des malades et des handicapés, échappant pour quelques jours à leur solitude ou à la rudesse des hôpitaux et des maisons de retraite. Ces cinq jours hors du temps et de leur routine médicale offraient aux personnes dépendantes une évasion joyeuse, attendue toute l'année. C'était une parenthèse merveilleuse faite d'attentions presque oubliées, d'une proximité entre le personnel et les pensionnaires que ne permettait plus le fonctionnement intensif des Ephad en sous-effectif chronique.

« On apprend à être utile dans les tâches les plus obscures de la vie quotidienne », avait expliqué Manon à ses parents de retour de son premier séjour. « On espère simplement que tu t'en souviendras à la maison », lui avaient-ils répondu, d'un ton passablement sarcastique.

La jeune fille avait découvert à Lourdes toute l'importance des gestes et des mots les plus simples, l'impact d'un sourire gratuit, la force d'une caresse sur une vieille joue creusée par les rides mais rasée de frais, la valeur d'un compliment bienveillant offert à une vieille dame que l'on vient de peigner avec délicatesse. Elle admirait la bonne humeur constante manifestée par ses aînés. Certains des bénévoles étaient très âgés, en âge même d'être arrière-grands-parents. Leur fatigue croissait au fil des jours. Ils ne s'en cachaient pas.

« On donne beaucoup, c'est vrai, mais qu'est-ce qu'on reçoit aussi en retour », disaient-ils, fidèles depuis des décennies au pèlerinage à Lourdes.

Au début, Manon avait hésité à venir. Louise, une de ses amies à la fac de droit de Bordeaux-Montaigne, lui avait parlé des accompagnements de malades organisés chaque année en juillet par l'Hospitalité Notre-Dame de Lourdes avec le diocèse de Bordeaux.

– L'HB, c'est top, insistait Louise.

– L'HB ?

– Oui, ma belle, l'Hospitalité bordelaise.

À la différence de son amie, ancienne cheftaine scoute puis guide de jeunes, très engagée dans l'aumônerie étudiante de Bordeaux-Montaigne, Manon était une catholique à éclipses, comme tant d'autres. Baptisée mais pratiquante épisodique. La foi n'était pas sa motivation première. Elle allait à la messe sans grand enthousiasme, surtout pour faire plaisir à ses grands-parents.

– Viens voir, avait insisté Louise à la fin d'un interminable cours sur le droit des sociétés. Cinq jours en juillet. Ça ne t'engage à rien.

Manon avait ri :

– Tu crois ça, toi ! D'abord, ton pélé me bouffe le mois de juillet. J'avais prévu d'aller au Liban. Ensuite, c'est quand même cinq jours de vacances en moins.

Louise l'avait regardée avec étonnement :

– Oui, Manon, mais… cinq jours dans une année… Réfléchis…

C'était avant les vacances de Pâques. À la Pentecôte, Manon avait décidé de s'inscrire.

Elle passerait ainsi quelques jours avec sa meilleure amie. Manon Pradier avait fait des heureux : ses parents. Le voyage au Liban de leur fille, en compagnie de deux de ses amies aussi aventurières qu'elle, les inquiétait. Le projet que les trois étudiantes leur avaient présenté – passer deux mois auprès d'orphelins handicapés – ne les avait pas vraiment rassurés. Le Liban et ses dangers étaient devenus une angoisse persistante pour sa mère. Ce pèlerinage de cinq jours à Lourdes arrivait comme une divine surprise. Leur fille n'irait pas au Liban. Elle resterait en sécurité en France, dans la région. En cas de problème, elle serait à deux heures de route du cabanon d'Arcachon où les Pradier passaient une partie du mois de juillet. Sa mère avait mis un terme à la discussion, avec une conclusion qu'elle croyait définitive :

– Et tu seras tout aussi utile à Lourdes qu'à Beyrouth, ma fille.

Manon commençait à regretter son choix tant l'insistance de sa mère lui semblait pesante.

– Mais, maman, tu sais bien que ce n'est pas la même chose...

– En effet, Lourdes c'est sans doute moins exotique que Beyrouth. Je vais te dire pourquoi je m'en réjouis : à Lourdes, au moins, on ne risque pas de se faire enlever. Le Liban, c'est quand même connu pour cela, non ?

Le dialogue entre la mère et la fille s'était tendu. Manon avait répliqué avec une pointe d'insolence, comme à son habitude :

– Oui, mais je peux aussi me faire écraser par un chariot d'handicapé ou passer sous un fauteuil roulant. On ne sait jamais, hein maman ? On va peut-être prendre une assurance tous risques...

Aujourd'hui, tout cela lui paraissait loin et Manon était heureuse d'avoir rejoint cette année encore cette étrange confrérie des hospitaliers bénévoles de Lourdes.

Seule ou avec Louise qu'elle retrouvait parfois, Manon descendait tôt le matin de la ville haute par la rue Massabielle et la rue Sainte-Marie. Les cinq minutes de marche entre son hôtel et le Sanctuaire la revigoraient.

Elle en ressentait tout le bienfait. Un moment délicieux dans la fraîcheur d'une ville qui se réveillait. À cette heure, les hospitaliers et hospitalières des diocèses présents à Lourdes convergeaient par groupes vers le Sanctuaire.

Ces hommes et ces femmes en uniforme blanc ou bleu arboraient des foulards jaunes, violets, rouges. Leurs pas pressés et leurs conversations à voix basse résonnaient dans les rues encore endormies. Ils formaient une étrange procession, comme une secte discrète en route vers un objectif secret. C'étaient des dizaines et des dizaines de volontaires qui partaient ainsi pour une longue journée de travail. Certains, les plus pieux, faisaient un tour par la grotte pour prier quelques minutes. D'autres allaient simplement dire bonjour à la Vierge sur son rocher, comme la petite Bernadette Soubirous cent soixante ans avant eux. Ce matin-là, le 11 février 1858, elle était partie ramasser du bois le long du gave en sautant de galet en galet pour arriver au pied du grand rocher qui allait devenir la grotte des Apparitions.

La journée promettait d'être belle et chaude. À l'est, le soleil levant commençait à éclairer le moutonnement gris des toits d'ardoises. Fièrement perché sur sa falaise abrupte, le château fort de Lourdes émergeait de la nuit pour prendre sa faction de jour. Nimbée de la brume rosée de l'aurore, la forteresse médiévale tardait à prendre son air sévère de sentinelle de pierre des comtes de Bigorre, ses bâtisseurs, entretenu ensuite pendant plus de deux siècles par sa vocation de prison du roi puis de la république.

Manon appréciait ces minutes fugaces quand Lourdes appartenait pleinement aux hospitaliers. Les rues étaient encore vides, sans pèlerins ni étals de marchandises. Les boutiques ouvertes étaient très rares. La plupart n'avaient pas encore levé leur rideau, ce qui donnait une paix étrange à cette cité si animée en cours de journée. Manon essayait d'imaginer la cité mariale avant les premiers grands pèlerinages, entre les premières apparitions, de février à juillet 1858, et le début des grandes processions, derrière les flambeaux et les bannières, à partir de 1872. Ensuite, les foules n'avaient fait que croître. Près de six millions de visiteurs venaient à Lourdes chaque année.

17

10 juillet

Manon n'aimait pas retourner dans la ville pendant la journée. Elle n'en avait pas le temps et ne le faisait que pour accompagner la promenade de son groupe de malades et de handicapés, programmée certaines après-midi. La ville changeait tellement d'allure. Dès 10 heures du matin jusqu'à tard le soir, Lourdes s'abandonnait entièrement au commerce. Du haut de la cité jusqu'aux principaux accès au Sanctuaire, les magasins et les échoppes formaient une suite quasi ininterrompue d'étalages. Le boulevard de la Grotte, les avenues Soubirous et Schoepfer, les rues de la Grotte, Sainte-Marie et Saint-Joseph déroulaient un réseau de tentacules commerciaux. Ils captaient l'attention et l'argent des millions de pèlerins-touristes qui montaient ou descendaient. Toutes les boutiques vendaient les mêmes objets, la même pacotille fabriquée en Asie. Cet amoncellement de marchandises aux couleurs pastel débordait des trottoirs sur la rue, fixant des groupes grégaires et bruyants.

Ce capharnaüm procurait à Manon une pénible sensation d'étouffement, mais dès son arrivée sur l'esplanade, cette impression s'effaçait. Elle était alors chez elle. Au bord du gave ou au pied de l'immense statue de la Vierge couronnée, véritable carrefour du Sanctuaire, Manon recommençait à mieux respirer. Autour d'elle, les sommets couverts de pâturages ou de forêts, le clocher de la basilique de l'Immaculée Conception, à soixante-cinq mètres au-dessus de la ville, et la masse du château fort perché sur son rocher noir la rassuraient. Elle pouvait alors imaginer la petite Soubirous courant avec sa sœur dans les champs couverts aujourd'hui par l'esplanade, longeant les moulins et le gave, à la recherche du bois mort charrié par les crues.

Pour Manon, cette mission bénévole faisait toute la différence. Il avait fallu qu'elle franchisse le pas, poussée par son amie Louise, pour le comprendre et repousser tout ce qui la gênait jusque-là dans cette ville de marchands. En mettant chaque matin sa coiffe blanche sur un chignon souvent bancal, en nouant sa blouse blanche d'hospitalière, elle s'imaginait rejoindre un ordre secret, celui des travailleurs engagés dans les coulisses de la cité mariale. Ceux qui donnaient aux célébrations et aux processions une dimension et une force exceptionnelles.

Avant 7 heures du matin, l'accès à la porte Saint-Joseph était encore très fluide. Les foules bariolées de la journée arrivaient peu après, à partir de 7 h 30, pour la première messe à la crypte, ou plus tard, à 9 heures, pour l'ouverture des piscines. En 2017, la ville avait fait installer d'énormes blocs de béton pour empêcher les tentatives d'attentat-suicide ou d'intrusions violentes à l'intérieur du Sanctuaire. La rampe qui menait au centre de l'esplanade était ainsi inaccessible aux véhicules. D'autres banquettes de sécurité étaient posées devant la porte Saint-Michel, l'autre grande porte conduisant au Sanctuaire, en venant de la gare. Les accès secondaires sur la route de Pau n'étaient pas encore sécurisés de la même façon. Les pèlerins n'y passaient pas ou si peu. Ces portails servaient surtout à la desserte technique du Sanctuaire. Ils donnaient accès au parking des cars pour le rembarquement des groupes.

Ces blocs de béton servaient désormais de bancs aux pèlerins qui arrivaient par la place Monseigneur-Laurence ou par la rue Monseigneur-Schoepfer. Souvent en avance, ce qui ne lui arrivait jamais à Bordeaux, Manon y attendait Louise comme chaque matin. Elles n'avaient pas pu loger dans le même hôtel faute de place. En cette saison, Lourdes faisait le plein. L'hôtel de Manon était à deux pas de la porte Saint-Joseph mais celui de Louise se trouvait de l'autre côté du gave, à quinze bonnes minutes de marche. Les deux amies se retrouvaient avec plaisir le matin avant de se séparer de nouveau en arrivant dans le bâtiment des malades. Elles n'étaient pas affectées à la même équipe d'hospitalières.

Un des deux vigiles en service à la porte Saint-Joseph sortit du préfabriqué qui servait de poste de garde.

– Je vais m'aérer un peu, lança Bruno Lussan à son collègue.

Il alluma une cigarette en attendant la relève. Manon eut de la peine pour cet homme aux traits tirés. Il devait achever sa permanence de nuit, le Sanctuaire restant ouvert vingt-quatre heures sur vingt-quatre Elle l'avait déjà vu la veille au soir, vers 22 h 30, en regagnant son hôtel, et se demanda s'il n'avait pas largement dépassé l'âge de la retraite tant il paraissait fourbu. Le vigile lui adressa un signe de la tête. Elle lui répondit par son plus beau sourire, amusée et un peu gênée. Elle ne fumait pas. Pour se donner contenance, Manon fouilla dans son petit sac à dos, à la recherche de son téléphone.

Adossé au pilier de marbre gris du portail, Lussan souffla la fumée en basculant la tête en arrière. Manon remarqua le gobelet qu'il serrait dans sa main et sentit le parfum du café. Elle en avait envie et très hâte de partager celui qui l'attendait à l'accueil Notre-Dame, comme tous les matins. Le vigile en polo bleu se rapprocha de la banquette et lui lança, d'un air complice :

– Ils sont jolis, ces petits pompons…

Manon avait personnalisé son sac avec des bouts de laine multicolores reliés par des anneaux en métal imitant l'argent.

– Merci. On me les a rapportés du Liban.

– Ah oui, bien sûr : je me disais que ça faisait oriental.

Le vigile ne s'éloignait pas. Manon regardait au loin, impatiente de voir arriver Louise. Ce type devenait un peu collant. Il revint à la charge :

– Vous êtes de Bordeaux, n'est-ce pas ?

Manon n'avait pas vraiment envie de parler. Étonnée par cette question un peu directe, elle s'obligea quand même à répondre :

– Oui… Comment le savez-vous ?

Lussan sourit. « Un sourire de papy fatigué », se dit Manon. Il lui désigna son sac.

– Votre sac à dos ! Ce modèle de couleur bordeaux, c'est… Bordeaux, je crois. En plus, il est marqué HB, comme Hospitalité bordelaise. Je ne dois pas beaucoup me tromper. Et puis la blouse et le bonnet… On connaît, à force.

Manon se prit au jeu :

– Exact, monsieur. Et nos hospitaliers de l'HB, ils sont comment ?

Bruno Lussan éclata de rire.

– Vous me faites passer un examen ou quoi ? Vous savez, je travaille à la sécurité depuis dix ans. Avant j'ai été gendarme pendant vingt ans. Et sept ans aux parcs et jardins. Mais j'ai une invalidité et…

L'heure tournait. Manon le coupa :

– D'accord, d'accord, et ma question ?

– Tout doux, Miss Bordeaux, répliqua Lussan sans se troubler. Dix ans de gardiennage, je vous dis ! Et en dix ans, croyez-moi, on en voit passer des hospitaliers, des pèlerins aussi d'ailleurs. Vos gars de l'HB, ils sont en chemisette bleu ciel, pantalon bleu marine. Un peu militaire comme uniforme. Et pour tous, le même sac. Celui que vous avez. On ne peut pas dire : l'HB, c'est du sérieux. Vous avez de l'allure.

Manon remercia et se leva en ajustant son bonnet d'où quelques mèches rebelles s'échappaient. Elle comprenait ce que voulait dire ce vigile. Son frère s'était déjà moqué d'elle : « Ta coiffe et ta blouse croisée à mi-mollet, bof, bof. Ça a un petit côté militaire, mâtiné d'un style vaguement vieille Angleterre. Tu fais un peu bonne sœur des années 40, ma chère sœur… »

Manon savait pourquoi : l'HB avait été longtemps présidée par un général à la retraite. L'uniforme un peu strict, c'était son idée. Manon trouvait l'ensemble un peu ringard mais finalement plutôt bien adapté à la mission. Les six cents bénévoles de l'HB se repéraient aussitôt dans les rues de Lourdes ou sur le Sanctuaire. Elle en était fière. Et son uniforme blanc allait plutôt bien sur sa peau mate même si on la prenait parfois pour une infirmière.

Louise venait d'arriver. Elles s'embrassèrent et se dirigèrent vers le portail.

– Au revoir monsieur, bonne journée, lancèrent-elles au vigile en rejetant d'un même geste leur sac bordeaux sur l'épaule.

Bruno Lussan les regarda s'éloigner sur la pente qui descendait vers l'esplanade.

– Bon courage les filles !

Deux mercis sonores et rieurs lui répondirent. Les pompons multicolores sautaient en cadence sur le sac à dos. Lussan hocha la tête, amusé. « Des filles bien mignonnes… » Il enviait leur jeunesse et leur joie de vivre. Son service de la nuit s'achevait.

À cent mètres sur la place Monseigneur-Laurence, un homme discret observait la scène. Ni Lussan ni les filles ne l'avaient vu. Assis à la terrasse extérieure du Café Royal malgré la fraîcheur de l'heure matinale, Karim tournait mécaniquement une petite cuillère dans sa tasse de café, sans quitter des yeux la porte Saint-Joseph. Il regardait le gardien, ses allées et venues, les gens qui passaient le portail. Karim avait vu sortir le vigile de son poste de garde dès l'arrivée des premiers hospitaliers, vers 6 h 15. Après avoir allumé sa cigarette, l'homme avait fait quelques pas en s'étirant puis il avait regardé méthodiquement l'intérieur des quatre grosses poubelles cerclées de bois alignées le long du muret sur la droite, juste à côté du grand panneau « Info-Tourisme ». Ensuite il avait parlé à une fille habillée tout en blanc, avec un bonnet sur la tête. Karim devinait qu'il s'agissait d'une hospitalière, comme il en voyait parfois passer à l'hôpital. Une autre fille, elle aussi hospitalière, l'avait rejointe, avec le même petit sac à dos bordeaux. Elles avaient ensuite parlé à des hommes arrivés de la ville, tous en chemise bleu ciel. Eux aussi, des hospitaliers. Ils étaient repartis tous ensemble vers le Sanctuaire. Karim n'avait noté aucun contrôle.

Le kiosque où les touristes achetaient des Lourdes-Pass et des tickets pour le train touristique était éclairé. Le gardien en polo bleu s'accouda au comptoir en bois. Il discuta avec une personne à l'intérieur puis il tendit la main et repartit avec un gobelet fumant. Karim fut surpris. En poste depuis près de quarante-cinq minutes, il n'avait pas vu arriver l'employé du kiosque. Soit il s'était installé encore plus tôt, soit il dormait à l'intérieur. Dans les deux cas, sa présence était gênante. Le passage à cet endroit n'était pas aussi sûr qu'il le pensait. Karim avait aussi eu le temps d'observer le mât avec la caméra pointant vers la porte. À cette heure, sans la foule de la journée, il devait être très facile d'identifier chaque passage, qui entrait et qui sortait. Il faudrait le dire à Rachid. Leur projet initial n'était pas le meilleur. Ils devaient changer leur plan. En réglant son café pour rejoindre l'hôpital, Karim comprit ce qu'il fallait faire. Il fallait passer à l'heure de la plus grande affluence, le soir, juste avant la procession aux flambeaux.

II

« Ne craignez pas ceux qui tuent le corps sans pouvoir tuer l'âme… »

Saint Matthieu, Évangile

1

10 juillet

Aucune voiture n'avait bougé sur le parking depuis au moins quinze minutes. Ni arrivée, ni départ. Tous feux éteints, Karim et Bilal attendaient. Figé dans une attente muette, Karim semblait ailleurs. Il regardait fixement en direction du gave et de la tache lumineuse de La Bamba. Karim avait embarqué Bilal devant chez lui vers 23 heures.

– On va parler du projet, avait-il lancé. On va sur le parking du Paradis. On sera tranquilles. On voit venir de loin ceux qui nous emmerdent.

Au bord du gave, pas de gardien d'immeuble curieux, pas de flics soupçonneux. À la longue, Bilal commençait à s'ennuyer. Il voulait respirer.

– Mais Karim, qu'est-ce qu'on fout là, merde ? Je vais marcher un peu.

Sans quitter des yeux le pare-brise, sans un geste, Karim lâcha dans un murmure sourd que l'obscurité sembla durcir un peu plus :

– Ta gueule ! Reste ici. Mets les mains sur le tableau de bord. Sans bouger.

Surpris par le ton, soudain inquiet, Bilal retira sa main de la poignée de la porte.

– Quoi, qu'est-ce que…

Karim se tourna vers lui.

– Fais ce que je te dis et fais pas chier. Les mains, là, devant. La tête en arrière sur l'appui. Et ne bouge plus.

Sans trop réfléchir, Bilal obéit à son « grand frère ». Il se cala en arrière. Karim avait regardé sa montre et les rétroviseurs, sans que son passager ne s'en aperçoive.

– Patiente. On va y aller, annonça-t-il.

– Mais où…

Bilal n'eut pas le temps de finir sa question. La porte arrière droite s'était brutalement ouverte. Quelqu'un se jeta sur la banquette arrière en faisant tanguer la voiture. La portière se referma sans être claquée. Instantanément, Karim plaqua Bilal sur l'appui-tête, sa main fermement serrée sur sa bouche.

– Ne bouge pas, mon frère. Tout va bien.

Il relâcha son étreinte. Bilal resta paralysé de peur, les yeux écarquillés, le regard fixe devant lui, les mains toujours à plat sur le tableau de bord.

– C'est bien, gamin. Tu es là. Merci au Très-Haut d'avoir permis cette rencontre.

La voix venue de l'arrière était presque chuchotée. L'accent était légèrement chantant. Bilal nota une intonation maghrébine familière. Il ne connaissait pas cette voix. L'autre continua :

– Tu as la confiance de mon frère Karim. Cela est bien. Il faudra faire ce qu'il te dit. Servir le Miséricordieux est le plus beau des services. Es-tu prêt à servir ?

Bilal mit deux secondes à réaliser qu'on lui posait la question. Il déglutit sans rien comprendre et s'entendit dire :

– Oui, mon frère. C'est sûr.

La voix reprit, plus forte, plus autoritaire :

– Tu ne vas pas très souvent à la mosquée, mon frère. Mais je sais que tu n'es pas un impie…

Bilal tenta de répondre. Deux claquements secs de la langue l'interrompirent aussitôt.

– C'est moi qui parle. Marque le respect ! Que le Très-Haut m'assiste, Al-Aziz, le Tout-Puissant. Même nos mosquées sont infiltrées par les incrédules et les profanateurs. Le sais-tu ? Eux aussi encourent la colère d'Al-Qahhār, le Tout Dominateur. Bilal, je sais que tu veux revenir sur le chemin de la vraie foi. Tu peux le faire, *inch Allah*. C'est le moment. Al-Bāsit, le Généreux, pardonne et libère celui qui se soumet à sa volonté et agit conformément à sa sagesse.

Presque bercé par cette voix venue de l'arrière, Bilal ne dit plus rien. Il sentait sur sa nuque une haleine fade, une vague odeur d'oignons grillés. Chaque mot entendu lui faisait peur mais lui donnait aussi, en même temps, de la force. Karim l'observait, prêt à bondir pour l'empêcher de se retourner. Sous ses mains crispées depuis de longues minutes, Bilal sentait sa transpiration couler sur la Bakélite du tableau de bord. Tétanisé, il ne savait plus quoi faire. L'autre continuait de parler. Les mots s'enchaînaient dans une sorte de mélopée incantatoire devenue douce. Ils évoquaient le combat des croyants et des justes, l'heure du rendez-vous, la fierté des proches, le paradis des Justes. Il condamnait les lâches et les *kouffars*.

– Son éminence Abou Bakr al-Baghdadi, notre calife Ibrahim, que Dieu l'assiste, nous a accordé sa confiance. Nous en serons dignes.

Le discours se poursuivait, scandé sur un ton monocorde. Et soudain, la voix se durcit :

– Bilal, la prudence est une arme contre les puissants. Tu connais les règles qu'il faut respecter au quartier ?

Bilal ne savait plus où il en était. Il bredouilla un vague « oui » enroué. L'autre reprit :

– Tu ne dois pas entendre, pas parler, pas voir. Tu dois te taire devant les autres. Tu comprends ce que cela veut dire ?

– Oui, répondit Bilal d'une voix étranglée.

Une vague d'émotions le submergea. Il entendait parfois ces mots, par bribes, captés de façon épisodique sur YouTube ou Al-Jazira. Il les surprenait au hasard de conversations entre adultes, devant son immeuble ou au café. Il voulait tant apporter à sa mère, à sa famille, mais il se sentait si petit, si inutile, sans moyens. Le confort et l'argent, il devinait qu'il ne les aurait sans doute jamais dans ce monde. Alors pourquoi attendre ?

– L'honneur du vrai croyant engagé dans le djihad, selon la volonté de Dieu, rejaillira sur les tiens. Pour toujours.

Voilà ce qu'il pouvait offrir aux siens : la noblesse d'un fils aimant, la fierté de présenter aux amis la figure d'un vrai croyant.

– Al-Mujīb exauce les prières de ceux qui le suivent. Il est le Protecteur de Ses serviteurs fidèles, ceux qui vont jusqu'au sacrifice pour la récompense qui les attend après. Car Al-Hasīb sait régler les comptes. Et, en vérité, tout lui obéit.

Les bras toujours tendus vers l'avant, la nuque figée sur l'appui-tête, vibrant sous la crispation continue de tout son corps, Bilal enregistrait les différents noms d'Allah égrenés par celui qui parlait, sans doute un sage et un lettré. L'homme les connaissait parfaitement. Bilal se sentit honoré d'être traité ainsi. Personne ne lui avait parlé depuis longtemps avec autant d'intelligence et de sensibilité, jusqu'à deviner ses sentiments les plus profonds pour sa famille. Sans savoir pourquoi, il s'entendit répondre, la voix rauque :

– Oui, maître… Merci, maître…

Une larme coula sur sa joue mal rasée, s'insinua entre les poils courts et noirs qu'il ne rasait plus pour mieux se vieillir. Il ne pleurait plus depuis son enfance.

Bilal allait se relâcher quand il entendit un léger mouvement à l'arrière de son siège, suivi d'un frottement métallique. Tout alla très vite. Il sentit soudain une poigne d'acier crocheter son front vers l'arrière. Un éclat d'argent passa fugitivement devant ses yeux. Une longue lame venait de se poser sur sa gorge, largement offerte. Il déglutit. Le fil du couteau était posé sur sa pomme d'Adam.

– Mais, arrête…

– Tais-toi ! N'aie pas peur.

Bilal n'osait plus avaler sa salive. Il commença à suffoquer.

– Ar-Rahmān, le Tout-Miséricordieux, sait tout de nous. On ne le trompe pas. Il est celui qui règle les comptes au moment qu'il choisit. Al-Mumīt est celui qui donne la mort à tous les êtres vivants, même aux puissants de ce monde. Ne l'oublie jamais. Jamais !

Sur ce dernier mot, la lame se pressa un peu plus sur sa gorge.

– Tu t'es engagé, mon frère. Maintenant tu es avec nous. Tu ne parleras pas. Tu ne reculeras pas. Tu ne le regretteras pas.

Bilal ferma les yeux.

– Oui, *inch Allah*.

Il le redit une nouvelle fois, avec plus de vigueur, après s'être raclé la gorge. Le couteau appuyait. Il eut peur en pensant à la grande fête du mouton qui le mettait en joie dans son enfance, quand les hommes de la famille, puissants et un peu excités, égorgeaient l'animal de façon rituelle. Le souvenir des soubresauts du premier mouton sacrifié sous ses yeux restait vivace. Il devait avoir 8 ans. Son oncle avait tranché net la gorge puis essuyé la lame avec la laine du dos. L'odeur fade du sang chaud craché par la carotide ouverte s'était imprimée en lui à jamais. C'était donc son tour, dans cette Ford Fiesta surchauffée. Il se demanda qui nettoierait la voiture.

Le claquement de la portière arrière le tira de la torpeur résignée dans laquelle il s'enfonçait. Le rétroviseur droit renvoya l'image brève d'un blouson en jean et de deux tennis blanches happées par l'obscurité. Il ne vit pas la voiture garée cinquante mètres en arrière. Bilal porta la main à sa gorge. Quelque chose de chaud coulait.

– Tiens, lui dit Karim en lui tendant un mouchoir en papier. Essuie-toi. Tu as un peu de sang.

Un tremblement nerveux irrépressible secoua Bilal. Il se mit à vibrer de tout son corps sans pouvoir s'arrêter. Il avait mal partout, à la nuque, aux bras, aux genoux. Il sut qu'une partie de sa jeune vie s'achevait. Une autre commençait. Sans avoir été tenté un seul instant de se révolter contre ce qu'il venait de subir, il comprenait qu'on lui faisait confiance, qu'il venait de passer une épreuve importante. Le soulagement lui fit du bien. Un nouveau sentiment d'appartenance et de fierté le submergea. Il voulait servir, prouver sa foi et sa vaillance, étonner et rendre fiers sa famille et ses amis.

– Maintenant tu peux sortir, Bilal. Respire un peu. On va y aller, dit Karim.

Le parking s'était vidé. Bilal s'éloigna de quelques mètres, vers le gave dont les ondulations argentées brillaient sous la lune.

– Waouh ! cria-t-il vers le ciel. L'esplanade du Paradis !

Son regard se porta de nouveau en face. Des voitures klaxonnaient devant La Bamba. Des garçons et des filles criaient en cadence quelque chose qu'il ne pouvait pas comprendre à cette distance. Karim remit le contact.

– On y va, mon frère.

« Des porcs », se dit Bilal à voix basse. Il revint vers la voiture, s'arrêta pour profiter encore un peu de ce moment exceptionnel, un virage dans son existence. Il se retourna vers le gave et la lumière joyeuse de La Bamba :

– Des porcs, des porcs ! hurla-t-il à pleins poumons.

2

Fanny avait entendu une portière claquer. Enfoncée dans le siège de sa C3, elle s'agrippa au volant pour se redresser sensiblement. Un léger engourdissement commençait à la paralyser, l'entraînant lentement dans le sommeil. Elle regarda sa montre : 23 h 30. Le parking avait été calme depuis son arrivée vers 21 heures. Entrée par le boulevard du Gave, elle s'était garée presque au centre de l'esplanade, à hauteur des deux cabanes de chantier, à quelques mètres du grand pylône qui supportait quatre projecteurs et une caméra. De là, elle pouvait voir l'ensemble de la place, aussi bien vers la droite que vers la gauche. Le crépuscule de cette soirée d'été avait laissé place à une nuit assez claire, ce qui lui permettait de surveiller discrètement les allées et venues. En face d'elle, de l'autre côté du gave, les lumières de La Bamba jetaient une tache colorée et mouvante sur la surface de l'eau.

Deux couples avaient repris leur voiture. Un camping-car s'était arrêté. Une famille en était descendue pour aller en face, à l'hôtel des Pays-Bas. Elle n'était pas ressortie. Une quinzaine de voitures stationnaient un peu plus loin, sans doute des clients des hôtels bordant ce parking gratuit. En arrivant, Fanny avait pris le temps d'en faire le tour, en roulant à faible allure. Aucune voiture n'était occupée. Elle avait noté ses observations sur son petit carnet rouge, pris quelques photos, sans flash. Des plans larges pour couvrir l'ensemble du parking.

Après son enquête de voisinage sur le dossier des chiens volés, le lieutenant n'était pas plus avancé. Les chiens ayant été retrouvés dans le gave, elle en avait conclu qu'ils avaient été égorgés sur la rive, mais sans certitude. Pour ne rien laisser au hasard, elle avait inspecté les deux côtés du gave, en commençant par la rive gauche pour finir par la rive droite, du parking de l'Arrouza au Pont-Vieux. À part des détritus, un vieux pneu, un cadre de bicyclette et quelques vêtements souillés abandonnés, elle n'avait rien trouvé. Pas de trace de sang dans l'herbe ou sur le bitume. Pour ne rien regretter, elle avait décidé de passer trois heures de surveillance sur ce parking. Des jeunes éméchés se lançaient-ils des défis consistant à tuer des chiens ? Peut-être des clients de La Bamba. Elle gardait un œil sur le bâtiment joyeusement éclairé.

Pour passer le temps, Fanny relut ses notes. Elle regrettait de ne pas avoir montré de photos aux témoins. La dame au chien rencontrée au jardin de l'You lui avait parlé d'un homme brun. Un souvenir lui était revenu. À sa sortie de l'école de police, son père lui avait raconté sa première interpellation musclée. Il était encore jeune gendarme dans la banlieue de Rouen. Des voisins d'un immigré maghrébin un peu déséquilibré avaient appelé la brigade. Armé d'un couteau de cuisine, l'homme venait d'égorger le chien d'une voisine, avant d'essayer de le démembrer. Alors célibataire, le gendarme Fournier s'était porté volontaire pour désarmer l'individu, avec succès. Cette histoire avait valu à son père une lettre de félicitations du directeur général de la gendarmerie nationale.

Le dossier des chiens du gave lui avait remis en mémoire cette histoire. Instantanément aussi, le nom de Bouraoui lui était venu en tête, sans savoir pourquoi. « Écoute tes chefs et fais confiance à ton instinct », lui disait son père au début de sa carrière d'officier de police.

En y repensant au commissariat en fin d'après-midi, elle avait pris avec elle la photo d'identification judiciaire de Rachid Bouraoui. Elle irait présenter ce cliché à ce témoin. Avec d'autres photos qu'il faudrait récupérer demain matin : celle de Driss Kraibi – pourquoi pas – et celle de Karim Moktari, cet aide-soignant ami de Bouraoui, au moins pendant un temps.

Tassée au fond de son siège pour ne pas être vue de l'extérieur, se fiant d'abord aux bruits éventuels de moteur, le lieutenant Fournier n'avait pas vu un homme descendre souplement d'une voiture, garée à une cinquantaine de mètres de la sienne, et monter à l'arrière d'une autre. Elle entendit ensuite un ou deux cris lointains, incompréhensibles. « Un ivrogne sans doute. » Puis une portière claqua et, presque aussitôt, une voiture démarra lentement pour filer vers la sortie. *Fiesta bleue*, nota-t-elle rapidement dans son carnet. Elle n'eut pas le temps de lire la plaque et décida de se redresser complètement pour scruter les environs. La seule présence humaine se trouvait de l'autre côté du gave, devant La Bamba. Des groupes fumaient et riaient. Il ne se passait rien d'anormal sur ce parking. Elle décida de rentrer chez elle afin de poursuivre son enquête le lendemain.

Elle posa son carnet sur le siège à sa droite, ouvrit la vitre pour respirer et alluma une cigarette. « Allez, la dernière de la journée. » Fanny voulait arrêter mais n'y arrivait pas. « À deux, ce serait plus facile de s'entraider, pensait-elle. Bon, j'ai le briquet, les clopes mais pas le mec. Il va falloir que je m'y mette sérieusement. » Pour l'instant sa carrière passait avant le reste. « J'ai le temps. Encore deux ans comme officier de police. Je passe capitaine et après, le concours. Puis l'école et bonjour madame le commissaire… » Elle soupira et bascula le rétroviseur pour se regarder. Elle hocha la tête à droite et à gauche. « Pour l'instant, ça va. À part les cernes… » Elle toucha son casque de cheveux blonds et tira une mèche. « Ce week-end, coiffeur. C'est déjà trop long. » Pour le service et pour le sport, elle estimait qu'elle devait porter les cheveux plutôt très courts.

D'une pichenette, Fanny jeta sa cigarette à l'extérieur. Le mégot s'écrasa sur le bitume dans une gerbe d'étincelles. « Pas écolo, ça. Pas grave. » Elle bascula son poignet pour regarder l'heure : « Presque minuit ! Allez, au dodo, ma fille. Demain, je parle des photos à Payolle. » Avant de boucler sa ceinture de sécurité, elle déplaça son arme de service de ses reins vers sa hanche droite. Elle soupira. Une légère fraîcheur montait du gave mais le parking saturé de soleil pendant la journée restituait encore un air trop chaud au parfum de goudron. Elle décida de laisser la vitre grande ouverte et mit le contact. Une main s'abattit avec force sur la portière.

À peine revenu à sa voiture, sans claquer la portière, Rachid s'était remis en observation. Caché dans l'ombre de son habitacle aux vitres teintées, il était quasiment invisible de l'extérieur. Arrivé tôt en début de soirée sur le parking, il avait longuement observé les allées et venues, jusqu'à l'arrivée de la Fiesta de Karim. Il était encore resté un long moment à attendre. Par précaution, comme convenu avec son ami. Une C3 arrivée vers 21 30 l'avait intrigué. Personne n'en était descendu, du moins le croyait-il. Il n'en était plus sûr et s'en voulait de ce manque de vigilance. Pris entre l'envie d'aller vérifier et le souci de ne pas se montrer, il avait hésité. En remontant dans sa voiture après avoir parlé à Karim et Bilal, il avait noté que la Citroën était toujours à sa place, sans pouvoir déterminer si elle était occupée. Toujours méfiant, il avait laissé Karim et Bilal repartir et attendu encore dix bonnes minutes.

Rien ne bougeait. Plus aucune voiture ne circulait sur l'esplanade du Paradis. Il allait repartir à son tour quand un léger mouvement à l'avant de la Citroën le retint. Quelqu'un était à bord. Des amoureux ? Des flics en surveillance ? Rachid fit ce que lui avaient appris les frères à Raqqa pour la surveillance de nuit. Ne jamais fixer directement sa cible. Balayer légèrement, donner des coups d'œil, à droite et à gauche. Cligner des yeux deux ou trois fois et dessiner un cercle autour de l'objet observé. Il concentra son attention et eut la certitude que la personne était seule, assise à l'avant. « Donc pas des flics. Ils sont toujours par deux. Pas des amoureux. Un dealer ? Aucun client ne s'était présenté. Un PD en drague… » Il se retint de cracher par la portière.

Un reflet bref le ramena à son observation. La vitre avant descendait. Un nuage de fumée bleutée s'éleva au-dessus du toit. « Jamais un pro en planque ne ferait ça », se dit-il, sans être tout à fait rassuré. « Pas de risque inutile… » Il voulait en avoir le cœur net, aller voir sur place qui était dans cette voiture. Rachid ajusta son blouson, tâta sa poche gauche et descendit au ralenti de sa voiture, sans bruit, en rabattant la portière sans la claquer. En avançant lentement, comme un paisible noctambule qui rejoint sa voiture, il décrivit un arc de cercle pour arriver de trois quarts arrière sur le côté gauche de la C3, en limitant le risque d'être vu dans un de ses rétroviseurs.

À cinq mètres, il vit nettement le buste et la tête d'une personne qui fumait. Il ralentit encore. Une femme blonde, seule. « Une pute… Mais y a pas de clients ici ! » Étonné, il hésita une seconde. Il était trop près. La femme l'avait peut-être vu. Il fallait la tester et lui faire peur avant de dégager. Il vit la courte trajectoire orangée du mégot éjecté de l'habitacle et bondit sur les derniers mètres. Sa main droite s'abattit sur la portière, empêchant la vitre de se relever.

– Sécurité, madame ! Que faites-vous ici ?

Rachid Bouraoui avait pris une grosse voix autoritaire pour effrayer la femme. Elle avait en effet sursauté en poussant un petit cri, la main sur la poitrine. Fanny ne l'avait pas détecté ni vu arriver. Rachid le comprit aussitôt, mais c'était trop tard.

– Surveillance du parking, madame. Vos papiers.

Le souffle coupé par la brutalité de cette irruption, Fanny reprit ses esprits. Elle réfléchissait à toute vitesse. Que faire ? Que dire ? Elle se souvenait d'un cours déjà lointain à Cannes-Écluse. On détecte, on identifie, on intervient. Elle cherchait à voir l'homme qui lui parlait avec brutalité. À contre-jour, le lampadaire situé derrière lui l'empêchait de voir ses traits. L'ombre dessinait une silhouette pas très grande, plutôt trapue. Elle tenta d'ouvrir la porte. L'homme repoussa la portière de tout son poids. Elle était piégée. Fanny réalisa sa bêtise. Le gardiennage n'était pas permanent sur ce parking. Seule la police municipale patrouillait de temps à autre dans la nuit. Ce gars mentait. Il n'était pas un agent municipal. « Gardez l'initiative », leur répétait-on à l'école. Elle tenta l'autorité :

– T'es vigile, toi ? Et moi je suis quoi ?

L'autre ne parlait plus, la main toujours posée sur le rebord de la portière. D'un geste sec, elle déclipsa sa plaque de ceinture en métal émaillé et la brandit sous les yeux du gars.

– Coucou, c'est la police... On arrête de faire le con !

Rachid ne s'y attendait pas. Le mot « police » cingla à ses oreilles. Il vit le reflet d'argent sur la plaque, le sourire ironique de la fille. Elle avait tout vu, relevé les immatriculations. Pas de risque inutile ! Tout alla très vite. Sans lâcher la portière, il fit jaillir son couteau en déverrouillant instantanément le cran d'arrêt. Son bras gauche se détendit à l'horizontal. La longue lame entra dans le cou de Fanny sans un bruit.

Il avait fallu un quart de seconde au lieutenant Fournier pour détecter l'amorce du geste du bras gauche de l'homme. Son léger recul pour amorcer la frappe avait jeté un éclat très bref de lumière sur son visage. Elle reconnut l'homme de la photo, sa nuque épaisse, le semis des cinq grains de beauté sur la joue et le menton. « Le gaucher. Bouraoui ! » La lame brilla à quelques centimètres de ses yeux. Sans ressentir de douleur, elle chercha à dégainer son pistolet. La ceinture la bloqua. Elle pensa au manuel. « Se dégager, prendre du recul, armer et tirer… » Mais là, c'était impossible, coincée entre le volant et le siège, incapable d'ouvrir la portière et de se libérer de la ceinture de sécurité.

Elle crut hurler alors qu'un deuxième coup lui était porté. Le gargouillis émis par sa gorge déchirée par la lame ne dépassa pas l'habitacle. Le moteur ronronnait. Elle eut le réflexe désespéré d'appuyer sur l'accélérateur. Le vrombissement fit hésiter Rachid. Gêné par les mouvements de défense du bras, il frappa de nouveau, de façon désordonnée, sauvage. Fanny vit encore un ou deux éclairs argentés passer devant son visage, s'enfoncer dans sa gorge ouverte. Elle pensa à son père, au capitaine Payolle, à ses notes. Un voile rouge l'aveugla. Elle revit le beau châle rouge de sa mère, une Légion d'honneur sur un cercueil. Elle sentit un liquide brûlant inonder sa poitrine, sans comprendre. Une odeur fade et chaude remontait du tapis de sol, l'empêchant de respirer. Le lampadaire bascula, la nuit s'épaissit soudainement. Le cauchemar semblait ne plus finir. Elle allait se réveiller. Fanny s'affaissa sur le côté droit, couvrant de sa tête et de son buste ensanglanté le carnet rouge et son appareil photo.

Rachid s'arrêta de frapper, essoufflé par la série de coups violents qu'il venait d'asséner. Elle était trop loin de lui, couchée à l'opposé. Il se retourna. Pas un bruit, pas un passant. Le moteur emballé n'avait pas attiré l'attention. Il coupa le contact et pensa à ses empreintes. « Trop tard, pensa-t-il. Le temps que les keufs cherchent et trouvent ce sera fini, *inch Allah.* » Il ouvrit la portière. Du sang avait giclé partout. La femme flic se vidait sur le siège en émettant de légers râles. Il ouvrit le vide-poches avec prudence, en évitant de se tacher. L'arme de service n'y était pas. Il comprit que le pistolet était coincé sous elle, dans la flaque de sang qui commençait à déborder du siège. Il renonça à soulever le corps, à la fouiller. Il ne fallait pas s'attarder. Il éteignit les phares et prit la clé de contact, verrouillant la voiture à distance, avant de jeter les clés dans le gave.

Moins d'une heure plus tard, un véhicule de la police municipale effectuait sa première patrouille de la nuit sur le parking. À vitesse réduite, ils observèrent chaque véhicule, pour détecter des dealers, des partouzeurs, des pilleurs de coffre, des voleurs de radios ou d'enjoliveurs. Personne sur le parking ou dans les voitures. La quinzaine de véhicules étaient tous fermés, les vitres relevées. Le faisceau de leurs puissantes lampes torches ne détecta rien d'anormal. « RAS », conclurent les deux agents municipaux, pressés d'aller se poster en surveillance à la sortie de La Bamba.

Ils virèrent un peu trop loin de la C3 blanche, sans voir une giclée rouge sur la portière avant gauche. Noyée dans son sang, Fanny perçut un moteur de voiture qui s'éloignait.

3

11 juillet

Sœur Agnès était en avance, comme d'habitude. Elle aimait ces moments d'activité qui précédaient la première messe quotidienne dans le calme de la crypte. Seule, affairée, elle se sentait si utile à Dieu et aux autres. Il fallait vérifier l'état des aubes et de la chasuble que porterait le père Maurice, préparer les linges de l'autel, allumer les cierges, brancher les lumières. Pas toutes, bien sûr, pour des raisons d'économie. Elle savait que le père arriverait, lui, dix minutes en avance. Il aimait méditer avant de célébrer sa première messe. Il restait parfois dans la pénombre de la vaste nef de l'église puis il descendait dans la crypte où le rejoignaient les rares fidèles du matin. Depuis quelques jours, il était plongé dans un essai spirituel dont il voulait lui parler : *La Force du silence*, écrit par le cardinal guinéen Robert Sarah. Il y était question de dictature du bruit, de retour aux racines. Le père Maurice lui en avait lu quelques extraits, enthousiasmé par ces pages :

– C'est sûr, il les a écrites pour moi.

Sœur Agnès appréciait d'être seule dans la maison de Dieu. Ces moments lui faisaient du bien. Ils effaçaient les questions qu'elle se posait encore parfois trente-huit ans après ses vœux perpétuels. Elle se sentait dans la plénitude de sa vocation de servante du Christ. Sa joie était immense d'être chez elle, sous le regard du Christ sur sa croix, sous l'œil doux de la Vierge Marie, toute à sa mission religieuse. « Qu'il soit fait selon ta parole, Seigneur », répétait-elle souvent, comme pour se forcer à la soumission et à l'humilité.

– Toute à toi, disait-elle à haute voix en regardant la grande croix fixée sur le mur au fond du chœur, sous un vitrail du bon saint Martin partageant sa tunique rouge de centurion romain avec un pauvre en haillons.

Elle pensait que ce christ en croix la suivait des yeux. Elle en souriait. Cette figure du supplicié légèrement penchée, marquée par des sillons de sang coulant de la couronne d'épines et éclairée d'un sourire souffrant et pourtant confiant à l'heure du sacrifice ultime, l'émouvait autant que dans son enfance. Son Dieu de souffrances était aussi un Dieu de pardon. Sœur Agnès se le disait chaque matin, persuadée que cela était plus vrai encore ici, dans la cité mariale, qu'ailleurs. À Lourdes, la souffrance humaine était parfois immense. Elle accompagnait la prière et précédait le pardon. Les corps malades attendaient le soulagement. Tous espéraient la grâce de cet apaisement miraculeux pour lequel ils priaient tant, ce que le bureau médical du Sanctuaire, d'une immense prudence scientifique, pourrait qualifier ensuite de « guérison inexpliquée ».

Le matin, avant 8 h 30, on ne voyait pas encore de pèlerins. C'était trop tôt. Ils montaient plus tard vers l'église paroissiale installée dans la ville haute, à deux pas de l'office de tourisme. Les plus matinaux, logés pour la plupart dans la ville basse où se trouvaient les principaux hôtels, se rendaient d'abord au Sanctuaire. Dans la journée sœur Agnès voyait arriver les premiers visiteurs, attirés par les boutiques du centre-ville. Ils découvraient presque par hasard l'église paroissiale du Sacré-Cœur, celle que fréquentait Bernadette. En réalité, ce n'était plus du tout la même, à l'exception des fonts baptismaux. Édifiée après la destruction de l'édifice précédent, en 1905, et achevée seulement en juillet 1936, cette nouvelle église n'avait aucun charme. La seule curiosité digne d'être signalée aux visiteurs marchant sur les pas de Bernadette était la grande cuve en granit des Pyrénées, l'endroit même où Bernadette avait été baptisée le 9 janvier 1844, deux jours après sa naissance.

Sœur Agnès aimait jouer à la guide. Elle révélait d'autres petits trésors un peu oubliés de cette église. Elle s'extasiait devant les quatorze colonnes en marbre polychrome :

– Admirez ! Ce sont des monolithes…

Les visiteurs ne comprenaient pas toujours. Elle traduisait :

– Des blocs d'une seule pièce, taillés exactement pour l'église. On les a acheminés jusqu'ici de Campan. Campan ? C'est à une trentaine de kilomètres de Lourdes. Rendez-vous compte, tout de même ! À l'époque, sur nos routes de montagne, pas goudronnées. Il en a fallu des manœuvres, des mulets et des charrettes.

Enthousiaste, la religieuse montrait, détaillait, sans se soucier du degré d'attention des touristes. Elle s'arrêtait :

– Ah, mais j'aurais dû vous le dire, pardi. Notre marbre de Campan, on en est fiers. Vous avez vu sa couleur : rose et des veines vertes. Il était connu dans toute la France. Il a même été utilisé pour le Grand Trianon et le château de Versailles. L'escalier de la Reine, s'il vous plaît !

Ensuite, elle ramenait tout le monde vers l'extérieur, sous le clocher-porche. Heureuse et rieuse, elle montrait plusieurs statues de bergers et bergères devenus saints et saintes. Parmi elles, les trois aînées de Bernadette dans la sainteté : Geneviève de Paris, Jeanne d'Arc et Germaine de Pibrac.

– Lourdes, c'est surtout cela, confiait-elle à son public, en français et parfois dans un anglais très approximatif. Une histoire simple : celle d'une bergère inculte et pauvre que le monde entier vient aujourd'hui prier. L'histoire d'une source surgie de la boue, d'une lumière apparue dans l'ombre d'une grotte. L'histoire d'une bonne dame venue parler dans leur langue, oui, en bigourdan, aux plus humbles, aux plus petits d'entre nous.

Sœur Agnès faisait chaque matin avant chaque office un tour rapide dans la nef et dans la crypte pour tout vérifier. Les livres de messe avaient tous été rangés à leur place dès la veille au soir. Aucun prospectus ne devait traîner sur les bancs. Plus un papier abandonné ne devait rester sous les chaises. Sœur Agnès savait que le père Maurice allait tout inspecter et que le moindre désordre l'agacerait pour toute la journée : un mouchoir en papier tombé au pied d'une colonne, un cierge planté de travers sur le brûloir, un parapluie oublié au dossier d'un banc. Elle ne voulait pas être prise en faute et encore moins bénéficier d'une quelconque indulgence liée à son âge. Le père veillait à tout. Elle le taquinait :

– À croire que votre longue fréquentation des militaires en Afrique vous a donné ce sens du détail.

Elle souriait, amusée par cette complicité fraternelle sans cesse renouvelée : « Il voit tout… mais il ne m'aura pas… » Entre les deux religieux, l'ancien missionnaire coupé du monde pendant trente ans et la religieuse sortie de vingt-cinq ans de vie quasi cloîtrée, ce rituel du matin avec son échange de piques amicales était devenu une sorte de jeu. « On est comme un vieux couple », se surprenait-elle parfois à penser. Vingt-quatre ans ensemble après des parcours si contrastés.

Maurice Lacaze traînait derrière lui toute une vie de missionnaire au Sahel. Le Tchad, après le Burkina-Faso. Usé par la solitude, affaibli par des crises de paludisme de plus en plus épuisantes, le père Maurice avait déclaré forfait et obtenu son rapatriement. La paroisse de Lourdes et la proximité du Sanctuaire étaient à la fois un retour à ses racines pyrénéennes et une façon finalement utile de s'installer dans une préretraite bien méritée, à l'ombre des montagnes de son enfance et de la grotte de Massabielle, ces lieux qui étaient à l'origine de sa vocation religieuse. L'eau vive du gave, la fraîcheur descendue de la montagne et la ferveur des pèlerins lui avaient permis d'oublier les chaleurs torrides du désert tchadien, d'en finir avec ces fièvres qui l'avaient si souvent terrassé, grelottant dans le silence de sa mission, recroquevillé sur son étroit lit de fer.

Quasiment seul dans sa mission désertée, la solitude, ce redoutable poison des vieux curés, l'avait tellement fait souffrir pendant les dernières années. Le Sanctuaire de Lourdes avaient marqué son retour au monde. La ferveur des fidèles lui avait tant manqué dans sa paroisse immense et perdue, à l'est du lac Tchad, submergée chaque jour davantage par un islam venu d'ailleurs, qu'il savait largement financé par d'obscurs réseaux de marchands et d'imams. Des conquérants arrogants. Un sac de riz ou de mil payé par le Croissant rouge ou une fondation islamique à un chef de famille chrétien suffisait à éloigner ses enfants du catéchisme pour les attirer à l'école coranique, à faire couvrir d'un voile presque intégral sa femme et ses filles.

Seul, trop âgé, sans les ressources de l'imam du district, le père Maurice avait vu la vague musulmane naître et submerger puis étouffer sa paroisse chrétienne oubliée de tous.

« Pauvre père Maurice, commentaient sœur Agnès et ses amies religieuses. Toutes ces années d'apostolat pour finir avec quelques poignées de fidèles qui le lâchaient à la première distribution de riz… »

Pudique, le père Maurice ne s'était jamais vraiment confié sur la dureté de sa mission, ni sur ses déceptions. Il laissait parfois échapper des soupirs. Ils en disaient plus long que de grands discours. Agnès Razoux avait su détecter ce désarroi du vieux missionnaire. Elle aussi, d'une certaine façon, était revenue à la vie. Un quart de siècle de vie bénédictine dans son abbaye de la Montagne noire, entre Carcassonne et Mazamet, l'avait épuisée. Fatiguée par trop de rigueur, elle avait voulu réorienter sa vie religieuse pour se mettre davantage au service des autres. À Lourdes, les besoins étaient immenses. Elle le savait. Elle avait pensé venir au service des malades et des pèlerins. On l'avait d'abord affectée à la Maison Saint-Pierre et Saint-Paul, route de la Forêt, un des nombreux hébergements de pèlerins, à deux pas du vaste chalet épiscopal et de son grand parc aux essences rares.

Agnès aimait cet endroit paisible où résonnaient en saison les rires des groupes de jeunes ou des familles venus trouver des chambres et des repas économiques. L'esplanade et la grotte n'étaient qu'à quelques centaines de mètres de la Maison. Elle y allait le plus souvent possible, quand le service lui laissait un peu de temps libre. Heureuse, elle prenait sa part dans ce destin incroyable qui avait fait de cette bourgade perdue au pied des Pyrénées une capitale mondiale de la prière. Mais entre novembre et fin mars, la Maison fermait. Malgré la venue régulière de l'évêque de Tarbes-Lourdes dans son vaste chalet, l'hiver arrêtait la vie à la Maison. Coincée entre le gave et la montagne, la colline de la forêt paraissait encore plus froide que le reste de la ville. Sœur Agnès avait donc préféré poursuivre son service dans un lieu plus animé.

La paroisse du Sacré-Cœur de Lourdes avait besoin d'un renfort. Volontaire pour y servir, elle avait quitté le grand bâtiment historique de la Maison Saint-Pierre et Saint-Paul pour le presbytère, place de l'Église. Cette bâtisse construite dans les années 60 était sans âme, adossée à une entreprise de pompes funèbres. Mais elle était au cœur de la cité. Chaque jour de l'année, des fidèles venaient y prier. Étonnée, puis révoltée, sœur Agnès avait aussi découvert la grande misère de cette église paroissiale où aucuns travaux n'avaient été faits pendant des années. Son humidité était aggravée par des murs poreux ou fissurés et ses voûtes affaissées lâchaient parfois des pierres sur le trottoir. Délabré, percé, le toit laissait passer l'eau. Il pleuvait à l'intérieur de l'église. Un changement de municipalité avait permis de lancer le chantier de sauvegarde. La restauration venait de commencer, du clocher au portail.

4

Sœur Agnès allait rejoindre la sacristie quand elle entendit un léger craquement au fond de l'église. L'humidité de ces derniers jours faisait sans doute jouer le bois de l'orgue ou des confessionnaux. Un crachin froid balayait la vallée de Lourdes depuis deux jours. Ou alors, c'était le père Maurice, un peu plus matinal que d'habitude. Au lieu d'emprunter la porte de la sacristie donnant dans le couloir réservé aux religieux, il entrait parfois par l'entrée principale ouvrant sur la nef. Elle s'arrêta de marcher et tendit l'oreille, scrutant la pénombre dans laquelle baignait l'église, vérifiant la fermeture du grand portail de bois. « Mais non, il passe par là seulement quand il revient d'une promenade très matinale. Que les jours de beau temps. Aujourd'hui, avec cette météo pourrie, il ne serait quand même pas sorti. Je serais étonnée... »

De nouveau, un craquement léger résonna dans le silence froid de l'église. L'oreille affûtée par le silence des années de cloître à Notre-Dame de Fatima, son abbaye perdue dans la Montagne noire, Agnès comprit que ce bruit n'était pas celui du bois travaillé par l'humidité. « C'est autre chose... » Plutôt un couinement aigu. « Du

cuir plié… Des chaussures. Une botte ou une sandale ? »
Elle rejoignit l'allée centrale, étonnée, disposée à aider.

– Y a-t-il quelqu'un ? Je peux vous aider ?

Une forme sombre se détacha d'un pilier près de l'entrée non loin des panneaux couverts d'avis et d'annonces sur la vie paroissiale, les horaires des messes, de publicités pour les pèlerinages ou les grandes causes humanitaires. Surprise, sœur Agnès ralentit. Un jeune homme marchait vers elle à pas lents.

– Excusez-moi, madame ma sœur, je cherche les horaires.

Instinctivement, la religieuse regarda les pieds de l'inconnu. Des sandales de cuir sur des pieds nus, plutôt sales. « Ah, je comprends : un pèlerin de Saint-Jacques tombé du lit. » Elle l'observa mieux, son accent un peu chantant encore dans l'oreille. « Un étranger. » Roumain ? Italien ? Le jeune homme s'approcha, un peu intimidé. Agnès remarqua son teint plutôt basané comme celui des marcheurs qui arrivaient chaque jour à Lourdes en été, la peau hâlée par le soleil après des jours passés sur les routes. « Peut-être aussi un chrétien d'Orient ? » On en voyait beaucoup depuis quelques années. Ils venaient chercher un réconfort à Lourdes ou affirmer leur foi après tant de souffrances dans leur propre pays. Fidèle à la tradition d'accueil des peuples pyrénéens, de part et d'autre de la montagne[1], le diocèse de Tarbes-Lourdes s'était montré particulièrement accueillant pour les chrétiens chassés d'Irak ou de Syrie. L'homme s'excusa :

1. Voir mon livre *Passeurs de nuit*, Presses de la Cité, 2006.

– Je ne veux pas déranger, madame ma sœur.

Agnès sourit. Un chrétien aurait su plus simplement lui dire « ma sœur ». Mais peut-être pas un étranger. Avec cet accent, il n'était pas français.

– Vous ne dérangez pas, monsieur. Mais il est si tôt… On va préparer la messe.

Le visiteur la dominait de deux têtes, un sourire timide et poli aux lèvres.

– Oui, je sais, excusez-moi. J'attendais la messe.

Les mains croisées sur sa robe grise, sœur Agnès sourit encore, encouragée par cette foi modeste que témoignait ce chrétien d'Orient, sans doute un étudiant.

– Encore une dizaine de minutes… Mais vous ne le savez peut-être pas : la messe sera célébrée à la crypte. À cause des travaux, vous comprenez.

Elle hésita une seconde et lui sourit.

– Évidemment, vous ne savez pas où est la crypte. Alors, il faut ressortir et longer le mur de l'église. Sur votre gauche, vous trouverez une porte en bois et un escalier. Entrez sans hésiter. Vous pourrez vous asseoir en attendant. Les livrets de messe sont sur la table là-bas.

Le jeune homme tourna la tête vers la table où étaient empilés des dizaines de manuels couverts de plastique rouge.

– Les livrets ?

Il ne comprenait pas le mot. Sans expliquer ni attendre, énergique, efficace, la sœur l'entraîna vers la table et lui tendit un livret :

– Oui, pour suivre la messe.

Hésitant, le jeune saisit le manuel et l'ouvrit, machinalement.

– Merci madame…

Il tremblait un peu. "Il a froid, pensa sœur Agnès et il ne lit pas suffisamment le français pour pouvoir suivre la liturgie."

– De toute façon, c'est comme partout. Pour les prières, vous vous y retrouverez facilement. Vous venez de quel pays, monsieur ?

Le jeune homme feuilletait lentement le livret comme s'il réfléchissait.

—Pourquoi vous me demandez ça ?

Sœur Agnès mit sa main devant la bouche :

– Ah, pardon, monsieur. Je ne voulais pas vous offenser.

Cette intonation étrangère qu'elle situait dans un pays d'Orient pouvait tout aussi bien être l'accent méditerranéen des jeunes issus des cités des environs. Elle préféra ne pas insister.

– Excusez-moi, monsieur. Je dois y aller, maintenant, d'accord ? J'ai à faire avec monsieur le curé.

Elle fit demi-tour et s'éloigna sans voir le jeune homme s'asseoir brusquement et croiser ses doigts, noués avec force, pour dominer le tremblement violent qui les agitait.

Karim réfléchissait à ce qui venait de se passer. Que pouvait penser cette religieuse ? Ses pas s'étaient perdus au fond de l'église, dans un frottement léger sur les dalles. Il n'avait pas entendu de porte se refermer. Elle était peut-être encore là, pas loin. Karim se demanda si elle continuait à l'observer dans l'ombre. Il baissa la tête, comme s'il priait. Depuis son entrée dans cette église, une sourde angoisse l'habitait. L'odeur d'humidité et de poussière couvrait d'autres parfums qu'il aimait. Il mit du temps à les reconnaître : la cire froide et peut-être l'encens, comme la poudre que sa mère faisait chauffer autrefois dans le salon avant l'arrivée des invités.

Le silence était total. Le quartier autour de l'église était toujours calme, surtout si tôt le matin. Il en avait fait le tour en voiture avant d'entrer. Par la rue de Bagnères ou la rue de Langelle, il pourrait repartir très vite vers le boulevard d'Espagne. Il y avait aussi beaucoup de places de parking autour de l'église. Il n'aurait pas de problème de stationnement. Les sons de la rue lui parvenaient très assourdis. Tendu, il se concentra pour détecter un quelconque bruit que ferait une présence humaine. Rien. Il détecta un craquement de bois, un froissement d'aile vers la toiture puis un grignotement lointain. Il leva les yeux sans pouvoir se débarrasser de la sensation d'étouffement qu'il éprouvait. Les quatorze colonnes monolithes en marbre polychrome semblaient vouloir l'enfermer, le retenir. Des statues voûtées au regard triste le regardaient. Une Vierge en prière levait les yeux au ciel. Un épais voile de poussière blanche recouvrait ses épaules. À droite de l'endroit où se tenait l'autel principal, un buisson de cierges éclairait faiblement la pénombre. Une bougie s'éteignit dans un chuintement étouffé qui l'effraya. Une chaise en bois et en cannage de paille craqua.

Karim se hâta de rejoindre la sortie, sans courir malgré son envie de s'enfuir le plus vite possible. Il voulait voir cette crypte qu'il ne connaissait pas. Il devait connaître les lieux avant d'y revenir, plus tard. Il était si mal à l'aise dans cette église sombre et froide dont le plafond se perdait dans l'obscurité à une vingtaine de mètres au-dessus de lui. Il pensa à la « vraie religion », aux belles mosquées qu'on voyait sur YouTube ou même celle de Tarbes, aux centaines de tapis sur lesquels les fidèles venaient prier à genoux, aux marbres et aux magnifiques sourates calligraphiées par des artistes croyants, aux lustres en cristal que de généreux donateurs offraient pour la gloire d'Allah. Ici, il ne voyait que des visages de femmes et d'hommes, des tableaux et des statues impudiques, le visage de Dieu. Chez les mécréants, même sous le masque de la gentillesse ou de l'amour fraternel, tout n'était que blasphème et idolâtrie. Ils étaient dans l'erreur. Comment croire à trois dieux en un seul ?

Revenu dans la rue, Karim se dirigea vers la crypte. Il en était plus sûr que jamais : « Les *kouffars* persistent dans l'erreur. Ils seront les perdants. Allah leur demandera des comptes. » Le Coran était bien le seul Livre, le Livre de la religion de Vérité, au-dessus de la Bible. Le Prophète était le messager de la bonne direction comme la sourate 3.110 le disait, écrite sous la dictée directe d'Allah : « Vous êtes la meilleure communauté qu'on ait fait surgir pour les hommes. Vous ordonnez le convenable, interdisez le blâmable et croyez à Allah. Si les gens du Livre croyaient, ce serait meilleur pour eux. Certains ont la foi, mais la plupart d'entre eux sont des pervers. »

5

12 juillet

Pris par la préparation liée à l'affluence du 14 juillet, le capitaine Payolle pestait depuis le début de la matinée. Le lieutenant Fournier était absente depuis deux jours de suite sans avoir prévenu personne. Cela ne lui ressemblait pas. Son portable se mettait aussitôt sur répondeur. Deux jours d'absence sans motif, c'était inquiétant. Payolle appréciait son adjointe. Il la savait sérieuse et grosse travailleuse.

– Ambitieuse aussi la minette, lui avait lancé le brigadier Taurel à la machine à café. Elle veut épater son père, l'adjudant de gendarmerie.

Payolle s'était efforcé de sourire.

– Elle nous reviendra avec une casquette de commissaire, Taurel. Elle en a les capacités. Et tu le sais.

Arnaud Payolle n'avait pas eu cette ambition. Il voulait rester sur le terrain, dans l'action. C'est ce qui l'avait motivé après son service militaire dans les paras, à Carcassonne, dans les tout derniers contingents d'appelés du service militaire. Il avait prolongé avec un volontariat de un an pour goûter à une opération extérieure, le Kosovo, en 1999. Après, il avait fallu choisir. L'École nationale des officiers de police de Cannes-Écluse avait été sa seconde chance dans la vie. Il y avait beaucoup appris et affirmé sa vocation de flic de terrain. Bien classé, très apprécié par ses supérieurs, Payolle avait voulu éviter une grande agglomération. Amoureux de la nature et du sport, il avait préféré revenir dans sa région. Il s'était décidé pour la BAC de Pau, pas très loin de ses racines, des stations de sport d'hiver, des plages basques. À deux pas aussi de l'École des troupes aéroportées de Pau-Uzein. Inscrit au para-club civil de l'école, il avait continué à sauter, jusqu'à l'accident : une mauvaise réception au sol. Un genou vrillé et une grosse peur pour son épouse, enceinte de leur deuxième fille. Il avait arrêté, reportant à fond son énergie dans son métier et la pratique du vélo en montagne.

– Presque deux jours sans nouvelles, ce n'est pas normal !

Le capitaine refit le numéro de Fanny, sans résultat. Il s'était fait apporter la fiche individuelle du lieutenant. Il hésitait à appeler chez ses parents. Il ne fallait pas les inquiéter ni les mêler à la vie professionnelle de leur fille. Il savait qu'elle s'était mise sur l'affaire des chiens égorgés. Elle devait aussi vérifier l'adresse et l'activité du nommé Moktari Karim. Plus personne ne l'avait revue depuis l'avant-veille au soir. En partant, elle avait dit à Payolle qu'elle progressait sur « l'enquête clébards ». Le capitaine avait grommelé, sans même lever les yeux d'un dossier :

– Ouais, ouais, continue… Salut, à demain.

Il s'en voulait de ne pas l'avoir questionnée. Sur le bureau d'Efef, aucun élément n'indiquait un début de piste. Son arme de service ne se trouvait pas dans son tiroir, son appareil photo non plus.

– Et son petit carnet rouge ?

Elle notait tout, pendant les briefings ou sur le terrain. Son carnet ne la quittait jamais. Et quand elle l'oubliait sur son bureau avant une réunion, le capitaine la taquinait :

– Et ton carnet de bal, Efef, tu l'as oublié ?

Il aimait cette complicité professionnelle de senior à junior. Elle était en demande et elle voulait bien faire, ce qui la rendait parfois collante. Il lui apprenait beaucoup, avec plus de patience que le commandant Cabana. Il en parlait de temps à temps à sa femme. Un peu méfiante, Sarah Payolle avait demandé à rencontrer cette jeune adjointe de 27 ans. Elle avait compris le lien amical et professionnel qui rapprochait les deux policiers, à une génération d'écart. Elles avaient sympathisé.

– Elle pourrait être ma fille, se justifia Payolle vis-à-vis de Sarah, juste avant de rectifier, de lui-même : Pas tout à fait quand même. Ou alors je l'aurais eue à 20 ans. N'exagérons pas. Disons qu'elle pourrait être ma sœur…

En début d'après-midi, Arnaud Payolle se résolut à appeler la famille Fournier. Il en avait parlé au commandant et obtenu son feu vert. Un deuil soudain ou une maladie grave auraient pu obliger son lieutenant à partir très vite rejoindre les siens, sans préavis, sans prévenir. Mais son portable ? Il était peut-être en panne, à court de batterie. La mère de Fanny lui répondit qu'ils étaient également sans nouvelles. Payolle n'osa pas insister. Au moment de raccrocher, M. Fournier prit le combiné.

– Bonjour mon capitaine. Dans son dernier appel, Fanny m'a parlé d'une histoire de chiens égorgés. C'est sérieux ça ? Elle enquêtait vraiment là-dessus ?

C'était exactement ce que ne voulait pas Payolle : parler des enquêtes, entrer dans le détail de leurs activités. Il se fit poli avec l'ancien gendarme pour pouvoir abréger et raccrocher au plus vite.

– Oui, mon adjudant-chef. Exact. On ne sait pas où cela va nous mener. La routine, quoi, vous comprenez.

Il entendit un grognement dubitatif :

– Ouais. J'espère qu'elle ne travaille pas sur une histoire de corneculs. Ne lui faites pas perdre de temps. Essayez de la mettre sur des dossiers sérieux. Elle en veut, vous savez !

Payolle en était persuadé :

– Bien sûr, bien, sûr. Je vous rassure. Elle apprend vite, elle bosse bien. Ne vous inquiétez pas, elle ira loin.

Le commandant Cabana venait de passer la tête dans l'entrebâillement de la porte, la mine plus longue et triste que d'habitude. Payolle pensa que la colère montait chez le patron. Le lieutenant allait passer un mauvais quart d'heure. Cabana patienta quelques secondes puis fit un discret signe du doigt pour inviter Payolle à le rejoindre dans son bureau. Le capitaine abrégea la conversation et promit de les faire rappeler par Fanny dès qu'elle réapparaîtrait.

– Elle vous téléphone sans faute. Je vais lui tirer les oreilles. Je vous laisse.

L'adjudant-chef Fournier approuva :

– Passez-lui une bonne soufflante, mon capitaine. C'est formateur. Mais ne nous la cassez pas, la petite. Au revoir.

Arnaud Payolle sortit de son bureau. Le commissariat semblait s'être arrêté de tourner. Tous les collègues étaient dans le couloir. Inhabituel. Un murmure parcourait leurs rangs. Le capitaine vit deux filles du secrétariat en pleurs. Le brigadier Taurel le fixait, intensément, les poings serrés. Avant même d'entrer dans le bureau du commandant, Payolle pensa que quelque chose de grave était arrivé à Fanny : « Un accident de la route, une chute... » Cabana l'attendait, adossé à son étagère de boules à neige. Le visage sombre et les mains jointes sur son menton confirmaient la gravité de la situation.

– Asseyez-vous, Payolle. J'ai une...

Le capitaine l'interrompit, pressé de savoir :

– C'est Efef ? Où est Fanny ?

– Payolle, j'ai une mauvaise nouvelle, pour l'équipe, pour nous, pour la police nationale. Je...

Il déglutit, la voix moins assurée. Payolle en fut ému. Une autre scène se répétait, un moment dramatique resté dans sa mémoire, qui l'avait profondément marqué : le Kosovo, novembre 1999, un mois avant son retour en métropole lorsque le colonel avait convoqué sa compagnie devant le baraquement à Mitrovica, au crépuscule d'une journée grise et glaciale. Un VAB[1] pris dans le brouillard

1. Véhicule de l'avant blindé.

sur une route de montagne était tombé dans un ravin en allant ravitailler un village. Le blindé s'était retourné. Deux de ses camarades étaient morts sur le coup, un troisième, les vertèbres brisées, serait sans doute paralysé à vie. Le colonel parlait, expliquait, les yeux mouillés de larmes. La fatalité, l'impuissance devant les éléments, le service qui continuait. À ses côtés, le Padre[1] regardait le ciel gris pour ne pas pleurer. Le commandant, les cadres et tous les hommes de la compagnie s'étaient figés au garde-à-vous. Tous tremblaient de froid et de rage. Payolle avait chanté avec les autres le chant de la compagnie : « Si tu crois en ton destin… Si tu crois au lendemain… » Jamais, ce soir-là, les mots de ce vieux chant parachutiste ne leur avaient paru si dérisoires. « Avec nous tu pourras marcher, tu pourras être et durer… » Jamais aussi, ils ne leur avaient paru si forts.

Arnaud Payolle comprit que le destin venait de frapper, qu'il n'y aurait pas de lendemain pareil aux autres. Quelque chose de très grave était arrivé à son lieutenant. Cabana s'arrêta, pour contrôler son émotion, reprendre son souffle, poser sa voix. Il se redressa, fit un pas en avant et fixa son officier. Instinctivement, Payolle se redressa, dans une sorte de garde-à-vous, le menton dur, le regard rivé sur celui de son chef.

– Je vous écoute, patron. Allez-y, je suis prêt.

Le commandant esquissa un léger sourire. La connivence dans la peine. Il raconta les faits, sans fioritures, sans rien cacher des détails à son subordonné. Cabana

1. L'aumônier militaire catholique.

comprenait ce que voulait le capitaine, passé par d'autres épreuves : la franchise, un compte rendu professionnel, pour rester dans l'action et faire le nécessaire. Arnaud Payolle écouta, figé. Un promeneur avait été intrigué par la nervosité et les aboiements répétés de son chien devant la Citroën du lieutenant abandonnée sur le parking de l'esplanade du Paradis. En observant l'intérieur, il avait fait la macabre découverte, un peu avant midi. Arrivés en même temps sur les lieux, un équipage de la police municipale et l'ambulance des pompiers avaient fracturé la portière avant droite. Malgré le sang et la large blessure mortelle au cou, ils avaient aussitôt reconnu le lieutenant Fournier à son casque de cheveux blonds.

– La scène de crime, ils l'ont polluée ?

Payolle surmontait sa douleur et sa colère. Les réflexes professionnels restaient intacts.

– Pas du tout, ils vous attendent. Allez-y tout de suite. Je préviens la famille et les collègues.

Le capitaine resta un bref instant immobile. Quelque chose venait de basculer. Dans sa vie, dans celle du commissariat, pour Lourdes même. Il réfléchissait à toute allure dans le silence total de ce bureau. Les deux policiers restaient face à face, sans se parler.

– Payolle !

Cabana s'avança vers lui, un sourire triste éclairant son visage assombri par une barbe naissante. Les deux hommes se serrèrent la main avec une force inhabituelle, échangeant à cet instant leur colère et leur énergie. Il fallait continuer.

6

Rachid n'était quasiment plus sorti de l'appartement de l'avenue Alexandre-Marqui. Le vol des explosifs avait été commis dans la nuit. Bilal avait parfaitement réussi sa mission en découpant le grillage de la clôture qui protégeait la réserve avant d'en forcer la porte. Karim et lui étaient revenus de la carrière avec un sac à dos d'explosifs.

Les allées et venues étaient discrètes. Les deux hommes n'avaient croisé aucun voisin. Ce n'était pas difficile : l'immeuble était quasiment vide. La difficulté était d'éviter les promeneurs de chiens qui circulaient à intervalles réguliers dans la cour intérieure, devant les garages. En quelques jours, Rachid avait pu remarquer la régularité de leurs horaires : le matin après le petit déjeuner, à la mi-journée après le journal télévisé de Jean-Pierre Pernaut, le soir, ou à la fin de la série TV ou du film.

L'une des deux vestes multipoches achetées par Karim était étalée sur la table, largement ouverte. Sur le côté, bien alignés, Rachid avait disposé des cylindres de matière explosive.

– Les clés des portes de l'enfer pour les *kouffars*, dit-il lentement. Celles du paradis pour nos martyrs. Ils ont leur place auprès du Très-Haut. Qu'ils soient bénis.

Karim approuva silencieusement. Lui aussi était prêt même si une question le taraudait : le corps d'un croyant démembré et dispersé par une veste explosive allait-t-il vraiment au paradis ? L'islam ne disait-il pas que le corps du croyant devait être enterré entier pour arriver entier là où l'attendait Allah ? Karim avait trouvé des réponses, seul, en cherchant sur les bons sites. Un *chahid* ne devait pas craindre cette éventualité. En mourant en martyr, il allait automatiquement au paradis. Il aurait alors « des épouses purifiées », « des houris aux grands yeux brillants », peut-être ces soixante-douze vierges promises par certains commentateurs du Coran. Allah était tout-puissant pour reconstituer le corps des *chahid* et leur donner les meilleurs compagnes et compagnons.

Rachid plaçait les boudins gris et orange dans les poches intérieures de poitrine et dans celles du bas. La veste beige avait pris du volume et des couleurs. Des fils rouges et bleus remontaient vers l'emmanchure de l'épaule gauche, reliés à un téléphone portable et un bouton-poussoir en forme d'allume-cigare. Il souleva délicatement l'ensemble et estima son équilibre.

– C'est bon, dit-il en déposant la veste sur le canapé-lit.

Il se remit au travail sur la deuxième veste, presque au ralenti, un cutter à la main pour préparer les épissures.

– Il ne faut pas répéter les erreurs de nos frères, Karim, que Dieu les garde. Un gilet ou même deux, ce n'est pas suffisant. Il faut faire mieux. C'est notre responsabilité. Surtout quand l'ennemi ne relâche pas ses attaques. C'est la cible qui compte. Le monde connaîtra notre force et tremblera devant les guerriers d'Allah.

Il fixa deux plaques de façon symétrique, à hauteur de l'abdomen, avec un gros ruban adhésif noir d'où sortait un fil orange.

– On a les sacs avec les explos, la Kalach, deux grenades et ces petits bijoux, poursuivit Rachid en désignant la veste étalée sur la table. Je mettrai la pile et le bouton-poussoir au dernier moment, ça vaut mieux. Le TATP, ça ne pardonne pas si on fait le con.

Karim suivait avec attention le travail minutieux de son ami :

– Je sais Rachid, je sais.

Sans lever la tête, celui-ci répondit à voix basse, concentré sur un dernier raccord électrique :

– Je sais que tu sais, Karim. Mais ne touche à rien.

Il vérifia de nouveau la fixation des plaques, la propreté de l'amorçage, l'absence de coup de cutter qui aurait pu endommager un fil.

– Nickel, mon frère. Je crois que c'est bon, maintenant, souffla Karim, soulagé de la fin de ce « chantier » particulier.

Rachid opina :

– C'est prêt, *al-hamdullilah*.

Ils mangèrent chacun un sandwich poulet-frites, accompagné de brugnons. Rachid avait sorti son couteau. Il porta le fruit à ses lèvres et commença à tailler des quartiers, le pouce appuyé sur le dos de la lame. Il gobait les morceaux de façon mécanique, en les aspirant au fur et à mesure. Karim l'observait. Il savait comment son ami s'était servi de ce couteau l'avant-veille, pour éliminer une policière qui semblait le surveiller. Il avait bien fait d'agir ainsi, pour ne pas compromettre l'opération. Mais cet incident du parking le tracassait.

– Pourquoi cette meuf était seule ? Ça ne marche pas comme ça, d'habitude.

Rachid essuya le couteau avec un bout de chiffon.

– T'inquiète, mon frère. Les keufs sont en effectif réduit. Ils n'arrêtent pas de le dire. Avec les pèlerinages, ils manquent de monde. C'est la volonté du Très-Haut.

Rien n'était encore sorti dans la presse. Karim l'avait vérifié dans *La Dépêche du Midi* et dans *La Nouvelle République des Pyrénées*. Aucun journal n'en avait parlé. Ils en avaient conclu que le cadavre n'avait pas encore été découvert.

– Il est couché sur la banquette, avait expliqué Rachid. De l'extérieur, impossible à voir. Il faut vraiment s'approcher.

Un moment tentés de retourner sur place pour prendre l'arme et les papiers de la policière, ils avaient abandonné le projet.

– Trop risqué pour pas grand-chose, avait dit Rachid. On a mieux à faire maintenant.

Karim devait reprendre son service à l'hôpital à 14 heures. Il appela une heure avant pour déclarer qu'il était malade et qu'il ne viendrait pas. Ils réveillèrent Bilal qui dormait à poings fermés, épuisé par son expédition de la nuit.

Rachid dessina un croquis sommaire sur une feuille de papier, à grands coups de stylo.

– Ici, moi avec la bagnole et les sacs. Là, toi, avec une veste. Et Bilal avec l'autre.

Karim lui tapa sur le bras.

– Oh mon frère, tu dessines plus mal que moi. Tu prendras des cours au paradis.

Rachid leva la tête et rit de bon cœur :

– Ouais… si les houris m'en laissent le temps.

Il reprit son dessin.

– Là, on met Driss. À pied… Quand est-ce qu'il arrive ?

– Il ne va pas tarder. J'espère qu'il sera à la hauteur…

– *Al-hamdulillah !* Ce n'est pas l'âge qui compte, mon frère. Nos jeunes martyrs au Cham avaient à peine 10 ans. Ils sont allés à la mort heureux de rejoindre Allah. N'oublie pas : c'est à 15 ans, avec les poils, qu'on devient un homme.

7

Le commissariat était devenu une ruche. Des fonctionnaires en repos étaient revenus d'eux-mêmes au bureau. Tous s'affairaient dans une concentration qui impressionnait les plus anciens. Un gros bouquet de fleurs était posé sur le bureau du lieutenant Fanny Fournier. Une équipe était partie ratisser le parking et ses abords sous les ordres du capitaine Payolle. Un renfort du SRPJ de Toulouse était attendu d'une minute à l'autre.

Cabana avait passé une partie de l'après-midi à prévenir ses supérieurs, le procureur, le préfet, la maire de Lourdes. La presse avait été finalement informée mais elle était tenue à distance « pour ne pas entraver le déroulement de l'enquête ». Un point de presse serait fait en soirée avec les informations les plus fiables. Le commandant n'était pas le seul sur le coup mais il serait en première ligne. Il se l'était promis, rongé par le regret de ne pas avoir été plus aimable avec son lieutenant, plus attentif à sa formation. Il ferait le maximum. Il avait donné sa parole aux parents Fournier, anéantis par son coup de fil. Il ne négligerait rien. Sans même attendre les premiers résultats de l'enquête, il avait commencé à rédiger le brouillon d'une proposition pour la Légion d'honneur.

Dès le premier compte rendu de Payolle, Cabana réunit son équipe pour faire le point sur la situation. Trop exigue, la salle de réunion était étouffante, malgré un gros ventilateur sur pied acheté sur le budget des frais généraux du commissariat.

– Bon, ne perdons pas de temps en tchatche, commença-t-il. Dans l'ordre, on a deux affaires. Un, le vol d'explosifs à la carrière du Soum. Deux, le meurtre de notre collègue. Des renforts arrivent. On m'a promis des moyens. Mais on a du boulot. Tous. Et croyez-moi, ça va tanguer, mais on va y arriver.

Les policiers n'attendaient que cela. Des ordres, une direction, une volonté. On leur arrachait un camarade, on les défiait au Soum. Une première pour le commissariat de Lourdes.

– Ça ne peut pas être pire mais on va trouver le ou les salopards. On va leur régler leur compte.

Cabana se tut pour reprendre son souffle. Un grondement sourd lui répondit. Les policiers l'approuvaient. Ils relèveraient ce double défi.

– Je suivrai personnellement les deux enquêtes, jour et nuit. Ensemble, on ne lâche rien.

Le commandant venait de gagner ses galons de vrai patron.

– Je veux tout savoir. Je veux du bilan, et vite.

Un major rappela les éléments factuels recueillis sur le vol à la carrière du Soum, la nuit précédente. Le grillage avait été découpé et la porte fracturée. Le recrutement de

Bilal Yousfi et le vol étaient évidemment liés, surtout que Yousfi avait disparu. Pour le reste, c'était maigre. Cabana bouillait.

– Les questions sont basiques, messieurs. À quelle heure s'est produit le vol ? Pourquoi ce n'était pas gardé ? Qu'est-ce qui a été volé exactement ? La sensibilité des explosifs fait que le jeune Bilal n'a pas pu agir seul, évidemment. Des gars entraînés sont avec lui. Des gars qui maîtrisent ce type de produits. Islamistes ou terroristes basques ou autres ? On a des témoins ?

Payolle brandit un papier :

– Des témoins, pas vraiment, patron. Mais des témoins de notre présence là-bas, c'est sûr, il va y en avoir, même si le site est un peu isolé. Les gens posent déjà beaucoup de questions sur ce qui se passe.

Au loin dans les bureaux, les téléphones sonnaient presque en continu.

– On me demande des comptes rendus précis, grogna le commandant. Mais je n'ai rien, trois fois rien. Sur ce dossier aussi, il faudra donner quelque chose aux journaleux. Combien de temps on a ?

– Pas bien longtemps, patron. Je pense que dans deux heures au plus tard, il faudra leur fournir des billes. Le JT de France 3 est à 19 heures.

L'heure tournait.

– Et pour le parking ?

Cabana n'osait pas prononcer le nom de Fournier. C'était encore trop tôt. Payolle reprit la parole :

– Pas de témoin, sauf le promeneur au chien qui nous a appelés. On analyse en ce moment les images de la caméra de mât sur le parking. Le lieutenant… Fanny… a été poignardée, assise sur le siège conducteur. Elle portait sa ceinture de sécurité. Son arme était coincée dans le holster. Elle ne s'est pas défendue. Sauf avec les bras, d'où les nombreuses blessures de défense constatées. La vitre devait être ouverte. On l'a retrouvée fermée. Le moteur était coupé, la clé enlevée.

Cabana l'interrompit :

– Quoi ? Ça veut dire que l'agresseur a refermé la vitre, coupé le moteur, pris les clés !

Payolle approuva. Il arrivait à la même conclusion que son patron :

– Oui, patron. Ce mode opératoire semble exclure le crime d'un rôdeur ou d'un violeur. L'agresseur s'est mis en danger en perdant du temps. Il ou elle n'a pas paniqué, ne s'est pas enfui. Il a pris la peine de faire tout cela pour retarder au maximum la découverte du cadavre. Pourquoi ? On va le savoir.

– J'espère bien, capitaine. On l'espère tous. Et les analyses ?

– La PTS est au travail. On a du sang partout, sans doute aussi les empreintes de l'agresseur.

Le major leva le doigt :

– Oui, sauf si le mec portait des gants.

– L'autopsie a lieu tout à l'heure, enchaîna Payolle. On a en saura plus, bien sûr. Mais les premières constatations montrent que la plaie a été provoquée par un couteau à lame étroite, très tranchant. Plusieurs coups, portés avec une grande force. Probablement un homme costaud.

Le commandant repensait à l'égorgement des chiens. Peut-être qu'Efef était sur une piste sérieuse. Avait-elle vu juste ? C'était là qu'il fallait tout reprendre. L'ordre claqua, libérant les équipes de policiers :

– Au boulot, messieurs !

Retourné à son bureau, Cabana se concentra. Il fallait se calmer, réfléchir, sérier les problèmes comme il aimait tant le faire. Il observa ses boules à neige, l'une après l'autre. Son enfance, sa jeunesse et ses débuts de policier défilaient sous ses yeux. Il sentait confusément que quelque chose était en train de s'accomplir, sous la pression des deux affaires qui perturbaient sa vie personnelle et celle de son commissariat.

Cabana ouvrit un tiroir de son bureau. Il souleva un dossier cartonné rouge. Il y plaçait ses notes personnelles. Une habitude prise à Cannes-Écluse. Ces observations lui servaient maintenant lors des discussions mensuelles tenues dans le cadre d'un cercle de réflexion avec les chapelains du Sanctuaire. Ils discutaient ensemble d'éthique professionnelle, de dialogue des religions et des messages de Lourdes ou de Fatima.

Le commandant tira de son dossier rouge une feuille oubliée depuis sa scolarité à l'école de police. Un de ses instructeurs, le plus charismatique, leur avait donné ce jour-là une règle de comportement jugée à l'époque un peu trop littéraire et lyrique. Il lut ces quelques lignes mal écrites, prises au vol pendant un cours d'éthique. « Chef, souviens-toi : si tu ralentis, ils s'arrêtent. Si tu t'assieds, ils se couchent. Si tu doutes, ils désespèrent. Si tu critiques, ils démolissent. Mais si tu marches devant, ils te dépasseront. Si tu tends la main, ils donneront leur peau. »

Jusque-là, pressé par ses supérieurs, il avait donné toute la priorité aux indicateurs de performance. Le système l'avait lentement fait dévier de ce qu'il avait cru, longtemps, le plus important : l'humain. Il venait de redécouvrir ce facteur dans la touffeur de la salle de réunion où tous ses subordonnés, écrasés par la peine, venaient de se tourner vers lui. Il avait senti monter leur confiance. Il ne prendrait peut-être pas la bonne décision ou ne choisirait pas forcément la bonne solution mais ils lui feraient confiance. Il en était sûr. Il venait de gagner sa légitimité. C'était inestimable dans la crise qui s'ouvrait devant eux.

8

Pour la première fois depuis sa sortie d'école, le commandant Cabana ressentait le poids de sa responsabilité humaine avant même celui de sa charge administrative. Un aumônier lui en avait parlé. À l'époque, c'était trop tôt. Il ne comprenait pas encore vraiment les implications profondes de son métier. Les chapelains du Sanctuaire qu'il fréquentait depuis son arrivée à Lourdes l'avaient progressivement éclairé sur le devoir d'éthique et d'exemplarité. Il partageait leurs réflexions chargées de sens mais elles restaient plus théoriques que pratiques. Cette fois, il y était.

Il chassa une poussière sur la boule à neige de Fatima et inspecta rapidement les autres. Tout était propre, sous contrôle. Il revint s'asseoir à son bureau pour récapituler les affaires de vols d'explosifs civils et militaires de ces dernières années. Il devait vite se faire une idée sur ce vol pour passer aussitôt que possible au dossier Fournier. Début 2016, six mois après un vol spectaculaire à Miramas, le SRPJ de Toulouse avait organisé une journée d'information sur ce thème. Il avait pris des notes sur sa tablette et conservé la copie d'une grande partie du

Power Point du spécialiste. À Miramas, une équipe bien renseignée et bien organisée avait réussi à pénétrer dans un dépôt de munitions de l'armée de terre. Un vrai coup de commando, en pleine nuit, sans violence. Les voleurs avaient forcé la clôture grillagée et visité huit bâtiments. Sur un site militaire ! Ils étaient repartis avec cent quatre-vingts détonateurs, des dizaines de pains de plastic et une quarantaine de grenades. Une bande sans doute liée au grand banditisme, des Marseillais ou peut-être des malfrats venus des Balkans.

En quelques clics sur sa tablette, Cabana retrouva d'autres affaires. En septembre 1999, Plévin, en Bretagne : des explosifs dérobés ; des Bretons probablement associés à des Basques, avant que les uns et les autres abandonnent la lutte armée. Huit tonnes d'explosifs envolées, cinq mille détonateurs, onze kilomètres de cordeau détonant. À Toulouse, le formateur avait raconté que l'ADN de ces matériels avait été tracé dans de nombreux attentats en Espagne, en 2000 et 2001. Bilan : une trentaine de morts dus à ces explosifs volés. En 2001, l'ETA basque avait encore frappé, cette fois en Isère : une tonne six de dynamite industrielle et vingt mille détonateurs emportés. Sept ans plus tard, c'était au fort de Corbas, dans la banlieue de Lyon : vingt-huit kilos d'explosifs volés, du Semtex, l'un des explosifs les plus redoutables du moment.

– À chaque fois, des négligences, des routines, rappelait le formateur du SRPJ. Ne vous endormez pas, messieurs. L'ETA et les Bretons, c'est peut-être fini, d'accord. On a maintenant les djihadistes et des extrémistes de tous bords. Vérifiez les mesures de sécurité, les systèmes anti-intrusion, le respect des procédures. Et contrôlez. Deux fois plutôt qu'une. Ça vous évitera des réveils douloureux.

Le réveil était en effet douloureux. L'heure avait tourné. Trois coups énergiques à sa porte le sortirent de sa réflexion. Payolle entrait :

– Patron, je peux ?

– Asseyez-vous !

Les analyses du dossier Fournier confirmaient les premières constatations. Les violents coups de couteau, la résistance impuissante du lieutenant à l'agression, sans doute attaquée par surprise, l'hémorragie massive et une agonie rapide, enfin, par malchance, la caméra centrale en panne. L'autre fonctionnait mais elle était trop loin, à l'extrémité du parking.

– Putain de bordel de merde, rugit Cabana à cette mauvaise nouvelle.

– Comme vous dites, patron. Mais attendez. On a autre chose. Des empreintes. Ça matche. Devinez avec qui ? Avec notre Rachid Bouraoui…

– Putain de…

Payolle interrompit aussitôt la litanie, surpris par la véhémence du commandant, jusque-là tout en réserve compassée.

– OK, patron. Les chiens, c'était sans doute lui aussi. Peut-être que Fanny l'avait compris.

Cabana baissa la tête :

– La pauvre. Moi, je n'ai rien vu, rien compris.

– Vous n'êtes pas le seul, patron. Attendez, ce n'est pas tout.

Payolle regarda son bloc-notes et lista les principaux éléments avérés. Il commença par un témoignage sur un moteur emballé sur le parking, vers minuit.

– Un touriste, hollandais. Il prenait le frais à la fenêtre de l'hôtel Sainte-Catherine. On lui a fait le test. C'était bien le moteur de la C3.

– Alors, il a vu quelque chose ?

Payolle grimaça.

– Il a essayé de voir mais il a été gêné par l'estancot…

– Le quoi ?

Payolle leva la tête, étonné. Son patron ne maîtrisait pas encore totalement l'argot policier :

– L'estancot. L'espèce de cabanon en bordure du parking, presque devant l'hôtel.

– OK, merci pour la leçon. Donc, il n'a rien vu.

– Si patron. Une silhouette d'homme qui correspond assez bien à celle de Bouraoui. Le mec est reparti tranquillement au volant de sa bagnole, une Twingo blanche ou crème.

Cabana se frotta les mains. Ils avaient enfin une piste.

– Sérions le problème, commença-t-il. Un, la photo de Bouraoui…

– Oui, c'est fait patron, l'interrompit Payolle. Elle est diffusée depuis deux heures, dans tous les commissariats, chez nous et chez les collègues de la municipale. Les chauffeurs d'autobus l'ont aussi, la gare, l'aéroport d'Ossun, les postes frontières du département. J'en ai ajouté pour le service de sécurité du Sanctuaire.

– Parfait Payolle. Je continue. Deux, la bagnole. Recherche générale.

Cabana entendait les bips des messages qui déferlaient sur sa messagerie. Il devait se remettre au travail.

– Trois, si je peux me permettre, patron.

Cabana lui fit signe de continuer d'un geste de la main, impatient.

– J'ai fait analyser ce qu'on a trouvé sous le corps de Fanny. On ne l'avait pas vu tout de suite. Ça baignait dans son sang.

Cabana esquissa son petit moulinet impatient.

– Son appareil photo, son carnet rouge. Enfin, j'ai fait nettoyer.

– Alors, ça dit quoi ?

Payolle reprit son bloc-notes et souleva deux feuilles.

– Un pense-bête, des observations. Ses dernières lignes disent exactement ceci : « À faire : revoir dame au chien. Montrer photos Bouraoui, Moktari, Kraibi. »

Le capitaine Payolle rendit compte au commandant que deux enquêteurs refaisaient l'itinéraire supposé du lieutenant autour du Carrefour Market et du jardin de l'You, avec ordre de retrouver les dames à chien et de montrer les photos des trois suspects. Il voulut rappeler au commandant le pedigree de Bouraoui.

– Inutile pour lui et Kraibi, je vois bien. L'autre, c'est qui ?

Payolle résuma sa fiche. Tarbes, Laubadère avec Bouraoui, petite délinquance et condamnation légère, intégration réussie depuis sa sortie de Lannemezan il y a une quinzaine d'années, un boulot tranquille d'aide-soignant à l'hôpital, un collègue apprécié, une bonne réputation, pas de fiche S ou autre.

– Le mec sans histoire, quoi. Sauf que…

Cabana leva un sourcil.

– Sauf que quoi ?

– Fanny a réussi à prendre une photo quelques minutes avant son agression. C'est un peu sombre, un peu flou. Nos mecs ont réussi à identifier une Ford Fiesta bleu marine. Moktari a une Fiesta bleue.

– Putain de bordel de merde, vous ne pouviez pas le dire avant ? Trouvez-moi cette bagnole et le mec qui va avec !

– On est dessus, patron. On doit trouver une Twingo blanche et une Fiesta bleue, avec deux mecs probablement entrés en clandestinité pour une raison qu'on ignore. Plus le jeune Yousfi, qui était à la carrière du Soum. Disparu lui aussi. Il faudrait un miracle, patron !

Le commandant se leva d'un bond et contourna son bureau. Il rejoignit son officier à la porte.

– Payolle, on est dans un pays de miracles. On a la Vierge Marie. Elle est venue parler ici, dans ce coin perdu, en bigourdan, à une pauvre ramasseuse de bois. Et à travers elle, au monde. On a soixante-deux guérisons miraculeuses depuis 1858. On a même un miraculé du *Titanic*. Le mec s'appelait Edmond Navratil. Âgé de 2 ans lors de la catastrophe. C'est un des rescapés.

– On est quand même loin de Lourdes, là.

– Non, aucunement. Ce miraculé est venu se marier ici, à Lourdes, et il s'y est fait enterrer, au cimetière de l'Égalité. C'est à cinq minutes à pied de votre bureau. C'est pas un signe, ça ? Je vous l'assure : Lourdes est une terre de miracles. Alors il faut y croire, non ?

9

13 juillet

Le père Maurice soupira. Il ne s'était pas encore habitué à ses mains, progressivement raidies par l'âge, si douloureuses les jours de pluie ou de crachin. Elles lui paraissaient maintenant étrangères à son corps, surtout le matin au réveil, quand il s'efforçait de les joindre dans ce geste de prière à Dieu qu'il aimait tant, qu'il avait appris enfant auprès de sa mère, à Saint-Pé-de-Bigorre. Ce geste qu'il avait lui-même ensuite enseigné à des milliers de petites mains noires au Burkina Faso puis au Tchad. Il éleva ses mains devant les yeux. Il vit des bouts de bois noueux. Il les fit tourner, lentement, étonné des formes prises par les articulations au fil des ans. L'arthrose les tordait et les rendait encore plus fragiles sous leur apparence de vieux ceps de vigne. Serait-il encore capable de démonter et remonter le moteur de la Renault 4L qu'il conduisait au Tchad ? Bien sûr que non. Il le savait.

Il était pourtant si habile et si fort avec ses mains calleuses d'ancien joueur de pala. Il savait immobiliser un zébu récalcitrant en le saisissant par les cornes. Il pouvait porter toute une journée des sacs de mil de trente kilos. Après la récolte, les paysans venaient les entasser chez lui, dans l'enceinte de la mission, pour les mettre en sécurité. Il arrivait à soulever le moteur de sa 4L crème, à bout de souffle après des milliers de kilomètres de pistes de sable et de routes en nids-de-poule, à travers tout le Sahel.

La prière était son rituel du matin, dans la modeste chambre qu'il occupait au presbytère, place de l'Église. Lever à 6 h 30 en été, 7 heures en hiver. Un mètre à peine séparait son lit du vieux prie-dieu en bois qui datait de l'ancienne église, celle de Bernadette enfant. À genoux devant une image sulpicienne de l'archange Michel, son saint préféré, celui qui affronte le mal pour l'éternité, il priait. La protection qu'il invoquait, chaque matin, n'était pas vraiment pour lui mais pour ceux qui l'entouraient, ici au presbytère, pour sœur Agnès, pour ses fidèles de la paroisse du Sacré-Cœur, pour les pèlerins, notamment les jeunes soumis à toutes les tentations matérielles et morales de la société moderne.

Jamais, au terme de son oraison matinale, il n'oubliait de prier aussi pour ceux qu'il avait quittés, les Africains, ses paroissiens pendant trente ans. Il les savait si vulnérables, livrés à tous leurs démons, aux traditions mortifères qui accablent les plus faibles, au racket officiel de ceux qui ont une parcelle d'autorité. Depuis son départ du Tchad, il les devinait soumis au chantage à la conversion exercé par leurs voisins musulmans, à la pression des imams qui n'ont de cesse que de convertir les populations au sud du Sahara, d'éradiquer toute présence chrétienne. Il ne cessait pas d'y penser depuis son retour. «Ai-je eu raison de partir, de fuir devant les difficultés ? Ai-je trahi ? Ai-je été lâche en décidant de revenir en France, dans le confort d'une paroisse de province ? » Il priait depuis des années pour trouver des réponses à ses questions. « Ai-je été fidèle à ma vocation de témoin du Christ et de son amour ? »

Le père Maurice se savait aussi trop épuisé. De plus en plus souvent malade au cours de ses dernières années en Afrique, il pressentait qu'il n'aurait pas tenu deux ou trois saisons de plus. Il serait devenu une charge pour ses paroissiens et ses diacres, un souci pour ses supérieurs. Ceux-ci lui avaient donné l'ordre de partir. Dans la touffeur de sa dernière après-midi passée au Tchad, Mgr Mathias Ngala, son évêque à Ndjamena, lui avait fait cette recommandation pressante : « Partez, père Maurice. Une autre mission vous attend, je n'en doute pas. Vous, prêtres français, vous avez d'autres combats à mener mais dans votre pays. Un apostolat d'un nouveau genre. Votre Europe se déchristianise. Chez vous en France, pauvre fille aînée de l'Église, il faudra tout recommencer. Ce n'est pas gagné. Dieu y pourvoira. Et peut-être qu'on vous enverra des prêtres de chez nous pour vous aider. »

Avant de prendre l'avion pour Paris, le père Maurice était allé faire une dernière prière, seul dans l'immense nef de la cathédrale Notre-Dame de la Paix, boulevard du Général-de-Gaulle à Ndjamena. C'est là qu'il était allé prier lors de son arrivée dans ce pays, vingt-deux ans plus tôt. La toiture magnifique était partie en flammes pendant la guerre civile, en avril 1980. La cathédrale avait resurgi de ses cendres. Le père Maurice y retrouvait toujours avec la même émotion cette odeur chaude de bois exotique et de poussière, familière à tant d'églises sur le continent noir. Il avait prié, pour l'Afrique. Pas pour son pays. Le père Maurice pensait que Mgr Ngala exagérait beaucoup quant à la situation religieuse réelle de la France. Il pensait que le prélat tchadien ne voulait plus de ce vieux curé blanc, désormais trop affaibli pour faire face aux défis de sa paroisse. Au fil des années, il avait compris que Mgr Ngala ne se trompait pas.

Une fois sa prière quotidienne achevée, le père Maurice remit son bréviaire à sa place. Ce livre qui contenait les éléments essentiels de l'office lui servait selon son humeur du moment. Plus jeune, il le lisait consciencieusement. C'était nécessaire pour conforter sa vocation, résister aux tentations, se montrer plus fort dans sa foi personnelle, plus déterminé auprès de ses fidèles. Avec l'âge, il lui semblait en avoir moins besoin. Les tentations n'étaient plus les mêmes.

Deux des six signets de couleur rouge de son bréviaire avaient disparu. Le papier bible était devenu si fin qu'il n'osait plus tourner les pages. La tranche avait bien pâli avec l'âge. Elle était rouge quand il avait reçu le livre en cadeau lors de son ordination. La tranche était devenue vieux rose. La poussière soulevée par le vent du désert avait abrasé la couleur initiale. Avec les années, les répétitions, le père Maurice connaissait par cœur des passages entiers de son bréviaire, l'office de la sainte messe, bien sûr, les deux tiers des Psaumes. Pourquoi alors fallait-il tourner les pages de ce livre de « Prière du temps présent », quand cette prière ne le quittait jamais, quand elle chantait en lui, dans son cœur, du matin au soir, comme un inépuisable refrain de foi ?

La veille, plus fatigué que d'habitude, il s'était à nouveau plongé dans son bréviaire. Il y avait relu la plus belle prière du soir, le cantique de Syméon, qu'on récitait généralement pour complies, à l'heure des dernières invocations d'une journée chrétienne : « Maintenant, ô Maître souverain, tu peux laisser ton serviteur s'en aller en paix, selon ta parole. Car mes yeux ont vu le salut que tu préparais à la face des peuples... » Ce matin du 13 juillet, il s'était attardé sur l'antienne des laudes : « Réveille, ô Dieu, ta vaillance, et viens à notre secours. » Il lui fallait de la vaillance. Sa nuit peuplée de cauchemars l'avait renvoyé à l'Afrique, aux récoltes brûlées par le soleil, aux fillettes enlevées par des cavaliers musulmans venus du Soudan. Il s'était réveillé épuisé, en sueur, croyant à un nouvel accès de paludisme.

Une toilette rapide, par habitude. L'eau était rare dans le désert et la savane. Le père Maurice était resté économe de la précieuse ressource même ici, à Lourdes, où les montagnes si généreuses en sources et en gaves bondissants, donnaient de l'eau parfois jusqu'à l'excès. Il n'oubliait pas le cauchemar de juin 2013. Transformé en torrent de boue large de plus de cent mètres, le gave grossi par des pluies diluviennes avait ravagé Lourdes, submergeant des dizaines de commerces, d'hôtels et d'entreprises, noyant les cinquante-deux hectares du Sanctuaire. L'eau était venue lécher les pieds de la statue de la Vierge dans la grotte de Massabielle. Ensevelie sous cinq mètres d'eau et de débris, l'immense église Saint-Pie-X, la plus grande basilique souterraine du monde, avait été dévastée. En juin 2018 encore, malgré les importants travaux d'aménagement, le gave avait de nouveau dévalé avec force de la haute montagne, débordé de son lit soudain trop étroit en charriant un tsunami de boue, de galets et d'arbres arrachés aux rives.

7 h 45. Le père Maurice se hâta. Sœur Agnès avait tout préparé, comme chaque matin. Un bol de café au lait et une demi-baguette de pain beurré l'attendaient dans la cuisine du presbytère. Elle y avait ajouté le miel de montagne que des fidèles livraient régulièrement. Il prenait son petit déjeuner debout, pressé de rejoindre l'église. Et surtout il ne s'était jamais habitué à la toile cirée jaune ni aux meubles passe-partout, fonctionnels, qu'un de ses prédécesseurs avait achetés à moindres frais avant son arrivée.

La sacristie avec son organisation intemporelle rassurait le père Maurice. Les placards en bois étaient mal en point. Certains ne fermaient plus. D'autres restaient coincés. On les ouvrait en leur arrachant un grincement à déchirer le ciel. Il connaissait bien les armoires les plus utilisées. Les sœurs y rangeaient le linge de messe, ce qui servait chaque jour, chaque dimanche. Les penderies « actives » renfermaient les aubes, les chasubles, les surplis, les étoles encore en activité. D'autres meubles, les inactifs depuis sans doute très longtemps, étaient les malles aux trésors de son enfance. Le temps et cinquante ans de réforme postconciliaire y avaient entassé tout ce qui était passé de mode dans les années qui avaient suivi le concile Vatican II. Des ornements aux parements dorés ou argentés sur lesquels la rouille avait commencé son travail de corrosion, des aubes et d'autres habits de cérémonie tachés de moisissure, des objets couverts de poussière et de crottes de souris, piqués par la rouille. Des chandeliers portaient encore des cierges à peine utilisés, tordus par l'âge et la chaleur brûlante des étés bigourdans.

Le père Maurice avait fait un inventaire complet à son arrivée, choqué par toutes ces richesses mises au rebut alors que tant de paroisses dans le monde manquaient de tout. Il y avait trouvé des dessins d'enfant devenus aujourd'hui des grands-parents, des guirlandes en plastique, des plaques de cire noircies par la poussière, de vieilles clés oubliées, des bassines en plastique, une couronne des rois en carton doré, un petit Jésus de crèche rongé par un enfant, une boîte d'allumettes amollies par l'humidité. Ce bric-à-brac d'objets l'avait attristé. Il avait pensé aux fidèles, aux artisans, aux curés, à tous ceux qui avaient fabriqué, payé, honoré ces objets désormais oubliés, quand cette église du Sacré-Cœur était pleine de toutes les familles et de tous les métiers de la paroisse centrale de Lourdes.

« La messe est à 8 h 30, mais pourquoi si tôt ? lui demandaient parfois des pèlerins de passage. — Pour ceux qui travaillent et ne sont ni en vacances ni en pèlerinage », répondait le père Maurice.

Ce 13 juillet, il devinait qu'il n'aurait pas beaucoup de fidèles. Cela ne le dérangeait pas. Près de quarante années d'isolement en Afrique l'avaient habitué aux célébrations solitaires. Il aimait même de plus en plus la paix des églises vides, le refuge des pauvres gens et des personnes délaissées, des déçus et des perdus. C'était le rôle des pasteurs de les accueillir, de leur faire une place, aussi minime soit-elle. Hier, dans son exil africain, comme aujourd'hui dans le silence de ses messes lourdaises, le père Maurice ressentait encore plus fort sa vocation : être une sentinelle de prières sur le chemin de la lumière.

Passé par la grande nef toujours en travaux, il rejoignit la crypte. Les marches étaient un peu raides. La descente lui faisait mal aux jambes. Sœur Agnès s'était déjà moquée de lui à ce sujet. Il aurait pu lui répondre en évoquant ses exploits : ses longues randonnées à cheval dans la brousse sahélienne, ses marches dans le désert, l'escalade des rochers du Tibesti, l'exploration des grottes et des cavernes au nord de l'oasis de Faya-Largeau quand il fallait ramper dans d'étroits boyaux de rocailles à la recherche de gravures rupestres ensevelies par des siècles d'ensablement. « C'était une autre vie », avait-il longtemps pensé. Aujourd'hui, il savait que c'était la même vie que celle qu'il avait choisi de vivre au pied des Pyrénées, dans un décor différent, avec d'autres habitudes. La vie d'un témoin tranquille de la foi engagé au service aux autres.

Les deux cierges de l'autel étaient allumés. Le ventilateur tournait. Il dissipait à peine la chaleur accumulée depuis deux jours dans la crypte. Le micro serait mis en marche un peu plus tard. En posant sur le lutrin le livre pour les lectures du jour, le père Maurice nota la présence de quelques fidèles déjà assis. Souvent les mêmes. La religieuse lui avait dit qu'il verrait peut-être un chrétien d'Orient, venu visiter l'église la veille. Le père Maurice s'en réjouissait. Le diocèse de Tarbes-Lourdes était très engagé dans l'accueil de ces chrétiens persécutés par les islamistes en Syrie et en Irak. Beaucoup de familles pyrénéennes ouvraient leurs bras et leurs portes à ces déshérités. Il n'ignorait pas que c'était une tradition propre aux régions frontalières. L'accueil était inscrit dans l'histoire et l'ADN des vallées qui menaient à l'Espagne. Il était heureux que l'évêque du diocèse et les fidèles du département aient eux aussi relevé ce défi.

Le père Maurice savait ce que représentait une vie sous la menace de l'islam conquérant. Il avait vécu personnellement cette épreuve en Afrique, souffrant de voir ses paroissiens harcelés, discriminés et souvent obligés d'abandonner leur foi. À son arrivée à Lourdes, il avait parfois évoqué cette question autour de lui. Il n'avait suscité qu'une vague sympathie et un peu d'incompréhension. L'évêque de l'époque, les curés, les laïcs admettaient mal cette description sombre de la réalité. L'Église en détresse les intéressait moins que le dialogue entre les religions, surtout avec l'islam.

En 1996, le martyre des sept moines de Notre-Dame de l'Atlas à Tibhirine l'avait profondément meurtri. En lisant et relisant le testament édifiant du frère Christian de Chergé, le supérieur de Tibhirine, et les lettres poignantes des autres frères, il avait compris que tous avaient vu venir le martyre. Aucun ne s'était dérobé à sa mission, ils étaient restés fidèles à la terre algérienne et aux Algériens qui les entouraient. Leur vie était donnée à Dieu et à l'Algérie. Lui aussi s'était donné à Dieu. Mais sans avoir le courage de rester au Tchad.

Le père Maurice méditait longuement sur ces textes, cherchant au plus profond de lui et de sa prière des réponses qu'il ne trouverait problablement jamais. Ses frères d'Algérie avaient eu la force de pardonner le mal qui leur serait fait, par avance. Bouleversé, il avait même recopié sur une page de son carnet un extrait de la lettre-testament de frère Christian de Chergé : « J'aimerais, le moment venu, avoir ce laps de lucidité qui me permettrait de solliciter le pardon de Dieu et celui de mes frères en humanité, en même temps que de pardonner de tout cœur à qui m'aurait atteint… L'ami de la dernière minute, qui n'aura pas su ce que tu faisais… Et qu'il nous soit donné de nous retrouver, larrons heureux, en paradis, s'il plaît à Dieu, notre Père à tous deux. Amen ! *Inch Allah !* » Ce bout de papier était glissé dans son bréviaire, à la page du 26 mars, date anniversaire de l'enlèvement des moines. Chaque année, ce jour-là, il priait pour eux et pour ses amis missionnaires. En invoquant saint Michel, bien entendu.

10

La veille en fin d'après-midi, quand Driss était arrivé et que l'équipe avait été au complet, Rachid avait pris la parole :

– Nous devons livrer bataille et frapper l'ennemi au cœur.

Karim avait hoché la tête. Driss regardait les autres sans bien comprendre.

– Frapper fort et en même temps, poursuivit leur chef. Surprendre et ne pas laisser de répit.

Bouraoui donnait du sens à ce qui allait se passer. Son aura de combattant revenu du Cham suffisait à asseoir son autorité. Il racontait bien, en utilisant des images fortes, avec un ton presque monocorde qui fascinait ses amis. Bilal se souvenait encore en frissonnant des mots prononcés dans la voiture de Karim au bord du gave. Bouraoui s'était formé au combat et au commandement dans les rudes engagements d'Alep, de Raqqa, d'Idlib sous les ordres de chefs aguerris. Surtout ceux arrivés de Tchétchénie. Ceux-là venaient d'affronter l'armée russe et ses commandos Spetsnaz[1] dans les montagnes

1. Spetsial'noïe Naznatchéniyé, unités de forces spéciales russes.

du Caucase. Quelques-uns d'entre eux étaient les exécuteurs attitrés du groupe djihadiste auquel appartenait Bouraoui. Jusqu'à ce que les combattants venus de France comme lui s'imposent à leur tour à partir de 2014, par leur imagination et leur cruauté.

Rachid Bouraoui avait été associé à ces basses œuvres, surtout quand des journalistes et des humanitaires français ou belges avaient été capturés. Même si, au bout du compte, les Français finissaient le plus souvent par payer les rançons. Pas officiellement, mais par le biais d'accords secrets avec des fondations ou des associations islamistes du Golfe. Les émirs donnaient leur feu vert et s'attribuaient le beau rôle, ce qui empêchait Paris de leur faire trop de reproches publics sur la situation des droits de l'homme dans leur pays ou sur leur soutien « humanitaire » aux rébellions islamistes en Syrie ou dans le Sahel.

– On a gagné beaucoup d'argent, mes frères, racontait Bouraoui. L'argent des *kouffars* nous a servi à acheter les armes de la vengeance.

Avec les rançons, son groupe avait pu acquérir des véhicules, des moyens de transmission. L'argent servait aussi à payer des filières de recrutement qui passaient par la Turquie.

– Les familles de nos martyrs ne manquent de rien. Notre calife, que Dieu l'assiste, versait lui-même la prime promise aux femmes et aux enfants de nos *chahid*.

Ses amis l'approuvaient, heureux et fiers d'appartenir à cette communauté fraternelle de croyants. Jamais en France, ils n'avaient ressenti la force d'une telle appartenance qui les arrachait à leur condition.

– On nous a pris pour des loosers ici, insistait l'ancien voyou de Laubadère. Demain, nous serons les vainqueurs, *inch Allah*.

Rachid avait établi l'agenda et réparti les rôles.

– Voici venir le temps de l'action sur le chemin de la Justice. Les mécréants paieront le prix le jour de leur fête impie.

Il avait écrit en gros les 4 chiffres sur la feuille de papier dépliée devant lui : « 14/07 ».

– Le 11 du Dhou Al-Qi'da de notre année 1440 selon l'hégire, rectifia Karim.

Rachid l'approuva :

– Tu es dans le vrai, mon frère. Il ne faut pas raisonner avec les mots et les concepts des ennemis.

Karim avait remis à Bilal un sac rouge orné de petits pompons multicolores.

– C'est quoi ce truc de gonzesse ? s'était exclamé celui-ci.

– C'est ton ticket d'entrée dans le Sanctuaire, avait répliqué Bouraoui avec agacement.

Karim était intervenu, expliquant qu'il avait volé le sac dans un bar, près de la porte Saint-Joseph où des hospitaliers allaient boire des pots. L'autre ne comprenait toujours pas.

– Ils ont tous ce sac avec eux. Ça veut dire qu'ils sont bénévoles et qu'ils ont un service à faire dans le Sanctuaire. Ce sac te permettra de passer inaperçu. Tu piges ou pas ?

Bilal faisait confiance à son aîné. Cela devait être vrai. Il avait essayé de dénouer les pompons. Karim avait dit :

– Arrête, laisse-les. Ça fait plus vrai.

Le temps de la prière était arrivé. Rachid avait ouvert le robinet, s'était purifié sommairement à trois reprises, selon le rituel habituel. Les trois autres avaient fait de même. Bouraoui avait pointé l'index droit vers le ciel. L'invocation commençait :

– *Ash-hadou al laa ilaaha*... J'atteste qu'il n'y a point de divinité en dehors d'Allah Unique...

Ils s'étaient levés, les mains à la hauteur des oreilles pour continuer la prière d'ouverture qui précédait les autres invocations. Bouraoui avait décidé de prononcer *Al-istikhara*, la prière dans laquelle le fidèle s'en remet à Dieu avant un choix important : « *Al-hamdulillahi rabbil 'alamine* ... » La prière commençait par la louange traditionnelle au « Souverain des mondes, le Tout Miséricordieux, le Très Miséricordieux ». Concentrés, soudés par les mêmes mots et les mêmes gestes, forts de cette union spirituelle totale qui les liait à jamais, les trois hommes avaient imploré le secours du divin. La décision, la plus importante de leur vie, avait été prise. Il fallait maintenant passer à l'action.

C'est seulement au matin que Rachid indiqua à Driss l'endroit où aller, ce 13 juillet : le chemin de croix des Espélugues. Une cible idéale, pleine de symboles. Très facile à atteindre. L'entrée était rarement gardée. L'accès était totalement libre.

– Après leur église en ville, les *kouffars* seront frappés au cœur. L'horreur les fera réfléchir à la guerre qu'ils mènent aux musulmans.

Rachid posa devant lui un livre ouvert. Un Coran. Il le feuilleta quelques secondes et mit le doigt sur une page : la Fatiha, la première sourate marquant l'ouverture du livre saint des musulmans.

– Driss, écoute la parole d'Allah : « Dirige-nous dans le chemin droit : le chemin de ceux que tu as comblés de bienfaits ; non pas le chemin de ceux qui encourent ta colère ni celui des égarés. » Mon frère, les *kouffars* sont les égarés du chemin véritable. Les impies adorent Isa le Messie, fils de Marie, au lieu du Dieu unique. Il n'y a de Dieu que Dieu ! Gloire à lui !

Driss et Bilal approuvèrent par un sonore « *Bismillâh* ». Driss serait le bras armé de la colère divine pour frapper les « pervers ». Il allait enfin appartenir à cette avant-garde de combattants dont les exploits passés en boucle sur les vidéos d'Internet le faisaient rêver. Rachid referma le livre avec respect et le poussa sur le côté. Il saisit une sacoche en toile d'où il sortit deux grenades, entourées de papier bulle. Les autres fixaient avec attention les deux boules d'acier quadrillé. Il posa les deux grenades délicatement devant lui.

– Il faudra frapper en même temps, mes frères. Toi, Karim, à l'église. Toi, Driss, au chemin des croix. La simultanéité de…

– De quoi ? l'interrompit Driss. Tu dis quoi là ?

Rachid soupira en regardant Karim.

– Ça veut dire frapper ensemble, en même temps. Comme les frères en novembre 2015. Les uns au Stade de France, les autres aux terrasses et au Bataclan. Tu comprends ?

Driss baissa la tête en maugréant. Quand il serait devenu un héros, il serait enfin respecté. Rachid voulut expliquer l'accès au site du chemin de croix mais Driss l'arrêta en riant :

– T'inquiète, mon frère. L'été, je passe souvent devant ce truc. Avec des potes, on va au camping de la Forêt, route de Batsurguère. Y a des meufs là-bas. Des Suédoises…

Il stoppa net, foudroyé par le regard méprisant de Rachid.

– Tu me dégoûtes !

– Putain, arrête. On n'y va pas si souvent, quand même. Mais tu sais, je suis déjà entré voir ce truc, ce chemin des croix. Justement, on accompagnait des…

Driss préféra se taire et écouter les consignes de Rachid. Ces grandes statues en fonte dorée l'avaient étonné, amusé. Il les avait trouvées assez jolies. Il s'était même pris en selfie devant un colossal soldat romain qui tenait le bras du prophète Isa ibn Maryam[1]. Il s'était demandé si les barbus en turban qui tendaient les poings et insultaient Isa étaient des Palestiniens, de bons musulmans. Il avait été très étonné quand son copain Bilal, mieux informé, lui avait révélé qu'il s'agissait de Juifs.

Le visage d'Isa coiffé d'une couronne d'épines et écrasé sous une lourde croix et le calvaire monumental, à la dernière station du chemin de croix, l'avaient fortement impressionné. Ces trois immenses croix dressées sur un rocher lui avaient rappelé certaines vidéos de Daech ou

1. Jésus, fils de Marie dans la tradition coranique.

d'autres groupes djihadistes, en Syrie. Eux aussi mettaient leurs ennemis en croix.

– En vérité, ils font comme les Juifs, alors. Non ?

– Ce n'est pas la même chose pour les frères de Daech. Eux châtient les impies et les associateurs.

Driss avait fait semblant de comprendre. Il était revenu étonné de cette excursion au chemin de croix. Une image l'avait dérangé : des hommes et des femmes, plutôt jeunes, prosternés ou à genoux devant chaque station. Un vieux monsieur qui pouvait avoir l'âge de son père avait fait tout le chemin de croix à genoux. Il transpirait à grosses gouttes. Son pantalon de coton épais était taché de deux larges auréoles sombres à hauteur des genoux. À chaque fois qu'il se relevait pour gagner la station suivante, il laissait une marque de sang sur le bitume. Driss en avait été admiratif mais aussi révolté. Bilal lui avait expliqué que c'était l'idolâtrie des chrétiens.

– Ils adorent trois dieux et pas le Seul Très-Haut. On ne se prosterne que devant Dieu, Driss. Isa n'est pas Dieu. Ce n'est qu'un prophète.

Driss devait se présenter devant la grille du boulevard Monseigneur-Théas. Les pèlerins arrivaient assez tôt pour ce chemin de croix un peu éprouvant, juste avant la grosse chaleur de la mi-journée.

– Tu montes. Tu t'arrêtes au premier niveau, les premières statues. Les *kouffars* disent « première station ». Tu as deux grenades. Tu n'as pas le temps de monter sur le mur et de passer la grille. Tu jettes la première au pied de leur Isa et tu te barres.

– J'ai le temps ?

– Le retard est de cinq ou six secondes. Tu cours jusqu'au dernier arrêt, tout en haut.

– Oui, je vois. Là où ils ont mis trois grandes croix.

– C'est ça. Tu places ta deuxième grenade juste sur l'épaule d'Isa, entre lui et la femme qui est derrière.

– Maryam, sa mère…

– M'en fous. Tu dégoupilles, tu la poses et tu cours jusqu'à la sortie. C'est en pente, ça descend. Tu seras sorti avant que l'alerte soit donnée.

11

Un craquement de banc tira le père Maurice de sa lecture. Il achevait de lire le psaume 32 : « Dieu veille sur ceux qui le craignent, qui mettent leur espoir en son amour, pour les délivrer de la mort, les garder en vie aux jours de famine. » Ce samedi 13 juillet s'annonçait déjà très chaud. Il irait peut-être en montagne, par la route du pont Napoléon, pour trouver de la fraîcheur. Il leva la tête. Une demi-douzaine de fidèles patientaient, silencieux, rêveurs ou en prière. En semaine, ils étaient un peu plus nombreux. Certains venaient à la messe juste avant de rejoindre leur travail. Sœur Agnès était là, au premier rang, assise à côté de deux autres religieuses. Maurice n'arrivait pas à retenir leurs prénoms. Il savait que Lourdes comptait une vingtaine de communautés de femmes, des carmélites, des clarisses, des dominicaines et tant d'autres. La plupart des religieuses qui assistaient à sa messe du matin étaient âgées. Il en avait fait la remarque. Sœur Agnès lui avait donné la réponse : « Mais, mon père, les plus jeunes sont au travail en ville ou au Sanctuaire. Ne soyez pas trop exigeant. Celles qui viennent sont vos admiratrices. »

Peu importait le nombre de ses ouailles. La messe serait dite et elle serait belle quoi qu'il arrive. Pour le père Maurice, la messe était chaque jour une plongée nouvelle dans sa vocation première. Les gestes et les paroles le ramenaient à son choix initial, dans une paix immense qui le portait ensuite pour toute la journée, balayant ses fatigues, ses doutes, ses colères. Les fidèles répondaient à ses prières et ne faisaient plus qu'un avec lui.

Comme souvent pendant les grosses chaleurs de l'été bigourdan, le père Maurice songea à ses anciens fidèles. Il les avait laissés dans la touffeur africaine, à la merci de tous leurs ennemis. Il souffrait de ne pas avoir plus souvent de nouvelles d'eux mais il savait qu'il devait tourner la page. Lors de sa prière matinale, il s'était arrêté longuement sur le psaume 94 : « Aujourd'hui écouterez-vous sa parole ? Ne fermez pas votre cœur comme au désert, comme au jour de tentation et de défi... » Le psaume suivant le faisait sourire, lui dont la vitalité de ses jeunes années n'était plus qu'un lointain souvenir : « Tu me donnes la fougue du taureau, tu me baignes d'huile nouvelle ; j'ai vu, j'ai repéré mes espions, j'entends ceux qui viennent m'attaquer. » Le père Maurice perdait progressivement la vue et son ouïe déclinait, autant que sa mémoire.

La réflexion sur le péricope[1] de ce 13 juillet prolongeait sa prière du matin, celle qu'il adressait à ses amis, ceux à qui il avait dit adieu dans l'immensité de la brousse sahé-

1. Extrait d'un texte sacré présentant une parole divine pleine de sens.

lienne: « Bénissez ceux qui vous persécutent; souhaitez-leur du bien, et non pas du mal. » L'écho avec le testament de ses frères de Tibhirine l'émouvait toujours autant, comme le cantique de Zacharie sur « le salut qui nous arrache à l'ennemi, à la main de tous nos oppresseurs ». Il y puisait cet espoir qui devait être celui de tous les croyants, ici en Europe, comme en Afrique, « pour illuminer ceux qui habitent les ténèbres et l'ombre de la mort, pour conduire nos pas au chemin de la paix ».

Fine mouche, sœur Agnès avait remarqué la bonne mine du prêtre, plus joyeux que d'habitude. Elle savait qu'il supportait bien la chaleur. Son arthrite devait aussi faire relâche. La messe dans la chapelle de la crypte commença à l'heure exacte. Un nouveau craquement de banc à l'arrière tira la religieuse de sa concentration sur l'extrait du livre de la Genèse que finissait de lire le prêtre. Elle ne comprenait pas grand-chose à la généalogie compliquée des premières tribus juives que racontait l'Ancien Testament, entre Jacob, Joseph, qui vécut cent dix ans, son fils Éphraïm, les enfants de Makir, les fils de Manassé... Le Nouveau Testament lui semblait beaucoup plus abordable et accessible.

Elle se retourna et reconnut le jeune homme de l'avant-veille. Il s'était assis, tout au fond de la chapelle, près du tombeau en marbre blanc de Marie-Dominique Peyramale, le curé de Lourdes au moment des apparitions. Heureuse, sœur Agnès comprit que l'étudiant était revenu pour assister à la messe à la crypte. Aussitôt, elle s'interrogea: « Pourquoi si tôt? Ce jeune pèlerin est vraiment très matinal... » Elle ne l'avait observé qu'un bref instant, le temps de se retourner, mais en notant sa distraction ou sa curiosité. Le jeune visiteur regardait à droite et à gauche, de chaque côté du tombeau massif, vers les deux escaliers qui menaient aux rues latérales.

Elle revint à la liturgie. Il fallait se lever. C'était l'évangile du jour, un texte de saint Matthieu : « Ne craignez pas ceux qui tuent le corps. » Le père Maurice lisait avec application, de sa voix un peu voilée :

– « En ce temps-là, Jésus disait à ses Apôtres... »

Les cinq personnes de l'assistance écoutaient dans un silence religieux cet appel au courage et au témoignage :

– « Ce que je vous dis dans les ténèbres, dites-le en pleine lumière ; ce que vous entendez au creux de l'oreille, proclamez-le sur les toits. Ne craignez pas ceux qui tuent le corps sans pouvoir tuer l'âme... »

Maurice Lacaze poursuivait. Sa voix résonnait doucement sous la voûte basse. Au loin, un klaxon se fit entendre.

– « Quant à vous, même les cheveux de votre tête sont tous comptés... »

Sœur Agnès se tourna vers sœur Thérèse, son amie depuis si longtemps, attirée à Lourdes par une dévotion toute particulière à Bernadette. Elles échangèrent un bref regard complice. Le père Maurice ne portait plus qu'une pauvre couronne clairsemée de cheveux blancs sur les côtés. Son crâne lisse luisait sous la lumière mauve diffusée par les vitraux latéraux. L'évangile s'achevait :

– « Mais celui qui me reniera devant les hommes, moi aussi je le renierai devant mon Père qui est aux cieux. »

Le prêtre embrassa le livre et le reposa. Chaque geste était important. La répétition de ses milliers de messes célébrées en plus de cinquante ans de sacerdoce n'avait pas éteint la beauté et la magie de chaque célébration, des plus humbles aux plus solennelles. Une messe de brousse à l'abri d'un palmier auquel était attaché un pauvre âne gris, devant quatre femmes en boubou et trois enfants distraits avait, à ses yeux, la même valeur que les grands-messes internationales concélébrées devant vingt-cinq mille personnes dans l'immense basilique souterraine Saint-Pie-X. Il repoussa sur ses avant-bras les amples manches de la chasuble.

Les fidèles s'assirent dans un même mouvement. Sœur Agnès en profita pour regarder brièvement vers le fond. La place à côté du tombeau de l'abbé Peyramale était vide. Le jeune s'était éclipsé, sans un bruit. Elle eut soudain un mauvais pressentiment. Le père Maurice fit quelques pas devant l'autel. À cette distance, pas besoin de micro. Les sœurs remarquèrent qu'il allait parler sans papier à la main. Il s'affranchissait du texte de l'homélie que le diocèse préparait pour ses prêtres. Le sujet devait lui tenir à cœur. Il commença, dans un large sourire :

– Mes chers frères, mes chères sœurs… Aujourd'hui, en cette quatrième semaine du Temps Ordinaire, nous célébrons saint Henri et l'Église nous invite à réfléchir sur l'espoir – « Dieu vous visitera », nous dit le livre de la Genèse dans la première lecture – et sur le risque de témoigner de sa foi.

Il fit un geste du bras vers la table de l'autel, derrière lui, pour désigner le grand livre à couverture rouge.

– C'est ce que nous dit bien saint Matthieu dans l'évangile du jour, quand il cite Jésus : « Ne craignez pas ceux qui tuent le corps » et, plus loin, cette belle image : « Vous valez bien plus qu'une multitude de moineaux… »

12

Sœur Agnès sourit. Les homélies du père Maurice étaient toujours simples et claires. Il parlait et expliquait humblement les choses. « Il ne fait pas de bruit mais il fait du bien », se disait-elle au moment où elle perçut un bruit inhabituel dans cette église qui était sa maison. C'était des pas, précipités, dans l'escalier qui donnait l'accès à la place de l'Église, côté sud. Le père Maurice continuait de parler. La porte en bois claqua en se refermant violemment. Les fidèles sursautèrent et se retournèrent, d'un seul mouvement. Le jeune homme matinal sauta au bas des dernières marches comme un diable bondissant de sa boîte. En quelques pas, il remonta la courte allée centrale et monta les deux marches de l'estrade de l'autel. Agnès fut frappée par la transformation physique de ce jeune approché deux jours plus tôt. Le gentil jeune pèlerin hurlait. En arabe. Elle reconnut ce *« Allahou akbar »* popularisé depuis les attentats de 2015. Il criait aussi en français.

Les mots se bousculaient, hachés par l'excitation et une colère qui explosait. Ils appelaient à l'arrêt de la guerre faite par la France aux musulmans. Agnès entendit « ennemis »,

« justice », « Allah ». Elle remarqua que le jeune ne portait plus son polo rouge du début de la messe mais une veste beige, gonflée de poches, et un sac à dos. Sa main droite dessina un éclair. Il tenait un couteau.

Maurice Lacaze s'était tu. Il tenta de protester :

– Mais qu'est-ce que… Que faites-vous ?

Il esquissa un geste de protestation mais Karim Moktari le repoussa violemment de son bras gauche. Dans le même mouvement, il balaya tout ce qui se trouvait sur l'autel, avant d'y poser son sac à dos noir. La nappe blanche emporta le calice, le ciboire, les deux chandeliers et les deux bouquets de tournesols apportés par une paroissienne le matin même. Le bruit du métal qui rebondissait sur le carrelage résonna dans la crypte. Un silence pesant figea ensuite l'assistance. La vingtaine de petites hosties blanches préparées pour la consécration et la communion se répandirent au sol, sur les marches de l'autel. Sœur Agnès regarda le tabernacle : « Pourvu qu'il n'y touche pas… »

– *Allahou akbar !* hurla de nouveau Karim en donnant un coup de pied dans le calice renversé à ses pieds. Couchez-vous ! Tous par terre.

Les fidèles s'empressèrent maladroitement de se glisser entre les bancs. Trop âgée et souffrant des hanches, sœur Thérèse ne pouvait ni se baisser ni s'allonger. Elle resta debout en marmonnant quelque chose et se mit à remonter l'allée vers la porte d'entrée. Inconsciente ou sourde, elle n'entendit pas le cri de Karim qui lui ordonnait de s'arrêter. Elle continuait d'avancer de son pas claudicant. Karim bondit sur elle et la jeta à terre. La tête de la religieuse heurta l'angle d'un des lourds bancs de bois. Elle s'effondra inanimée sur le carrelage. Sans s'arrêter, Moktari grimpa les deux volées de marches pour fermer les accès à la rue. Sœur Thérèse ne bougeait plus.

Le père Maurice s'était redressé.

– Arrêtez ! Qu'est-ce que vous faites ? Vous n'avez pas le droit !

La voix étonnamment forte, il revint devant l'autel et remonta à pas lents l'allée centrale. En passant devant sœur Agnès, il lui glissa à voix basse :

– Partez ! Dès que possible. Donnez l'alerte !

Il reprit sa marche obstinée vers Karim qui revenait à grandes enjambées de l'escalier.

– Ici, monsieur, c'est la maison de Dieu, lui cria le père Maurice. Une maison de paix. *Salam !*

Karim regardait nerveusement à droite et à gauche.

– Silence !

Jeté à la face du vieux prêtre comme un crachat, le cri du djihadiste ne l'arrêta pas une seconde.

– Arrêtez monsieur. Calmez-vous ! Nous pouvons parler.

Karim hésita. Ce vieil homme aux yeux délavés le regardait avec une intensité et une force qui le troublèrent. Ce n'était pas un chien qu'on s'entraîne à égorger au bord du gave. Ce n'était pas un combattant qu'on exécute à la fin d'une bataille sanglante. Il n'était pas un prisonnier résigné en combinaison orange qu'on décapite sur une plage de Libye, comme on le voyait sur Instagram. Les deux grandes mains noueuses et décharnées du vieil homme s'ouvrirent vers lui en signe de paix. Les pans de la chasuble ivoire lui donnaient un air rassurant de berger. Ses joues creusées par l'âge et sa pauvre couronne de cheveux blancs rappelèrent à Karim un conte raconté un jour en classe par une maîtresse. Il pensa une fraction de seconde à son grand-père, mort du cancer, six ans plus tôt.

Karim hurla avec rage, acclamant une nouvelle fois Allah pour l'aider dans sa besogne et se redonner du courage. Un cri de colère rituel contre les croisés et les juifs, un cri contre cette faiblesse qui montait en lui face à ce vieil homme qu'il savait être un serviteur de Dieu.

– À genoux ! cria Karim en repoussant le prêtre. Mort aux impies, mort aux idolâtres, mort aux associateurs[1].

Le père Maurice perdit l'équilibre. Karim se jeta sur lui et le redressa en lui tordant le bras.

– À genoux !

Le père Maurice n'était pas de taille à lutter avec ce jeune homme vigoureux. Il se laissa faire. Son arme était sa parole. Il fallait parler, raisonner l'agresseur.

– On se met à genoux devant son Créateur, le Tout-Puissant, commença-t-il en utilisant sciemment des mots que tout bon croyant, chrétien ou musulman, pouvait comprendre instantanément.

Ces mots surprirent Karim. Il ne sut que crier, de nouveau :

– Silence !

---

1. Mot péjoratif désignant les chrétiens accusés d'associer Dieu à son fils Jésus ou d'adorer Marie.

De son bras armé du couteau, il repoussa au sol le curé qui tentait de se relever. Son geste trop ample, trop brutal, mal contrôlé, heurta le père Maurice sur l'épaule et le haut du torse, déchirant ses vêtements sacerdotaux jusqu'à la peau. L'entaille était profonde. Le sang se mit à couler. Une large tache rouge s'élargit aussitôt sur la soutane. Le prêtre ouvrit la bouche sur sa douleur fulgurante :

– Ah ! Arrêtez ! Il n'est pas trop tard.

Il comprit que les choses étaient allées trop loin. Ce jeune djihadiste réglait des comptes avec le monde et avec lui-même. « Ici à Lourdes, terre de rassemblement, de prières », pensa-t-il en sentant ses jambes s'affaisser. Loin de la Bigorre, dans ses jeunes années de missionnaire, il avait combattu par la parole la violence des nouveaux conquérants islamistes. Il l'avait fait avec ses mots, par la prière, la fraternité. La barbarie le rattrapait là où il était né à la vie et à Dieu, par sa vocation. Il entendait son agresseur au-dessus de lui, lancé dans un prêche désordonné. Il ne comprenait pas ce qu'il disait. Le père Maurice était entré en prière sans s'en rendre compte. Il repensa aux derniers moments de frère Christian et des moines de Tibhirine. Le martyre. Ces moines ne l'avaient pas cherché mais ils l'avaient accepté. Le pardon. Ils l'avaient donné. Lui se sentait indigne du premier, incapable du second.

Le prêche fou du jeune djihadiste s'achevait. Karim était allé très loin sur son chemin sans retour. Le sang de ses frères martyrs appelait le sang de ce *kouffar*.

– Mort aux mécréants ! cria-t-il encore, penché sur le corps du vieil homme affaissé à ses pieds.

Il lui saisit le front pour le renverser vers l'arrière et dégager la gorge. Maurice Lacaze ne put retenir sa tête. Il croisa le regard de son agresseur. Il sut que sa vie terrestre allait s'achever. Il comprit que ce n'était pas par la main d'un homme mais par l'œuvre du diable. Il repensa au père de Foucault dont il connaissait la prière par cœur : « Mon Père, je m'abandonne à toi, fais de moi ce qu'il te plaira. » Maurice vit la lame s'élever. Anéanti, il eut encore la force de murmurer, assez fort pour que tous l'entendent :

– *Vade retro Satana !* Va-t'en Satan !

Il en voulait au diable, pas à l'homme qui allait le frapper.

Un coup violent sous le menton puis une brûlure intense à la gorge le firent taire. Maurice Lacaze s'effondra sur le carrelage, au pied de sœur Agnès. Le sang de son ami venait d'éclabousser sa robe bleu pâle. Elle vit ses yeux se figer. Une dernière prière vint mourir sur les lèvres du vieux missionnaire : « Ne craignez pas ceux qui tuent le corps sans pouvoir tuer l'âme… »

13

La fleuriste de la rue de Langelle qui venait deux ou trois fois par semaine à la messe du matin avait réussi à se ruer hors de l'église, épouvantée. En arrivant dans la rue, ses jambes ne la portaient plus. L'effort de la montée de l'escalier l'avait asphyxiée. Elle s'effondra sur le bitume en geignant. Deux ouvriers déjà au travail sur l'échafaudage se portèrent à son secours. Avant même de descendre de son échelle, l'un d'eux appela les pompiers. Arrivé auprès d'elle, l'autre ouvrier fut impressionné par la pâleur de cette femme. Elle hoquetait :

– C'est horrible… Des terroristes… Le père Maurice… Appelez la police.

Huit minutes plus tard, un camion-ambulance des pompiers de Lourdes se garait rue de l'Église, suivi, quatre minutes après, d'une voiture de police. La préfecture des Hautes-Pyrénées puis le ministère de l'Intérieur et l'Élysée étaient informés. Alertée, une équipe renforcée de la BRI de Toulouse fonçait déjà sur l'autoroute. L'alerte générale était donnée dans Lourdes, au Sanctuaire, à la gare, à l'aéroport.

Le commandant Mathieu Cabana redoutait depuis longtemps ce genre d'évènement tragique. Il s'y était préparé, ayant réfléchi à toutes les éventualités. Paris, Nice, Strasbourg avaient été frappées malgré la mobilisation et la vigilance. « Alors où et quand ? » s'interrogeait-il depuis le vol d'explosifs.

La sécurité générale de la ville et des lieux de pèlerinage avait été renforcée après 2016. Les inondations de juin 2013 puis la vague d'attentats de 2015 avaient accéléré les prises de décision. Le Sanctuaire de Lourdes était doté depuis janvier 2019 d'un label national « Sécurité-Site ».

– C'est quand même plus rassurant qu'un Ave Maria pour sécuriser la deuxième ville hôtelière de France, le troisième lieu de pèlerinage du monde, vous ne croyez pas ? avait un peu fanfaronné Cabana après l'adoption du label.

Il en avait été un des maîtres d'œuvre, heureux de contribuer à cette indispensable mise à jour. Il en était fier. Sa foi chrétienne personnelle et sa responsabilité professionnelle de commandant de police le confortaient dans cet engagement au service de la sécurité de la ville. Tout à sa mission, travaillant depuis toujours bien au-delà de la durée légale, il se voyait en sentinelle vigilante de la « capitale mondiale de la spiritualité ». Il aimait bien cette formule employée par madame le maire, en janvier dernier, à l'occasion de la cérémonie des vœux.

La vague des attentats de 2015 en France avait permis de renforcer les dispositifs de sécurité passive. Cabana avait personnellement supervisé l'installation des blocs de béton armé du boulevard Père-Rémi-Sempé, autour du Sanctuaire. Il était ici chez lui. Personne ne devait venir troubler la quiétude de la cité mariale. Il s'y était fermement engagé auprès des autorités de l'État et des élus locaux, autant qu'auprès de l'évêque de Tarbes-Lourdes.

Il s'était investi à fond dans le groupe de travail « Sécurité-Site » piloté par la sous-préfète d'Argelès-Gazost et de Bagnères-de-Bigorre. Directement impliqué, on l'avait souvent vu sur le terrain. L'interdiction permanente de stationnement le long des clôtures était sous la responsabilité de la police municipale mais Cabana vérifiait son travail à intervalles réguliers. Il passait aussi de temps en temps au centre de supervision urbain. C'est là que remontaient les images des dizaines de caméras de vidéoprotection installées depuis 2016.

La sécurité antiterroriste avait été sa grande préoccupation mais il avait observé, ces derniers temps, le retour de certaines routines, un insidieux relâchement de la tension vigilante des dernières années. Le commandant avait aussi quelques regrets. Le Document d'information communal sur les risques majeurs (DICRM), bible de la sécurité générale à Lourdes, n'incluait pas le risque terroriste. Il l'avait dit aux élus de la ville :

– On a listé dans le DICRM les neuf risques majeurs de Lourdes. Tout y est : les inondations et la neige bien sûr, une pandémie, la canicule, le radon et les séismes. Tout, sauf le terrorisme !

Piquée au vif, la maire lui avait répondu en petit comité que la sécurité de sa ville, de ses quatorze mille habitants et des six millions de visiteurs annuels était sa préoccupation majeure :

– On y met le paquet en argent et en effectifs. Soyez-en sûr. Et n'oubliez pas que l'État a promis une enveloppe d'un million d'euros. J'attends incessamment les premières retombées.

En prenant sur lui, Cabana s'était fait tout miel :

– Je le sais bien, madame le maire, je le sais. Mais le terrorisme est un risque quotidien, une menace permanente. Au moins autant, sinon plus, que les séismes.

Ancienne professeure de géographie au lycée public La Serre de Sarsan, syndiquée et de gauche, Fabienne Destot avait décoché ce jour-là à l'impudent Cabana un sourire empreint de mépris qui lui avait fait mal.

– Mais, cher commandant, vous n'ignorez pas que Lourdes est classée en zone 4. Nos Pyrénées centrales sont une des régions de France les plus affectées par les tremblements de terre. Il ne faut pas remonter très loin dans le passé pour s'en souvenir : je ne citerai que 1980 ou 1967, sans parler bien sûr des terribles séismes de 1660 et 1750.

Entre le policier, catholique pratiquant au visage de Grand Inquisiteur, et la prof radicale-socialiste, le courant ne passait pas toujours très bien. Il fallait toute la diplomatie du préfet et de sa sous-préfète pour faciliter la coopération.

Près de quarante minutes s'étaient écoulées depuis le début de la prise d'otages. Prévenu un peu avant 9 heures, le commandant Cabana avait réuni en urgence ses équipes, donné ses ordres. Il ne cachait pas sa colère :

– Ces cons se sont fait avoir comme des bleus… C'est bien la peine d'être en alerte antiterroriste ou Sentinelle !

Cabana, lui, ne voulait pas se faire manœuvrer « comme un bleu » mais il avait un mauvais pressentiment, la vague impression que tout allait trop vite, qu'il était en retard sur le film. Les mots du jeune Driss Kraibi lui restaient aussi en mémoire : « On va tous vous fumer... »

Il n'avait pas cessé d'y repenser depuis la colère du voyou dans les bureaux du commissariat.

Bilal Yousfi et Karim Moktari étaient introuvables.

– Ils nous ont bien baladés. Profils irréprochables. Des mecs bien propres sur eux, bien sympas. Pas de barbe ou de djellaba. La *taqîya*[1] dans toute sa splendeur. Imparable.

Rachid Bouraoui, fiché S, le plus dangereux sans doute, restait introuvable malgré les efforts des enquêteurs du commissariat. Cabana avait réclamé les bornages des téléphones mais il se doutait que les cibles avaient abandonné leur portable. Retrouver le lieu où ils avaient borné la dernière fois ne serait que de peu d'utilité. Ils utilisaient des cartes prépayées et se servaient de Telegram, nettement plus sûr pour les criminels qui avaient quelque chose à cacher. Cette application cryptée permettait d'envoyer des messages chiffrés sans qu'ils soient stockés sur les serveurs et donc inaccessibles, à moins d'y mettre des gros moyens et du temps. L'analyse des chaînes de propagande et des pseudonymes utilisés serait longue à faire. Il savait que la nouvelle cellule Allat[2] pilotée par la Direction centrale

1. Dissimulation ou reniement apparent de sa foi, attitude recommandée par l'islam pour éviter au croyant la persécution.

2. Nom d'une déesse syrienne préislamique.

du renseignement intérieur travaillait d'arrache-pied au décodage des messages et des documents liés à la zone irako-syrienne. Les résultats arriveraient trop tard. Tout se jouait en ce moment.

14

De retour dans son bureau, le commandant divisionnaire Cabana regarda avec surprise sa collection de boules à neige. Depuis la mort du lieutenant Fanny Fournier, ces cailloux blancs de son enfance et de ses débuts de vie professionnelle lui paraissaient incongrus. Il avait tellement aimé cette collection. Aujourd'hui, elle ne lui parlait plus comme avant. N'était-elle pas déplacée dans ce bureau où la guerre venait de pénétrer ?

Des consignes de vigilance particulière avaient été données dans tous les lieux publics, y compris aux accès du Sanctuaire. Il regarda la grande carte de la ville qu'il avait fait suspendre dans son bureau. Observant le grand « Y » que formait l'agglomération lourdaise, centrée sur le château et la place Peyramale, Cabana chercha une logique aux évènements tragiques en cours. Une vieille habitude apprise dans les écoles militaires : appliquer la méthode de raisonnement tactique pour comprendre les intentions de l'ennemi. Il se souvenait de l'insistance d'un de ses instructeurs, un ancien, revenu de tout, formé au plus fort de la guerre froide contre l'Union soviétique :

« Ne taillez pas l'ennemi comme vous voudriez qu'il soit. Imaginez le pire... »

Au sud de Lourdes, c'était la barrière des Pyrénées, la falaise de Gavarnie, les sommets du Vignemale et du Balaïtous. Rien à chercher ou à redouter de ce côté-là. Au nord, l'aéroport d'Ossun, sur la route de Tarbes. Un objectif évident, surtout en pleine saison touristique, avec des dizaines de rotations d'avions pour les pèlerinages. Le dispositif était déjà en place. Cabana chercha au centre, vers ce confluent majeur des routes et des cours d'eau dévalant des vallées du Lavedan où s'était déployée la ville de Lourdes. Le gave structurait l'organisation générale de la cité autant que la gare, à l'est, ou le vaste secteur du Sanctuaire, à l'ouest. C'était là, évidemment, que devait se situer l'objectif majeur des terroristes.

Cabana avait réclamé les mains courantes des dernières quarante-huit heures. Il cherchait un indice, une direction vers laquelle aller. Il lut, un peu consterné, et constata le vide de ces renseignements : « RAS, rien à signaler. La routine. Du pipi de chat. Une dispute de voisins qui tourne mal. Du tapage nocturne. Un Abribus tagué sur la place Marcadal. Une bagarre de drogués devant la pharmacie du centre Leclerc. Un accrochage sans gravité réelle au rond-point à l'entrée de la route de Pau, face au square Bouillot. Quelques vols : un vélo devant la gare, deux portefeuilles boulevard de la Grotte, un sac à dos d'un pèlerin... »

Cabana relut les feuillets imprimés, sans conviction, déçu, jusqu'au dernier fait porté à la connaissance du commissariat : le vol d'un sac à dos à la terrasse du café

Jeanne-d'Arc, au débouché du Pont-Vieux. Il soupira. « Les gens se foutent de nous. On mobilise un agent pour la déposition. Une heure foutue. Motif : un sac à dos ! En plus, piqué dans un des secteurs les plus passants de Lourdes. » Il regarda l'identité de la plaignante : Manon Pradier, 22 ans, de Bordeaux. « La gamine n'a que ça à faire ? Venir nous emmerder avec la disparition de son sac. Au milieu de 5 millions de pèlerins ! Je n'y crois pas. »

Il parcourut la déposition. « Une hospitalière, en plus ! Pas sérieux ça. » La fille décrivait son sac couleur bordeaux, « une fermeture avec des pompons libanais ». « Et puis quoi encore… » Rien d'important dedans, sauf un mouchoir, une brosse à cheveux, un livre de chant et un baume à lèvres. « Même pas son portable. Elle devait l'avoir à la main en buvant son Spritz ! » Le commandant referma la chemise et récupéra son holster et son pistolet dans un tiroir du bureau. Il vérifia le chargeur et sortit.

Cabana ne disposait presque plus de personnel au moment du déclenchement de l'alerte. Le compte rendu était succinct : incident grave à l'église du Sacré-Cœur ; présence d'un homme armé et violent ; présomption de blessures, sans indication sur l'arme employée. Le capitaine Payolle était à l'extérieur, reparti à l'hôpital, pour enquêter sur les habitudes de Moktari, absent aussi de chez lui, disparu depuis deux jours. Une autre équipe faisait le tour de la cité de l'Ophite, appartement par appartement. Les domiciles des familles Moktari, Yousfi et Kraibi avaient été perquisitionnés. Sans résultats probants. D'autres « visites » ciblées avaient eu lieu à Tarbes, cité de Laubadère, à Pau, dans le quartier de l'Ousse-des-Bois. Pour rien.

Le commandant devait aller à l'église pour contrôler la mise en sécurité du périmètre et veiller au respect des procédures. Il faudrait organiser l'arrivée et l'accueil de l'équipe de la BRI et étudier les ordres du préfet. Sur place, il aviserait. Il pressentait que l'urgence allait aussi lui imposer de prendre des décisions cruciales. Il se sentait prêt. C'était son rôle : être en tête, ne pas se retrancher derrière les dossiers et les procédures, comme il l'avait vu faire tant de fois. C'était aussi sa conviction la plus profonde, de chrétien : servir les autres. « Et, après tout, je n'ai pas de famille, pas d'enfants. Si quelqu'un doit y aller, c'est bien moi. »

Arrivé à l'angle de la rue Henri-Lasserre et de la place Monseigneur-Méricq où se trouvait le PC de sécurité, le commandant Cabana prit sa décision en moins de deux minutes. Le témoignage de la fleuriste l'avait suffisamment éclairé. Une fois apaisée, la commerçante s'était montrée plus précise dans son récit. Cabana avait compris le danger de la situation, l'imminence du carnage. « Sérions les faits, se dit-il en s'éloignant du groupe de pompiers, de médecins et de policiers qui entouraient la fleuriste, installée sous une tente place Monseigneur-Méricq. Un : on a un type apparemment seul. Un djihadiste, très excité. Deux : elle a reconnu Karim Moktari sur photo. Trois : Moktari a bousculé violemment une religieuse. Elle est tombée et ne s'est pas relevée. Morte ou simplement assommée ? Quatre : il a porté un coup de couteau au curé, Maurice Lacaze. Mort ou blessé ? Cinq :

le mec portait une veste beige et un sac à dos quand il est entré. Il les a posés sur l'autel. Explos probables. »

Dans la crypte, avec les six ou sept personnes estimées présentes, une explosion serait catastrophique. L'excitation de Moktari et les premiers coups portés à la religieuse et au curé exigeaient d'agir vite. Sans attendre.

Le commandant Cabana revint vers le groupe de commandement, enleva son gilet pare-balles et déclipsa la sangle de maintien du pistolet.

– J'y vais, lança-t-il à Patrice Védère, le chef de la police municipale, un ancien adjudant-chef de l'armée.

Ils s'entraînaient parfois ensemble au tir. Il lui tendit son gilet et avala un gobelet de café qu'une adjointe de sécurité lui tendait.

– N'y va pas, Mathieu, ne fais pas le con, lui dit aussitôt Védère.

Cabana l'écoutait à peine, déterminé, plus sec et sombre que jamais.

– On ne peut pas attendre. S'il arrivait quoi que ce soit, je m'en voudrais toute ma vie.

Le commandant se dirigea vers la porte en bois qui donnait accès à la crypte. Des policiers s'écartèrent, impressionnés par la contraction de son visage, par la dureté de son regard. Védère lui mit une dernière fois la main sur l'épaule.

– Mathieu, attends, attends. C'est ta vie qui est en jeu, putain !

– Oui, peut-être. Mais sans doute un peu moins que la leur. À tout à l'heure, Patrice.

Cabana saisissait déjà la poignée de la porte. Elle n'était pas verrouillée de l'intérieur. Il se retourna, brièvement :

– Et si vous m'entendez crier un truc du genre « *Go ! Go !* », vous foncez.

Il se glissa à l'intérieur de la crypte et repoussa doucement la porte, sans la refermer complètement.

15

Karim avait l'impression que tout lui échappait. Il ne devait pas tuer, pas tout de suite. Il devait faire peur, rassembler des otages, convoquer la télé, les journalistes. Il s'en voulait de n'avoir pas su gérer la situation. La vieille religieuse n'aurait pas dû se lever. Pourquoi ne l'avait-elle pas écouté ? Il s'en voulait presque de l'avoir bousculée. Il la voyait, inanimée sous le banc, un énorme hématome violacé mangeant sa joue et sa tempe droites. Il était aide-soignant. Par réflexe, il avait failli se pencher sur elle pour l'aider à se relever. Secourir, aider, rassurer : c'était son travail quotidien à l'hôpital. Il portait parfois dans ses bras des personnes âgées comme cette religieuse, maigre et légère. Tout s'enchaînait trop vite. Ce vieux curé n'aurait jamais dû résister. Il paraissait si faible.

Son cerveau n'avait pas suivi le crescendo de la violence mais son bras n'avait pas tremblé contre cet ennemi d'Allah. Il s'en réjouissait et pensa que la prière lui avait donné la force suffisante. La flaque de sang qui s'élargissait sur le carrelage exhalait une odeur qui le dérangeait et l'empêchait de bien se concentrer sur la suite. Il avait franchi plus tôt que prévu un cran irréversible dans la brutalité. Tout aurait dû se passer en direct à la télévision. C'est lui qui devait appeler France 3 Midi-Pyrénées et les chaînes d'info continue, lui seul. Les frères attendaient les images pour les diffuser sur YouTube, Telegram, à l'intention du monde entier. Rachid devait être lui aussi devant France 3 et les chaînes d'actualité.

Après avoir porté le coup de couteau au curé, il avait vu une femme s'enfuir dans l'escalier. Elle avait sûrement donné l'alerte. Il venait de perdre l'initiative. Les flics seraient là avant les caméras de France 3. Tout se compliquait. Sans solution immédiate et pour se libérer d'une pression insupportable accumulée dans son cerveau, Karim hurla à pleins poumons son cri de foi radicale et de guerre :

– *Allahou Akbar !*

Il s'empara de la veste beige posée sur l'autel à côté du sac à dos et l'enfila précautionneusement. Puis, d'un grand geste circulaire de la main, il ordonna aux six personnes couchées au sol de se regrouper derrière l'autel.

– S'il vous plaît, il faut s'occuper de sœur Thérèse, lui demanda faiblement la religieuse qui l'avait accueilli deux jours plus tôt.

Karim n'hésita pas une seconde. C'était trop tard, pour elle comme pour lui. Il n'était plus un minable aide-soignant aux ordres des *kouffars*. Il était un soldat du djihad au service du Tout-Puissant.

– Non, taisez-vous ! Couchez-vous, là ! Et pas un mot ou je tue tout le monde.

Il fit les cent pas en marmonnant des mots incompréhensibles. Cette crypte l'étouffait. Les voûtes arrondies se refermaient sur lui comme une araignée géante. Il entendit la sirène des pompiers puis, un peu après, celle de la police. Il serait bientôt un martyr du djihad. Une envie irrésistible de parler s'empara de lui. Parler, construire des phrases allait le calmer, l'aider à raisonner. Il se planta devant la religieuse. Pâle, les yeux encore pleins de terreur, sœur Agnès se redressa. Elle n'osait pas regarder le terroriste mais comprit qu'il fallait lui parler, pour gagner du temps, faire retomber la violence, détourner son attention des autres otages. La question de Karim la prit au dépourvu.

– Vous, avez-vous peur de la mort ? Peur, personnellement, de mourir ?

Sa voix avait changé. Il paraissait las.

– Non, pas du tout, lui répondit Agnès très calmement.

Il se rapprocha :

– Ah oui ? Et pourquoi vous n'avez pas peur ?

Sœur Agnès pensa qu'il ne fallait pas le provoquer, ne pas dire de mots susceptibles de choquer cet homme exalté.

– Parce que… Je crois en Dieu, notre Seigneur. Je sais qu'Il m'attendra, le jour venu. J'en serai heureuse.

Un silence épais régnait dans la crypte. Les bruits de sirènes et de moteurs arrivaient très étouffés de l'extérieur. Sœur Agnès n'osait plus parler, redoutant une nouvelle colère du djihadiste. Il commença à chantonner à mi-voix une mélopée plaintive, triste. Elle se demanda si c'était un chant de mort. La sienne ou celle de ses otages ? Karim stoppa net et reprit la parole comme s'il s'était soudain adouci :

– Oui, je comprends. La foi nous guide tous sur le chemin de Dieu mais… Vous n'êtes pas dans la Vérité.

Agnès n'hésita pas et lança sa question :

– Pourquoi dites-vous cela ?

– Vous les chrétiens, vous dites que Jésus est Dieu. Ce n'est qu'un prophète. Mais vous l'adorez. Ce n'est pas possible. Vous êtes dans le mensonge et l'idolâtrie.

Son ton montait un peu plus à chaque parole :

– Le saint Coran nous le dit : « Dieu est unique ! » Gloire à lui ! Comment aurait-il un fils ? Ceux qui disent : « Dieu est le Messie, fils de Marie » sont impies.

Agnès essaya de l'arrêter, de le calmer. Elle pensa aux sourates de paix qui s'opposent aux sourates de guerre. Elle aurait voulu les lui rappeler mais elle ne savait plus les citer. La conférence sur le dialogue islamo-chrétien à laquelle elle avait assisté voilà deux ans était trop loin dans sa mémoire. Entraîné par l'énergie qu'il mettait à rappeler la loi coranique, la voix de plus en plus forte, Karim s'exaltait de pouvoir citer des versets convaincants, les jeter à la face des impies. Jamais il n'avait pu le faire aussi librement, aussi fortement. La mémoire lui revenait. Il avait tant lu et scandé ces textes, seul, dans le silence de sa chambre :

– Ce qui sort de la bouche des chrétiens est stupide… Que Dieu les anéantisse !

Il s'arrêta net, regarda sœur Agnès et les autres otages, allongés sous les bancs :

– Ce que je dis, Allah l'a dicté au Prophète. C'est écrit. Les sourates. Le Coran ! La parole de Dieu. Vous n'avez jamais lu le Coran…

Sœur Agnès s'insurgea :

– Si. Je connais ce livre et… le respecte comme la Bible. J'aime les sourates sur la paix. Nous voulons tous la paix, qu'on soit chrétiens ou musulmans.

Karim entendit du bruit derrière les portes en bois. La fin approchait. Il changea de ton :

– Non, vous ne voulez pas la paix. Ce n'est que mensonge. Vous bombardez nos frères syriens. Vous tuez des musulmans en Afrique et en Afghanistan. Vous soutenez l'État des Juifs.

Agnès tenta de l'interrompre :

– Mais c'est de la politique et…

Karim la fit taire d'un geste sec de la main :

– Quand vous passerez à la télé, dites la vérité aux Français. Dites les souffrances du peuple musulman.

Agnès et tous les autres comprirent que ce jeune ne les tuerait peut-être pas. Elle s'enhardit :

– Monsieur, pouvons-nous nous asseoir sur les bancs ? C'est très dur et froid par terre.

Karim était retourné vers le tombeau de l'abbé Peyramale. Il observa rapidement les deux escaliers et les portes, toujours fermées. Il revint vers l'autel.

– Oui, madame la sœur. Vous pouvez vous mettre sur les bancs mais restez groupés.

Il désigna le corps toujours immobile de sœur Thérèse.

– Regardez ce qu'elle a.

Sœur Agnès se précipita vers son amie.

– Elle respire, elle est consciente, Dieu merci.

– *Al-hamdulillah*, répondit machinalement Karim.

– Oui, Dieu soit loué ! approuva Agnès.

Elle ramassa la canne de la religieuse et commença à la rassurer à voix basse. Un grincement soudain leur fit lever la tête. Une des deux portes extérieures venait de s'ouvrir. Des pas résonnèrent dans l'escalier. Une voix forte remplit la crypte :

– Je viens en homme de paix, Karim. Je m'appelle Mathieu Cabana. On va discuter. Écoute-moi sans crainte.

Le commandant Cabana descendait l'escalier à pas lents. Il fallait continuer à parler au terroriste, pour le rassurer, le calmer. En bas de l'escalier, il évalua la situation d'un coup d'œil rapide. Il vit une religieuse recroquevillée au sol sous un banc, une autre assise à côté d'elle en train de lui caresser le visage. « Blessée… ou agonisante ? » Devant l'autel, le corps du curé affaissé sur lui-même, dans une mare de sang d'où émergeait un bouquet de tournesols défaits. « Mort… ou agonisant ? » Il nota le désordre sur les marches : la nappe d'autel rougie de sang, la vaisselle sainte et les chandeliers éparpillés. Devant, à gauche, quatre autres personnes étaient assises, groupées. Juste derrière elles, le terroriste, accroupi.

– Ne bouge pas ou je tue tout le monde ! hurla Karim, stupéfait devant cette intrusion calme et déterminée.

Cabana s'arrêta à hauteur du tombeau du curé Peyramale. Il faisait très chaud dans la nef souterraine. L'air vicié sentait la transpiration et le sang. C'était l'heure de vérité.

– Je sais que tu le peux, Karim. Mais ce sont des innocents et tu en es conscient. Des gens pieux qui…

– Stop ! hurla Karim. Des impies, des idolâtres.

Cabana fit un pas en avant.

– Arrête ou je fais tout sauter !

Le commandant secoua la tête :

– Je ne bouge plus.

Le terroriste disposait donc bien des explosifs. Cabana ne voyait que son bras et son couteau levé. Sa veste devait être piégée. Il fallait continuer à parler tout en réfléchissant à la meilleure option.

Un étrange dialogue fait de cris et de paroles rassurantes s'instaura. Cabana gardait le contact. Moktari l'interrompait, en agitant son bras armé. Sous la menace immédiate du couteau, les otages baissaient la tête.

16

Cabana pensa à la mort. La sienne et celle des autres. Il portait la responsabilité de la survie de ces innocents. Il ne devait pas se tromper. Ce serait peut-être la fin de l'histoire pour lui mais il ne fallait pas que tout s'arrête aussi pour eux. Par sa foi, il portait en lui l'espérance de la résurrection. Fallait-il pour autant chercher la mort ? Seule l'efficacité devait prévaloir. L'ancien militaire avait réfléchi à la guerre sans jamais l'avoir faite. Serait-il assez fort le jour venu pour aimer son prochain jusqu'à l'extrême ? Il n'avait jamais eu la réponse et pensait qu'il ne l'aurait jamais. Il gardait gravée dans sa mémoire cette phrase de saint Jean l'évangéliste : « Il n'y a pas de plus grand amour que de donner sa vie pour ses amis. » Son métier de policier rattrapait son destin de soldat et sa foi ardente de chrétien.

Moktari était sur le qui-vive. Ce policier au visage sombre paraissait si sûr de lui. Il l'impressionnait. Il s'était présenté en chemisette, sans gilet pare-balles. Karim avait vu son ceinturon et son arme fichée dans le holster, sur la hanche droite. Tant qu'il était à l'abri derrière ses otages, rien ne pourrait lui arriver.

– Regarde, lui lança Cabana. Je vais poser mon arme, là, sur ce tombeau. Je n'en ai pas d'autre. Je le fais si tu libères les otages. Et après je suis à toi.

Karim l'observa mieux. Sa chemise gris-bleu de keuf était trempée de sueur. Elle lui collait à la peau. Il ne portait rien d'autre sur lui.

– Pose ton arme d'abord !

Cabana prit un ton léger :

– Non, ça ne marche pas comme ça, Karim, tu le sais.

Moktari gronda de nouveau :

– Tu poses ton arme. T'as pas le choix. Tu ne commandes plus rien ou alors…

Karim détendit son bras gauche et saisit un des fidèles par le cou. Sous le choc, le vieil homme laissa échapper un bref soupir, déchirant.

– Attends, attends, Karim. C'est bon. On peut s'entendre. Regarde.

Le commandant dégrafa son holster, tout en refermant le bouton-poussoir de sécurité qui maintenait le pistolet dans son étui.

– Voilà, c'est fait.

Il posa l'ensemble sur le tombeau.

– Tu vois, c'est bon.

– Ta gueule et lève les bras !

Cabana s'exécuta en évaluant la distance. Il était trop loin pour bondir sur le terroriste. La distance lui donnerait le temps d'égorger un otage ou d'actionner la veste explosive pour tout faire sauter. Il fallait patienter. Que voulait ce djihadiste ? Il aurait pu tuer les otages et tenter de s'enfuir avant l'arrivée de la police. Il hésitait ou il attendait quelque chose ou quelqu'un.

– Appelle France 3. Dis-leur de venir avec une caméra.

Le commandant comprit. L'objectif n'était pas seulement de tuer. C'était nettement plus ambitieux : filmer son témoignage de « martyr » et le massacre qu'il allait provoquer. Ce serait l'une des plus belles séquences de propagande pour tous les djihadistes de la planète.

– Fais-moi le numéro de France 3.

Moktari s'était avancé dans l'allée centrale.

– Pas de problème, répondit Cabana qui comptait chaque mètre le séparant du terroriste.

– Recule !

Moktari avait deviné l'intention du commandant. Il s'avançait à pas lents dans l'allée centrale, sa main gauche sous la veste, comme s'il tenait quelque chose. « Le poussoir du détonateur... » se dit Cabana. Il se rendit à l'évidence : il ne pourrait rien faire tant que cette main ne réapparaîtrait pas. Les tennis blanches du terroriste s'étaient imprégnées de sang. Il marchait dans la flaque. Chaque pas laissait une empreinte sombre sur le carrelage. Il avançait de côté, en direction du tombeau. Cabana comprit : « Il veut prendre mon flingue. Il devra utiliser son autre bras. » Il lui montra son portable, toujours conciliant :

– Ça sonne chez France 3. Je vais te les passer.

Moktari n'était plus qu'à un mètre du tombeau. Cabana l'observait. Sa concentration était extrême. Il lui semblait que ses tympans vibraient. Il vit la seconde où tout allait basculer. Deux mètres le séparaient du djihadiste. Tuer ou être tué. « Il faudra un miracle », pensa-t-il à la seconde où Moktari esquissait le geste pour aller rafler le pistolet déposé sur le marbre blanc. Une courte incantation surgit du fond de sa mémoire au moment où il s'élançait : « Jésus, à moi. »

Tout alla très vite.

– *Go! Go! Go!* hurla le commandant Cabana en se ruant de toutes ses forces sur Moktari. Surpris, Karim relâcha l'étui du pistolet sans réussir à l'ouvrir. Il fit face en fléchissant légèrement les jambes et tendit le bras en avant. La lame heurta le ceinturon du commandant, glissa sur son flanc gauche et pénétra profondément sous le cœur. Sous le choc de l'assaut du policier, Karim glissa. Ses tennis imbibées de sang n'adhéraient plus au carrelage. Il s'affala lourdement au pied du tombeau et ne put porter le deuxième coup de couteau ni saisir le bouton-poussoir de la veste explosive. Les portes d'accès s'étaient ouvertes avec fracas. Six policiers dévalèrent l'escalier et se jetèrent en meute sauvage sur le djihadiste. Ils écrasèrent brutalement sa tête et ses bras sur le carrelage. Assommé sous la force de cette avalanche foudroyante, Moktari sut qu'il avait perdu la partie.

Le commandant Cabana avait pivoté sur lui-même sous la douleur fulgurante qui déchirait son ventre et son thorax. Les jambes à moitié pliées, le cerveau cotonneux, il entendit un énorme bruit dans son dos. « L'explosion », pensa-t-il. Il s'affaissa en tentant de se retenir à l'une des colonnettes qui soutenaient le tombeau. Sa main ensanglantée glissa sur le marbre blanc sans pouvoir s'agripper. Il tomba à genoux. Ses cinq doigts laissèrent un long sillage rouge sur les grosses lettres noires d'une inscription écrite en capitales. Dans le brouillard qui le gagnait, il eut le temps de lire les mots gravés dans la pierre : « Heureux ceux qui souffrent persécution pour la justice. » « Saint Mathieu, mon ange gardien », traduisit-il avant de perdre connaissance. Le collègue arrivé pour lui soutenir la tête fut étonné. Il raconta plus tard qu'une sorte de sourire étrange flottait sur les lèvres du commandant Mathieu Cabana.

Capturé, solidement entravé, Karim Moktari fut emmené par l'équipe de la BRI qui venait de se déployer autour de l'église du Sacré-Cœur. Sévèrement contusionné, le front ouvert, un genou déboîté dans la bagarre, il ne bougeait plus. Trois policiers d'élite en cagoule noire l'encadraient dans un fourgon de police quand apparut la civière sur laquelle reposait le commandant, un masque à oxygène sur le visage, une perfusion à l'avant-bras. « Le keuf n'est pas mort... » Les caméras de France 3 et des chaînes d'information continue étaient là. Pas pour Moktari. Elles filmèrent longuement les larmes de la foule et surtout l'ovation et les mercis adressés au commandant Cabana.

Le djihadiste cracha à ses pieds en signe de mépris pour ce *kouffar* qu'il voulait tuer. Une énorme gifle s'abattit sur ses oreilles, le secouant jusqu'à ses tennis souillées. Groggy, assourdi, Karim n'entendit pas la mise en garde du brigadier-chef de la BRI debout devant lui :

– Ta gueule connard ou je t'en colle une autre !

Le policier rajusta son gant d'intervention et lui enfila une cagoule noire opaque avec une minuscule ouverture pour respirer. Un autre lui fixa un casque antibruit sur les oreilles. Aveugle et sourd, Moktari se replia sur lui-même. La nuit tomba sur son épopée ratée de combattant d'Allah.

17

Sous surveillance médicale, interrogé dans les locaux du commissariat, Karim Moktari restait silencieux. Il s'était enfermé dans un silence buté, allant jusqu'à nier être l'auteur des coups de couteau sur le père Maurice Lacaze. Les équipes antiterroristes venues de Toulouse et de Paris n'en tiraient rien. Les heures d'interrogatoire ininterrompu le fatiguaient mais il se réfugiait dans la prière pour résister. Le capitaine Payolle avait été associé aux séances. Inquiet pour l'état de santé du commandant, il devait se concentrer sur les questions essentielles qui continuaient à se poser : où étaient les autres djihadistes recherchés ? Il en manquait trois : Rachid Bouraoui, Bilal Yousfi et Driss Kraibi. Où étaient les explosifs volés ? Les perquisitions et les enquêtes de proximité n'avaient rien donné. En attendant, leur signalement avait été affiché dans tous les lieux accueillant du public. Chaque policier avait sur lui un jeu de photos des trois suspects. Des barrages étaient établis sur les principaux axes menant à la ville.

– Avec un peu de chance, ils ne logent pas ici et devront donc revenir pour frapper, avait déclaré le préfet en ordonnant un déploiement de sécurité jamais vu depuis la dernière visite à Lourdes d'un pape, Benoît XVI, en septembre 2008.

Des effectifs supplémentaires furent mobilisés. Des militaires notamment. Les hussards parachutistes de Tarbes furent les premiers à se déployer sur le terrain pour compléter les effectifs de la mission Sentinelle. On rappela les permissionnaires et ceux qui répétaient le défilé du 14 juillet à Paris. Dès l'après-midi du 13 juillet, les hussards mirent à disposition un escadron qui revenait tout juste de quatre mois d'opérations au Sahel. Malgré cette mobilisation, les moyens étaient encore insuffisants. Il fallait patienter en attendant l'arrivée d'un escadron de gendarmes mobiles, prévue deux jours plus tard. La présence de centaines de milliers de pèlerins dans la ville ne facilitait pas la surveillance.

– Le filtrage est exclu, avait prévenu la mairie. On ne pourra jamais protéger nos centaines de lieux publics.

Il manquait les deux tiers des explosifs volés à la carrière du Soum. Une partie venait d'être retrouvée dans la veste de Moktari. Elle était en bon état de fonctionnement. Les démineurs avaient confirmé l'origine du dispositif et la qualité du piégeage.

– Heureusement que le mec n'a pas pu l'actionner. Avec ce type d'explo, tout le monde y passait.

Il fallait maintenant savoir où était le reste. Seul Moktari pouvait le dire. Il ne parlait pas.

– Il ne dira rien, confirma un négociateur du RAID appelé de Paris. Il était prêt à mourir. Il ne s'est pas encore reconnecté avec le monde des vivants, surtout ici, entouré de *kouffars*… Il s'est mis en mode de résistance psychique totale. Il attend la prison où il retrouvera ses potes.

Arnaud Payolle voulait capturer l'assassin du lieutenant Fanny Fournier. Tout le commissariat attendait des éléments nouveaux. Le meurtre de la jeune officier ne resterait pas impuni. Chacun s'était fait cette promesse. Un bouquet de fleurs était posé en permanence sur son bureau. C'était le rappel vivant de l'exigence de poursuivre l'enquête et de lui rendre justice, quel qu'en soit le prix. Les analyses faites en urgence montraient que le couteau utilisé par Moktari dans la crypte de l'église n'était pas celui qui avait tué Fournier. Le compte rendu indiquait aussi que les coups portés au lieutenant Fournier l'avaient été par un gaucher. Karim Moktari était droitier, Rachid Bouraoui gaucher. Ce dernier était le principal suspect de ce meurtre.

Toute la journée, le capitaine Payolle, les équipes antiterroristes et les services de la mairie essayèrent d'imaginer les autres cibles possibles. Les fiches étaient prêtes. La gare, le Sanctuaire, l'aéroport étaient les points sensibles prioritaires mais la ville de Lourdes comptait près de deux cents hôtels, deux cent vingt commerces, sans compter les cafés et restaurants.

– N'oubliez pas les grands parkings un peu partout et nos douze campings, insistait le responsable de la sécurité à la mairie.

Personne ne les oubliait mais le casse-tête n'était pas résolu.

– On a mis le paquet sur les grandes villes et sur la côte, regretta le préfet. C'est bien normal, mais les terroristes n'ont pas notre logique. Ils cherchent l'effet psychologique maximal avec le minimum de moyens. Et ils frappent là où ils le peuvent.

Les hypermarchés de Tarbes et de Lourdes furent ajoutés à la liste, comme le chemin de croix monumental sur la colline des Espélugues. Payolle expliqua la nature particulière de cette cible.

– On ne peut pas faire plus symbolique, comme chemin de croix. Sur mille cinq cents mètres, on a cent quinze personnages de près de deux mètres de haut. Faire exploser ces groupes serait aussi très spectaculaire.

Un commandant de la cellule antiterroriste du SRPJ de Toulouse confirma :

– Les statues religieuses font clairement partie des cibles de Daech. Partout. Ils l'ont souvent dit sur leurs sites de propagande. Au nom de la guerre contre l'idolâtrie.

Payolle rassura le groupe de travail :

– On a un véhicule avec un équipage devant l'entrée, boulevard Monseigneur-Théas. La sortie, route de la Forêt, est sous contrôle, comme le chalet de l'évêque juste à côté.

Ils se séparèrent. Un briefing de recalage était prévu à 16 heures, cette fois avec deux responsables du Sanctuaire, en prévision des cérémonies et des processions à venir.

III

« J'ai trempé ma foi dans l'enfer. »

Vassili Grossman, *Vie et Destin*

1

Driss avait mal dormi dans ce minuscule appartement où ils s'étaient entassés. Rachid avait ordonné qu'ils restent tous là. Aucun ne devait revenir chez lui. Le risque d'être intercepté avec les explosifs ou les armes était trop important.

– Moins on fera d'allées et venues, et plus en sera en sécurité, *inch Allah*.

Le matelas de mousse jeté au sol n'avait qu'à peine atténué la dureté du plancher. Les ronflements de Rachid l'avaient tenu éveillé une partie de la nuit. Tôt le matin, il avait entendu Karim et Rachid prier ensemble, face à l'est. L'un des deux l'avait secoué pour le réveiller, mais il s'était retourné et rendormi aussitôt pendant quelques minutes. Un thé noir et quelques biscuits n'avaient pas calmé sa faim. Ou son angoisse, il ne savait pas exactement. Driss n'avait jamais ressenti cette étrange sensation où l'excitation allait de pair avec la peur. Il s'efforçait de contrôler un léger tremblement qu'il sentait au bout de ses doigts et même le long de son cou. Il voulait paraître serein, impressionné par la froideur de Rachid. Son aîné avait passé de longues minutes à vérifier les deux vestes explosives avant de laisser partir Karim avec celle de couleur beige. Il en restait une. Driss n'avait pas compris qui la prendrait ni quand elle serait utilisée. Lui, il avait ses deux grenades. Elles étaient posées sur la table à côté du Coran. À son tour, il fit sa prière du matin, sans conviction, sous l'œil méfiant de Rachid. Au moment de partir, Rachid lui donna l'accolade et le retint un instant contre lui, avec ces mots murmurés à son oreille :

– Al-Aziz, le Tout-Puissant, est avec toi. Il n'abandonne pas ses serviteurs. Il sait les récompenser. Il sait tout et préserve les croyants.

Driss ne put réprimer un frisson. Cette voix douce et ferme, si près de sa tête, résonna très fort en lui. Une vague de courage, associée à une sorte de vertige, s'empara de lui. Il allait accomplir quelque chose d'exceptionnel qui servirait sa communauté et qui le couvrirait de gloire aux yeux de ses frères. Il sentit ballotter les grenades dans les poches de son sweat gris. Il ouvrit la porte et se retourna. Rachid le regardait fixement,

– Je suis prêt, lâcha-t-il, la voix un peu enrouée.

– *Al-hamdulillah*, que le Très-Haut t'assiste, avait répondu son chef en refermant rapidement la porte.

Parti vers 9 heures du matin, en retard sur l'horaire prévu, Driss récupéra son scooter noir laissé dans la cour intérieure sous un platane. Il mit soigneusement son casque comme le lui avait ordonné Rachid. Il devait rouler à faible vitesse jusqu'au boulevard Monseigneur-Théas sans passer par le centre-ville. « Ne pas se faire arrêter », se disait-il en roulant sur la route de Pau pour rejoindre à gauche la route de Batsurguère et monter ensuite par la route de la Forêt. Juste avant le pont du chemin de fer, à hauteur de l'hôpital, il vit un groupe de personnes en grande conversation, là où jamais personne ne s'arrêtait. Au loin, des sirènes de police, insistantes. Tout était calme à hauteur du camping du Loup et sur la route de la Forêt qui longeait le gave de Pau et le Sanctuaire, en contrebas sur la gauche. Karim était-il déjà passé à l'action ? Il fouilla ses poches avant de se rappeler que Rachid avait exigé de laisser les téléphones à l'appartement. Il ne fallait risquer aucune interception, aucun bornage. « Bilal est repéré, sûrement sur écoute. Pas de conneries avec vos mobiles. Vous n'en avez plus besoin. »

Driss se sentit démuni, vulnérable, malgré les deux grenades dans ses poches. Il ralentit en passant devant le débouché du chemin de croix, place Comte-Beauchamps, juste avant le bâtiment des chapelains. L'accès était toujours libre, c'était bon signe. Il longea la grande nef grise de la basilique de l'Immaculée Conception et s'engagea à faible allure dans la pente douce qui menait au boulevard Monseigneur-Théas. À cinquante mètres de lui, à peine, il aperçut soudain un Renault Partner de la sécurité du Sanctuaire, garé devant la porte de la Crypte, à hauteur du passage piétons qui permettait de traverser l'avenue pour rejoindre le départ du chemin de croix. Il ne pouvait plus garer son scooter sur le parking le long de l'avenue, comme il avait prévu de le faire, pour le reprendre ensuite. Le Partner semblait vide mais, en passant juste à côté, il vit deux agents de sécurité en polo bleu ciel penchés sur une radio qui crachotait une conversation.

Driss hésita. Fallait-il faire demi-tour, se garer plus bas et remonter l'avenue à pied pour franchir la grille du chemin de croix ? Trop risqué. Au loin, des sirènes de police ou d'ambulance remontaient de la ville. Son téléphone lui manquait. Il aurait pu demander quoi faire à Rachid. Il stoppa en bas de la pente pour réfléchir, presque en face de la porte Saint-Joseph. Des pèlerins arrivaient de la ville basse, convergeant vers le Sanctuaire pour assister à la première messe à la grotte, à 9 h 45. Il vit deux agents en polo bleu de chaque côté du portail. L'alerte avait dû être donnée. L'accès au chemin de croix lui était probablement impossible. Il fallait agir, mais ailleurs. Et ne pas rester devant l'entrée du Sanctuaire. Driss ne se sentait plus du tout en sécurité. Il eut l'impression qu'on l'observait. Il remit les gaz et juste avant de démarrer, lentement, à cause de la foule des piétons, il leva les yeux et vit l'enseigne du magasin devant lequel il s'était arrêté : À la Grâce de Dieu.

Le djihadiste roula un peu au hasard. Il ne savait plus où aller et voulait se retrouver seul, pour faire le point. Il décida d'éviter les lieux les plus fréquentés, bifurqua à droite avant le Pont-Vieux pour ne pas entrer dans la ville ancienne prenant la direction des quartiers sud, ceux qu'il connaissait le mieux. Chaque tour de roue le rapprochait de la cité de l'Ophite. Il hésita sur ce qu'il devait faire. Retourner à l'appartement où étaient Rachid et Bilal était impensable. Pas plus qu'il ne pouvait aller chez lui. Rachid le lui avait formellement interdit. Il réfléchissait au ralenti, écrasé par sa responsabilité. Il n'arrivait plus à se concentrer. Il s'arrêta sur le grand parking qui bordait l'avenue Espagne.

L'air était doux et sentait le foin coupé. Tout était allé trop vite. Driss se retrouvait coincé entre son rêve de djihad et les difficultés de passer à l'action. Il aurait voulu être ailleurs, boire un Coca et rigoler. Il observa autour de lui. Tout respirait le calme et la paix. Une vingtaine de voitures étaient sagement alignées à l'intérieur des limites marquées au sol. Sur la butte, de l'autre côté de la route, les bâtiments de l'école maternelle Ophite lui rappelèrent de bons moments de jeux et de balades avec ses amis. Il tâta ses poches et serra les deux grenades. Un taillis assez dense de buissons et d'arbres bordait le parking. Il pouvait les jeter et s'enfuir. Mais il savait que Rachid le retrouverait et le tuerait. Il l'égorgerait. Driss frissonna. Il revoyait le tranchant de son couteau. Cette image le ramena à la réalité. Il vit soudain un bref éclair brillant à sa droite, sur le flanc du pic du Jer : le funiculaire. Une rame éclairée par le soleil levant de ce matin de juillet grimpait lentement sur son rail.

Driss sut aussitôt quel allait être son objectif. Personne n'avait pensé à ce site. Le retentissement serait mondial. Une bouffée d'adrénaline le submergea. Rachid et les autres seraient fiers de lui. Il leva les deux mains, paumes ouvertes vers le ciel, le regard tourné vers la montagne. Il pria :

– *Bismillâh Ir Rahmân Ir Rahîm*... Au nom de Dieu le Très Miséricordieux, le Compatissant, je me soumets sur le chemin de la Vérité. Ar-Rahmān, le Très Miséricordieux, je sais que celui qui croit combat sur le chemin de Dieu. Je suis celui qui croit.

Il dissimula son scooter dans le taillis et monta la volée de marches qui conduisait à la gare de départ du funiculaire, en face de la Maison de la connaissance du risque sismique. Aucune voiture de police ne stationnait devant. Des touristes attendaient sur les marches, se chauffant au soleil. Quatre d'entre eux étaient en tenue bariolée de vététistes, équipés de casques et de genouillères, leur VTT boueux à la main. Il consulta sa montre : 10 h 10. Il se déplaçait lentement, soucieux de ne pas attirer l'attention et pour éviter que les grenades ne ballottent trop dans ses poches. Il repéra la guérite de vente des tickets au moment où une femme sortait sur les marches et criait d'une voix autoritaire :

– Prochain départ ! Embarquez, s'il vous plaît.

Avant même qu'il ne décide ce qu'il allait faire, l'employée s'approcha de lui avec un grand sourire et un fort accent bigourdan :

– Et, jeune homme, si vous n'avez pas votre ticket venez le prendre, quand même…

Devant le guichet, Driss resta tétanisé. Le temps s'accélérait. Il avait l'impression que les autres touristes déjà debout dans la file d'embarquement le regardaient. L'employée du guichet lui parlait, très vite. Il n'avait pas entendu. Elle débitait des phrases incompréhensibles. De nouveau, Driss mit quelques secondes à sortir du brouillard qui le paralysait.

– Alors jeune homme ? Vous dites quoi ? Vous voulez un accès 2-en-1 ? C'est le Pass 2. Avec ce ticket, vous avez l'entrée au château. C'est pas mal, plus économique. Cela vous fera seize euros. Pour le simple aller-retour, c'est douze euros.

Driss voulait payer, monter et en finir. Il était prêt à tout mais il n'avait pas assez d'argent. Il n'avait que dix euros en poche.

– Un aller simple, c'est combien ?

La femme releva la tête, étonnée. Elle ne pensait pas que ce jeune touriste un peu freluquet, sans vélo, allait vouloir redescendre à pied.

– Alors un aller simple, ça vous fera dix euros. Mais vous êtes bien chaussé au moins, pour redescendre ? Vous en avez pour trois heures…

Driss tendit son billet de dix euros, prit le ticket et s'éloigna vers le tourniquet qui donnait l'accès aux wagons. L'employée n'entendit pas sa réponse. Bien chaussé ou pas, cela ne ferait pour lui aucune différence.

2

Olivier Larribet aimait ces journées ensoleillées de l'été lourdais. La lumière ouvrait des perspectives à perte de vue sur les vallées, sur les montagnes, sur la ville de Lourdes en contrebas, blanche, rose et grise, serrée autour du Sanctuaire et du gave. Le damier vert des champs et des forêts s'étirait à l'horizon, loin vers le nord de la Bigorre, au-delà du lac de Lourdes. Vers l'est se déployait le moutonnement des collines des Baronnies, avant-garde de la chaîne des Pyrénées. À l'Ouest, Larribet reconnaissait les deux vigies familières de tous les Lourdais, le gouffre du Béout et le Pibeste. Au loin, le Béarn. Des maisons blanches à toit d'ardoises piquetaient les vallées et les pentes des collines. Sur la droite en montant, les huit cents mètres de l'Arrimoun et plus loin la masse de l'Hautacam. Sur la gauche, le pic du Jer et, en fond de vallée, le rocher noir du château fort de Lourdes, dans une courbe du gave.

Loin vers le sud, de minuscules panaches de nuages blancs soulignaient les crêtes dentelées des Pyrénées centrales. Elles profitaient de ces journées lumineuses pour émerger de la brume. Altier, mystérieux, le pic du Midi de Bigorre offrait sa silhouette caractéristique, coiffée d'étranges formes : les bâtiments et les antennes de son observatoire astronomique. Larribet savait que, par beau temps, on pouvait voir le puissant massif du Vignemale, conquis et célébré par tous les pyrénéistes depuis le milieu du XIXe siècle.

Depuis son embauche comme cabinier au funiculaire, sept ans auparavant, Olivier Larribet ne se lassait pas de ce panorama. À partir du printemps, quand la cabine s'élevait tout au long du rail agrippé sur le flanc du pic du Jer, il voyait se déployer un tapis multicolore dominé par le vert des arbres, le jaune des hélianthèmes, des genêts et du millepertuis, rehaussé par le bleu-violet des campanules et des vipérines. Mécanicien de formation, écolo à ses heures, ce solide gaillard recruté dans l'équipe réserve de rugby de Lourdes était devenu intarissable sur les plantes de son « massif ». Ses amis se moquaient de lui : « Olivier aime tellement la nature qu'il vient même bouffer de l'herbe sur le stade tous les dimanches. »

Larribet mordait en effet souvent la poussière ou l'herbe, notamment sous les mêlées. Le combat ne lui faisait pas peur. S'il distribuait le ballon à ses coéquipiers avec talent, il n'était jamais le dernier à distribuer des mandales. C'était un atavisme familial. Son père avait joué quelque temps dans l'équipe du célèbre FCL[1], à la « grande époque », celle qui vit le Quinze lourdais remporter le championnat de France à huit reprises entre 1948

1. Le Football Club lourdais. Malgré son nom, il s'agit bien d'un club de rugby à XV, créé en 1911.

et 1968. Chez Olivier, les photos de Michel Crauste, « le Mongol » connu pour ses moustaches noires en forme de crocs, de Jean Gachassin, le « Peter Pan » bondissant d'un mètre soixante-deux, et de Jean Prat, « Mister Rugby », figuraient en bonne place sur la cheminée.

Son emploi du temps au funiculaire du pic du Jer était aménagé. Ses horaires lui permettaient de participer aux entraînements de façon sérieuse, même si, avec l'âge, il pensait raccrocher prochainement les crampons. La marche et le vélo tout-terrain l'attiraient de plus en plus. Chaque jour, il convoyait des vététistes passionnés qui s'élançaient ensuite sur les pistes de VTT – ultrarapide, vertigineuse, la piste noire le fascinait. Il leur demandait conseil. En retour il leur parlait des vautours fauves ou des milans royaux qui nichaient dans les falaises. Il leur confiait parfois ses jumelles pour observer les deux trésors du pic du Jer, un couple de vautours percnoptères d'Égypte et quelques mouflons de Corse introduits en 1999. Les vautours ne restaient que quelques mois, entre mars et septembre, le temps de faire un petit et de repartir avec lui vers l'Afrique. Attentif, Olivier Larribet en apercevait un au moins une fois par semaine. Ce rapace imposant au bec jaune et au plumage blanc se laissait porter par les courants ascendants au-dessus des rochers. Il fallait avoir l'œil car le funiculaire montait à onze kilomètres-heure. L'ascension ne prenait que neuf minutes. Moins de dix minutes pour un spectacle grandiose en trois dimensions.

La cabine commença la lente ascension des 438 mètres de dénivelé sur une pente parfois inclinée à 56 %.

Debout à l'avant, derrière son pupitre, Olivier Larribet observait alternativement la voie et les abords. Vieux de plus d'un siècle, le système de câble de 1 155 mètres de long lancé à l'assaut du pic avait été modernisé à de nombreuses reprises mais l'essentiel était resté en l'état. Sa capacité de résistance de 75 tonnes était régulièrement vérifiée. Elle équivalait à douze fois le poids de chaque cabine. Les travaux de construction de l'ouvrage d'art avaient duré quinze mois. Une prouesse technique qui émerveillait encore Larribet, heureux d'en parler aux touristes :

– Les anciens travaillaient à la pelle et à la brouette. Certains jours, pour bâtir les remblais et le viaduc, ils transportaient jusqu'à cinquante tonnes de pierres d'une carrière voisine.

Il rappelait l'ingéniosité des ouvriers de l'époque :

– Ils calculaient avec précision les charges de dynamite pour arriver à projeter les déblais de chaque côté. Ça leur évitait des transports inutiles.

La cabine approchait du premier des deux tunnels : 275 mètres taillés en ligne droite dans la roche avec une pente de 43 %. Larribet aimait donner ces explications aux voyageurs qui se trouvaient près de lui, généralement des vététistes qui entreposaient leurs vélos sur la plateforme grillagée située à l'avant de la cabine. Ensuite ce serait le viaduc, à mi-hauteur, où se croisaient les deux cabines. À cet endroit,on pouvait observer les mouflons, petites taches fauves sur le pierrier gris qui tapissait le fond de la dépression.

– De remarquables machines à débroussailler…

Larribet ne manquait jamais d'indiquer à ses voyageurs la présence des animaux. Les touristes retenaient toujours un peu leur souffle sur le viaduc, tant cet ouvrage d'art de 200 mètres constitué d'une douzaine d'arches monumentales était impressionnant. L'arche centrale, à 25 mètres de haut au-dessus d'une profonde dépression, marquait une inclinaison de près de 50 %.

– Les maçons travaillaient sans échafaudages, en équilibre sur les maçonneries, racontait Larribet avec fierté. Nos anciens, c'étaient quand même de sacrés lascars. De vrais Pyrénéens, quoi ! Ils tuaient même les ours à mains nues…

Il riait et son public aussi.

– Et attention, hein, ici on n'est pas chauvin.

Larribet jeta un coup d'œil sur le compteur, attentif à tous les bruits métalliques comme à l'état des rails devant lui. Sa cabine de 5 500 kg avançait de façon normale. Le moteur électrique de 185 chevaux situé en gare haute, à près de 900 mètres au-dessus de la vallée, tirait vaillamment le puissant câble d'acier. Ce matin, il n'y avait pas encore foule, on était loin des quatre-vingts voyageurs qu'autorisait le règlement. Pour un samedi d'été, c'était plutôt tranquille. Une trentaine de personnes avaient pris un billet et s'étaient réparties dans les cinq compartiments étagés de la rame : des vététistes, des randonneurs partis pour une journée de balade, deux familles avec enfants qui passeraient une à deux heures en haut avant de redescendre.

Larribet avait vu s'installer un jeune, sans doute d'origine maghrébine. Seul, en tennis, sans sac à dos de randonnée, sans pique-nique. Quelque chose ne collait pas dans son attitude. Il s'était assis dans le compartiment le plus éloigné de lui, quasiment seul. Il ne regardait pas le paysage et ne parlait à personne. Larribet se retourna et l'observa quelques secondes. Du fait de l'absence de cloisons entre les compartiments, il pouvait voir depuis son poste de conduite l'intérieur de l'ensemble des compartiments. La plupart des voyageurs étaient restés debout, autant pour fuir l'inconfort des bancs de bois que pour admirer le paysage. Le jeune semblait prostré. Larribet pensa qu'il était encore un peu endormi : « Le gamin a trop fait la fête hier soir… » C'était probablement un jeune travailleur en intérim, employé pour quelques jours au bar-restaurant Le Haut de Lourdes, accolé à la gare haute. À 888 mètres, sa terrasse panoramique offrait le plus beau point de vue sur la cité de Lourdes et ses environs. « Il est ensuqué, le gamin. L'air et l'altitude vont nous le réveiller. »

3

Driss était monté dans la rame sans vraiment réfléchir. Pour agir, pour ne pas rester inactif. Ne pas décevoir ses frères. La mission confiée par Rachid ne tenait plus. Le mode opératoire non plus. Qu'allait-il faire de ses deux grenades qu'il sentait si lourdes dans ses poches ? La tranquillité de cette matinée de juillet, le soleil qui entrait généreusement par les larges fenêtres du compartiment et les discussions tranquilles des touristes le mettaient mal à l'aise. Les rires d'enfants aussi. Driss devait déposer ses grenades au chemin de croix et s'enfuir. Pas les lancer au milieu de la foule. Face à des soldats ou des policiers, il l'aurait fait. Mais là, dans ce train touristique dans lequel il n'était jamais monté, il ne comprenait plus ce qu'il devait faire. Il ne pouvait même pas appeler Rachid pour lui demander conseil. Driss souffrait de cette impuissance. Il s'en voulait de ne pas trouver la solution.

Il se leva brusquement et jeta de rapides coups d'œil autour de lui. Assez longs cependant pour remarquer le cabinier qui venait de regarder vers l'arrière. Ce type costaud avait-il vu ou compris quelque chose ? Quatre compartiments les séparaient. À cette distance, que pouvait-il voir ? Driss se mit à la fenêtre, le front collé à la vitre. Il voulait réfléchir, en faisant semblant d'admirer le paysage. Il aperçut un grand oiseau blanc qui décrivait des cercles sur la droite, en direction de la vallée. La rame entra dans le premier tunnel. L'obscurité soudaine et quelques cris d'enfants excités le tirèrent de cette léthargie paralysante qui était en train de le gagner. Il voulait agir mais hésitait encore. Comment faire dans cet espace clos ? Que pouvait-il dire à des gens qui riaient ? Il n'était pas censé parler. Juste lancer ses grenades et disparaître.

Driss respira un grand coup et se retourna. Un jeune couple assis se prenait en photo. Dans le compartiment au-dessus du sien, des parents et leurs deux enfants parlaient des animaux qu'ils allaient voir. Plus bas, d'autres personnes riaient. C'était maintenant ou jamais. Il regarda intensément vers l'avant, où se tenait le conducteur de la rame. Driss plongea les mains dans les poches de son sweat-shirt.

Le front appuyé sur son avant-bras posé sur le montant métallique de la fenêtre avant, Olivier Larribet rêvait. La chaleur du soleil lui faisait du bien. Il pensait au dernier entraînement de rugby. L'entraîneur avait été brutal. Marc avait rappelé les piètres performances de la saison passée. Trop de défaites, pas assez de victoires. L'anniversaire des quatre-vingt-dix ans du stade Antoine-Béguère n'avait pas été honoré comme il le fallait. Certaines déroutes avaient été cuisantes. Les quarante-sept points encaissés à domicile devant Miélan-Mirande avaient laissé des traces. Revenu chez lui mâché, humilié, déçu, Larribet n'en avait pas dormi. Il n'avait pas été le seul.

– On est en Fédérale 2, les gars, avait tonné Marc, sous les yeux du vice-président du club, venu en personne observer l'entraînement. Pas assez d'implication, les gars. Si ça continue, on va se retrouver où ? En Fédérale 3 B, peut-être.

Larribet repensait à l'histoire glorieuse de son club. Il y avait plus important dans la vie mais le rugby, c'était une part de l'identité de la ville, autant que le Sanctuaire et la montagne. On annonçait la montée de jeunes très prometteurs. Il fallait du sang neuf. Il se réjouissait de ce renfort pour la saison qui allait ouvrir en septembre.

La sonnerie de son portable arracha Olivier Larribet à sa rêverie. C'était Didier, le chef d'exploitation, qui l'appelait du poste central technique.

– Oh, Olivier ! Tu es au courant ? T'as vu ce qui se passe ?

Larribet avait cru à un accident au centre-ville. En sortant de chez lui ce matin, il avait entendu des sirènes de police et de pompiers du côté de la place Peyramale. La circulation plus dense sur les axes secondaires lui avait fait comprendre que le centre devait être embouteillé. Placide, il s'était résigné à attendre d'en savoir plus à la pause de midi ou le soir.

– Un accident ou quoi ?

Didier Costes, son responsable, lui raconta ce qu'il savait. Un attentat à l'église du Sacré-Cœur, deux ou trois victimes, peut-être le curé, l'abbé Lacaze.

– C'est du sérieux. On a une voiture de flics qui vient d'arriver sur notre parking, devant l'entrée. Les gars ont le gilet et la mitraillette. Ça fait drôle, tu peux me croire. On se croirait à Paris.

Larribet raccrocha avec une impression désagréable. Il observa les passagers. Le poste de conduite n'était pas séparé des voyageurs. À son pupitre aménagé dans le compartiment de tête, il se sentit soudain vulnérable. Mais que pouvait-il lui arriver, à cet endroit, en une si belle matinée ? Les passagers étaient calmes et heureux. Tous regardaient la vallée de Lourdes, éclairée par le grand soleil du matin. Il aperçut le jeune homme brun. Il n'était plus appuyé contre la fenêtre. Il se tenait debout, au milieu du compartiment, les mains sans les poches. Driss Kraibi regardait fixement Larribet. « Un regard de fou », pensa aussitôt le cabinier.

– *Allahou Akbar !*

Le hurlement totalement incongru, à cette heure, dans cette rame si paisible, surprit tous les voyageurs. Ils se retournèrent instantanément vers le quatrième compartiment. Ils virent l'homme brun, très jeune d'allure, en sweat-shirt de coton gris. Il brandissait ses deux poings en l'air. Il poussa de nouveau le même cri de foi et de haine mêlées et enchaîna sur un torrent de mots que peu comprirent :

– Vous tuez des musulmans en Syrie et en Irak… En Afrique aussi… En France aussi. Vous êtes des ennemis de l'islam. Vous adorez plusieurs dieux. Dieu jugera les idolâtres et les impies !

Les trois touristes asiatiques du deuxième compartiment photographiaient et filmaient la scène en commentant en chinois ce qui se passait. Larribet comprit le premier que ce n'était pas une plaisanterie d'étudiants destinée à YouTube. À l'instinct, il fit le lien avec ce que venait de lui annoncer son chef d'exploitation : l'attentat en centre-ville. Ce type était seul, visiblement d'origine maghrébine. Il transpirait. Son visage éclairé par le soleil luisait. « La peur ou la haine, se dit Larribet. Putain ! Ça tombe sur moi. Ce connard va bousiller mon week-end, l'entraînement. L'anniversaire du gosse... »

Revenu à la conduite, il enchaîna les gestes de sécurité prévus en cas d'incident. Il fallait arrêter la rame qui arrivait dans quelques mètres à mi-parcours, à la hauteur du tronçon d'évitement qui dédoublait la voie unique pour permettre aux deux rames, la montante et la descendante, de se croiser. Il savait qu'il ne disposait que de 77 mètres pour réussir la manœuvre. Larribet appuya progressivement sur le bouton pressoir devant lui. La rame freina avec force mais sans à-coup. Il devait maintenant appeler la salle des machines pour justifier cet arrêt inopiné. L'autre rame venait elle aussi d'être stoppée car le câble de traction les rendait solidaires. Dès l'arrêt complet, Larribet saisit son talkie-walkie. Il allait enclencher l'émission quand l'autre se remit à crier. Des cris d'effroi vinrent de l'arrière. Larribet monta sur la banquette pour mieux voir ce qui se passait dans le quatrième compartiment. Il comprit aussitôt. Les deux poings levés du terroriste lui avaient semblé très gros. C'étaient des grenades. Deux grenades !

– Couchez-vous tous ! hurla Olivier en se courbant lui-même du mieux qu'il pouvait, mais sans perdre de vue le terroriste.

Il n'avait pas fait l'armée mais par les films et les séries TV il devinait les ravages d'une explosion dans ce milieu confiné. Même couchés, ses voyageurs seraient hachés. Il pensa aux enfants. Certains commençaient à pleurer. Il devait temporiser. Avant cela, il devait mieux juger de la situation. Au rugby, son poste de trois-quarts centre le plaçait au milieu du terrain. Il évaluait assez bien ses adversaires, pouvait deviner leur comportement. Quinze ans de matchs, de courses rentrantes, de percussions frontales et de cadrages-débordements lui avaient appris à ne pas se tromper, ou le moins possible. Ses coéquipiers reconnaissaient son talent. Face à une équipe adverse alignée en formation d'attaque ou de défense, il savait assez bien distinguer le buffle qui chargerait de façon frontale, le vicieux qui distribuait les châtaignes ou travaillerait à la fourchette[1], le gros bras qui serait le gratteur de ballon dans les mêlées ouvertes, le renard qui tenterait de passer par les bordures, le tacticien qui donnerait les ordres et les changements de direction. Il se laissait rarement abuser.

Larribet se redressa. L'instinct du combat lui commandait de parler, d'ouvrir le dialogue avec ce jeune sans doute aussi affolé que lui à cet instant. Faire baisser la tension comme il le faisait parfois quand s'amorçait une bagarre sur le terrain et qu'il n'était pas directement en cause. Quand il l'était, il frappait d'abord et discutait ensuite. Cette fois, dans cette rame immobile où il commençait à faire très chaud, il se dit qu'il n'était pas directement en cause. C'étaient ses voyageurs.

– Écoute mon gars, explique-moi ce que tu veux. On peut parler, non ?

1. Prise des yeux avec les doigts, formellement interdite.

Driss se remit à crier, à accuser. Les mots d'Allah, d'impies, de justice et de vérité se bousculaient dans son flot de paroles. Larribet comprit que ce jeune était désemparé. « Un trois-quarts sans demi d'ouverture... Un soldat sans chef... » Il avait sans doute très peur.

– Dis-moi, mon gars, tu t'appelles comment ? Pour parler, ce sera mieux et...

Driss l'interrompit avec violence, retrouvant le langage de la cité, celui qu'il connaissait le mieux :

– Fils de pute ! Ta gueule *kouffar* ! Je vais te fumer...

– Arrête, arrête, déconne pas. OK, tu peux me fumer, moi. Mais laisse partir les autres. Ce sont des touristes. Il y a des enfants. Ils t'ont rien fait, eux. Non ?

4

Olivier ne quittait pas des yeux le jeune djihadiste. Il fixait ses deux poings dressés. Le dialogue, heurté et violent, retardait sa décision. Tant mieux. Il hésitait. Il paraissait si jeune. Il fallait continuer à lui parler, le saturer de mots. Mais en attendant quoi ? De la main gauche, Olivier saisit discrètement le talkie sur son pupitre et poussa le bouton émission. Il le remonta à hauteur de sa hanche. L'autre ne pouvait pas le voir. Son chef devait se demander ce qu'il faisait, la raison de cet arrêt inopiné. Le talkie avait déjà craché deux messages interrogatifs. Olivier n'avait pas répondu. Son portable aussi avait sonné. II reprit la parole, assez fort pour être sûr qu'on l'entende à l'autre bout de la ligne. Didier Costes allait comprendre la situation.

– Dis-moi ce que tu veux. Tu veux nous prendre en otages ? Tu es tout seul, mon gars.

Driss ne voulait pas discuter avec le conducteur mais il ne trouvait pas de parade. Les mots lui manquaient.

– Ta gueule. C'est moi qui commande ici. J'ai ce qu'il faut pour tous vous fumer, *inch Allah*.

Olivier voyait l'énervement monter chez le terroriste. Driss marchait de long en large sur les quelques mètres du compartiment, comme un animal en cage. Il faisait de grands gestes des bras. Il hésitait sur la conduite à tenir. Il devait prendre le contrôle de la rame mais pour faire quoi ? Il l'ignorait, ce qui aggravait son excitation. Faire sauter la rame n'était pas suffisant. La faire redescendre vers la gare de départ avant ? Devait-il au contraire monter vers la gare d'arrivée ? Il ne savait plus quoi faire. Passer de compartiment en compartiment pour rejoindre le conducteur était quasi impossible. Il aurait fallu escalader à chaque fois une demi-cloison métallique, ce qui le rendrait vulnérable. À chaque étape, quelqu'un pourrait tenter de lui sauter dessus. C'est alors qu'il entendit le conducteur cabinier parler. Stupéfait, Driss le laissa aller jusqu'au bout.

– Mesdames et messieurs, chers enfants, tout va bien se passer. Je vais ouvrir les portes et vous inviter à descendre sur le chemin métallique qui longe la voie…

Olivier s'entendait parler. Il avait pris la décision d'actionner la came d'ouverture des portes sur le côté droit. Une initiative sans doute folle. En même temps, il continuait de fixer le jeune terroriste qui paraissait soudain très étonné. Il fallait donc continuer, aller vite, ne pas lui laisser le temps de réfléchir. Il vit les premiers voyageurs descendre. Un vététiste qui avait déposé son VTT dans la benne à l'arrière lui cria au moment de descendre :

– Et pour mon vélo, je fais comment ?

Poussé par les autres voyageurs qui se pressaient pour sauter sur le chemin métallique, il n'eut pas de réponse.

– … Et tenez bien les enfants par la main, poursuivit Larribet. Marchez ensuite tranquillement vers le bas.

À cet endroit du trajet, le seul qui permettait le croisement des deux rames, le tracé s'élargissait sur quatre mètres pour le dédoublement de la voie. Un chemin de plaques métalliques avait été installé de chaque côté, pour les besoins du service. Larribet avait pris un risque. Aucun voyageur n'était autorisé à descendre à cet endroit, ni à s'engager sur cette passerelle de délestage. Elle était strictement réservée au personnel de la maintenance. Malgré l'élargissement du tablier, ce chemin longeant la voie se trouvait en léger surplomb, à vingt-cinq mètres au-dessus du vide. Une simple rambarde assurait la sécurité. C'était vertigineux.

Driss Kraibi hurla de nouveau, mais sans pouvoir ralentir la fuite des voyageurs. Il se sentait impuissant, incapable de refermer les portes ou de poursuivre les voyageurs sans se mettre lui-même en danger. Il comprenait qu'il avait trop hésité. Il s'était fait avoir. La haine monta de nouveau en lui, contre ce type en tee-shirt à l'avant qui avait ouvert les portes. Il lui criait quelque chose. Driss se mit à le haïr. Il sut à cet instant qu'il le tuerait.

– Hé, mon gars ! Qu'est-ce tu veux qu'on fasse ? Dis-le-moi et on le fait.

– Je vais te fumer, fils de pute. *Kouffar !* Connard de merde !

Larribet commençait à se dire que ce jeune ne savait qu'insulter. C'était bon signe. Dans les bagarres, quand ça parlait, ça ne tapait pas. C'est alors qu'il vit le geste rapide du terroriste, juste avant d'entendre un cliquetis métallique sur le sol. Il venait d'arracher la goupille de sécurité à la grenade serrée dans sa main gauche.

– Arrête ! Attends ! Fais pas le con !

Driss fit sauter la deuxième goupille, mais sans lâcher les cuillères d'amorçage maintenues dans ses poings serrés. Tant qu'il les maintenait, sans relâcher le mécanisme, l'explosion n'aurait pas lieu. Larribet comprit que la situation devenait irrécupérable. Il pensa à la mort, calcula qu'il pourrait peut-être en réchapper, grâce à la distance entre lui et le terroriste. Sauf si le jeune lançait une grenade dans son compartiment. Il vit le groupe des voyageurs, courbés en deux, qui se hâtaient de descendre vers la gare du bas. Olivier décida de tenter le tout pour le tout :

– Écoute, écoute… Voilà ce qu'on va faire : je vais redescendre la rame. On va ensemble, jusqu'à la gare de départ. Là, tu feras ce que tu veux. OK, d'accord ?

Driss ne savait plus ce qu'il fallait faire. Son cerveau en surchauffe ne lui répondait plus. Il ne voulait pas mourir seul, ce serait l'échec de sa mission. Il devait faire exploser la gare en tuant le plus possible de *kouffars*. C'était cela la solution. Ce qu'il n'avait pas réussi à faire avec les voyageurs, il le ferait au milieu de la gare de départ, avec les touristes qui attendaient.

– Allez, vas-y connard. Descends ton merdier. Et je te fume si tu fais le con.

– OK, mon gars. On y va, peinard, peinard. J'accélère un peu pour relancer la rame…

Olivier Larribet avait réussi à communiquer très brièvement avec la station de régulation. Là-haut, ils avaient compris ce qui se passait et vu les passagers sortir. La police était prévenue. Une équipe armée faisait route vers la gare du funiculaire. Les touristes seraient récupérés le long de la ligne et mis en sécurité. Pour ce qui était de Larribet, son chef d'exploitation n'avait pas beaucoup de solutions.

– Olivier, tu quittes ta rame! Tu sautes, c'est un ordre! Barre-toi, le plus vite possible. Saute je te dis.

Olivier Larribet devinait que l'autre sauterait à son tour sur la passerelle. Il était armé. Peut-être avait-il aussi embarqué avec une Kalachnikov. Il ne se souvenait pas s'il portait un sac en montant. Il n'hésiterait pas à le tuer, avec ses grenades ou sa Kalachnikov. Une phrase de son entraîneur lui revint. C'était une ligne de conduite quand tout paraissait perdu, quand le match semblait plié et que le retour au vestiaire s'annonçait très douloureux: «Qui ose gagne, les mecs...» Traduction: croire à ce que les autres n'imaginent même pas.

Son équipe avait ainsi souvent réduit le score, parfois gagné de quelques points, en jouant sur l'audace, en passant par un trou de souris qui menait à l'essai... Olivier vérifia que le câble était toujours sous tension. Il allait repartir, cette fois en descendant vers la vallée. L'autre rame allait automatiquement remonter, ce qui la mettrait en sécurité. Il ferma les portes pour pouvoir redémarrer et accéléra. Son plan pouvait tout changer. Le sauver ou mettre brutalement fin à ses jours.

Juste avant de quitter la portion centrale du viaduc, la rame atteignit la vitesse suffisante. Larribet observa une dernière fois l'arrière. Le jeune s'était posté à la portière, prêt à se ruer à l'extérieur dès l'arrivée. Olivier inspira un grand bol d'air et se cala du mieux qu'il put. Il lança son pied droit sous le pupitre de pilotage et enfonça d'un coup brutal le champignon d'acier qui commandait le freinage d'urgence, à utiliser en cas de rupture du câble tracteur. Il ne l'avait testé que trois ou quatre fois. La secousse pouvait être terrible. En écrasant le frein de toutes ses forces, Olivier pensa à sa femme, à son garçon, à cet anniversaire qu'il ne verrait peut-être jamais. Les pinces à charnière se refermèrent brutalement sur le rail. Les énormes mâchoires d'acier bloquèrent la rame dans un fracas métallique qui résonna longtemps dans la vallée.

Sous la violence du freinage, Driss chercha instinctivement à s'agripper à la barre de sécurité. Il ne put retenir les grenades. Explosant presque en même temps, elles fracassèrent la porte, projetée dans le vide. En boule au pied de son pupitre de commande, Olivier entendit la double explosion en même temps qu'il encaissait une formidable claque sous une tornade de verre brisé et de débris de bois. Éventré par l'explosion, la face ouverte sur un dernier hurlement de terreur, Driss fut soufflé comme un fétu de paille. Soulevé et éjecté du compartiment en même temps que la porte, il alla s'écraser vingt-cinq mètres plus bas, sur le pierrier brûlant de soleil. Mort avant de venir se fracasser sur les rocailles, il ne vit pas le grand rapace blanc à tête jaune qui s'était mis lentement à planer dans l'ascendance, très haut dans le ciel au-dessus du pic du Jer.

Olivier Larribet baignait dans une étrange mosaïque de lumière fractionnée. Il flottait entre la terre et le ciel, comme un héros de son enfance, dans un livre lu à la bibliothèque. Le nuage de coton l'enveloppait d'une douce chaleur. Assourdi par la double explosion, assommé par l'onde de choc, il n'entendait plus qu'un étrange bourdonnement continu. Mille soleils l'aveuglaient. « Je suis mort... » C'était fini, le match était plié. Un crépitement lointain tinta dans sa tête, dans sa mémoire. Toujours inconscient, il sentit un picotement brûlant sur son visage. Olivier ouvrit les yeux. Il mit quelques secondes à réaliser ce qu'il voyait.

La vitre latérale du compartiment avait éclaté en milliers de morceaux. Cette marqueterie de verre illuminée par le soleil lui tombait dessus, se détachant par plaques successives. Il passa la main sur son visage et sentit les minuscules éclats incrustés dans sa peau. Il tenta de se relever. L'air saturé de fumée et de poudre était irrespirable. Une banquette en bois commençait à brûler. Toujours assourdi, endolori comme jamais il ne l'avait été au retour d'un match, il se traîna à l'extérieur et se laissa glisser sur la passerelle métallique. Le soleil déjà haut l'aveugla, brûlant ses plaies à vif.

Le ciel était d'un bleu immaculé. Loin, très haut au-dessus de lui, il vit tournoyer lentement un rapace au plumage blanc, les ailes bordées de noir. Un vautour percnoptère, ce symbole de la montagne pyrénéenne qu'il aimait tant. Il n'en avait plus vu depuis des semaines. Olivier sourit à sa renaissance. Il vivait. Il serait à l'anniversaire de son fils. Il se promit d'aller au Sanctuaire pour toucher à son tour le rocher de la grotte de Massabielle, boire l'eau de la source de Bernadette.

Il ne demanderait plus jamais rien à la Vierge. Ce serait simplement pour la remercier.

5

Deux attaques djihadistes dans la même matinée. Un mort, plusieurs blessés. Deux terroristes neutralisés, dont un capturé et un autre tué dans l'explosion de ses grenades. La majeure partie des explosifs volés encore dans la nature. L'ambiance était tendue au commissariat. Il avait fallu transformer une pièce qui servait d'entrepôt en salle de crise. On s'y entassait. C'était provisoire. La mairie avait promis un local plus spacieux mais il fallait l'aménager. Le responsable de la sécurité du Sanctuaire avait proposé de son côté une salle mieux adaptée mais le préfet avait refusé. Franc-maçon notoire, membre de la loge la plus anticléricale, il ne voulait pas être « l'otage des curés », selon son expression en réunion publique. « L'otage de sa connerie, oui », avait pensé très fort une bonne partie du commissariat.

– Où est le reste de la bande ? Les deux djihadistes qui manquent à l'appel ? Les explosifs non retrouvés ? Que foutent nos indics ?

Un silence gêné avait répondu au préfet. Le capitaine Payolle devait aussi faire face aux questions en rafale du procureur et du commandant divisionnaire arrivés de Tarbes dans la matinée. Son ami, le commandant Rosinski, l'avait appelé pour lui apporter son soutien mais sans pouvoir se déplacer : à Tarbes et dans le département, ils étaient aussi très occupés. La surveillance de plusieurs points sensibles, notamment la cité de Laubadère, l'observatoire du pic du Midi et les casernes des deux régiments parachutistes stationnés à Tarbes, avait été renforcée.

Quand il apprit que Driss Kraibi avait été interpellé quelques jours plus tôt par les hommes de Payolle et relâché faute de charges suffisantes, le préfet se montra cinglant.

– On aurait dû le cuisiner un peu plus. Ce jeune ne savait évidemment pas tout mais il devait en savoir un peu plus que ce qu'il nous a laissé croire. On a été naïf.

– On ne peut pas coffrer tous les mecs qui manquent de respect aux collègues, vous le savez, monsieur le préfet, répliqua Payolle avec une légère pointe d'insolence.

Le capitaine sentait bien que tous ses collègues du commissariat étaient à cran. Ils portaient le deuil douloureux de la jeune Fanny et partageaient la même inquiétude sur l'état de santé de leur commandant. Payolle se devait de parler avec franchise.

– Ou alors, donnez-nous les effectifs suffisants. On sera plus efficaces sur les enquêtes. Et les locaux et les bagnoles et les radios avec.

Le commissaire divisionnaire venu de Tarbes pour l'intérim regarda par la fenêtre, préférant ne pas croiser le regard du préfet. L'insolence à peine voilée de son subordonné l'agaçait mais il la comprenait. On demandait beaucoup jour et nuit, en chipotant sur les moyens matériels nécessaires. C'était bien qu'un collègue rappelle au préfet ces réalités. C'était encore mieux que lui, commissaire en pleine phase ascendante, n'ait pas à le faire.

Une seule bonne nouvelle était arrivée depuis la nuit : l'arrestation en fin de matinée de Ludovic Larrouy, alias Abou Omar Al-Faransi. « Le Français » avait été intercepté par une patrouille de la brigade de gendarmerie de Maubourguet. Il venait de Marciac, dans le Gers, en provenance de Toulouse.

– Contrôle de routine, avait indiqué le préfet à la presse.

En réalité, le signalement du « rouquin » avait été largement diffusé. Larrouy s'était coupé la barbe mais il restait suffisamment reconnaissable. Muré dans le silence, il avait été placé sous bonne garde et aussitôt transféré à Levallois-Perret, pour être interrogé dans les locaux de la DGSI.

Le plus intéressant était l'identité de sa conductrice : Khadidja Yousfi, la petite sœur de Bilal Yousfi. Cette arrestation confirmait l'implication d'une partie de la famille Yousfi dans ce réseau djihadiste. Interpellée et placée en garde en vue dans le cadre d'une procédure terroriste, Khadidja avait dit avoir voulu rendre un service à un ami de son frère. Employée appréciée à Pôle Emploi, elle assurait ne pas connaître Ludovic Larrouy. Elle n'avait répondu à aucune autre question.

– On n'en tirera rien, assura le chef du groupe antiterroriste envoyé par le SRPJ de Toulouse. Larrouy est aguerri. Il revient de Syrie. La prison ne lui fait pas peur. Pour la fille, ça devrait être différent.

– J'en doute, intervint le représentant de la Direction antiterroriste de la DGSI. Cette fille a très bien caché son jeu. Au-dessus de tout soupçon. Regardez sa fiche. Pas de voile, maquillée, les ongles faits. Une bonne camarade pour ses collègues. Elle passait sous nos radars.

« Comme tant d'autres », pensa Payolle. La discussion porta sur les mesures de sécurité renforcée. Des barrages filtrants venaient d'être déployés aux entrées et sorties de Lourdes. Des patrouilles mobiles circulaient à pied et en voiture aux abords des clôtures du Sanctuaire.

– Je veux des comptes rendus immédiats, insista le préfet. Dites à vos équipes qu'elles doivent nous contacter même si elles n'ont aucune certitude. Dans le doute, elles appellent.

Le soleil se rapprochait de la grande flèche de la basilique de l'Immaculée Conception. Il faisait encore très chaud mais des bouffées d'air plus frais balayaient par moments les abords du gave, apportant des parfums d'herbe et de peupliers. La soirée serait belle pour le feu d'artifice du 14 juillet. Malgré les circonstances dramatiques, il était maintenu et tous l'attendaient. Les familiers du pèlerinage, malades et hospitaliers, savaient qu'il serait tiré vers 22 h 30, comme chaque année devant le château de Lourdes, après la procession mariale aux flambeaux. Les plus prévoyants avaient déjà disposé des fauteuils en plastique devant les bâtiments de l'accueil Notre-Dame, le long du gave. L'endroit était connu des habitués. Il offrait la meilleure vue pour admirer les fusées tirées dans le ciel lourdais. En ombre chinoise, l'éperon rocheux surmonté par les murailles de l'imposante forteresse, ancienne résidence des comtes de Bigorre devenue musée pyrénéen, formait la toile de fond de cet embrasement de couleurs. La soirée enthousiasmait toujours les malades et les handicapés.

Le préfet et la maire avaient décidé, d'un commun accord, de maintenir ces festivités : « Par esprit de résistance républicain, indiquait le communiqué de la mairie, pour le respect de nos valeurs. » La surveillance des abords du château et du centre-ville était renforcée. Deux pelotons du régiment de hussards parachutistes de Tarbes étaient arrivés en renfort en fin d'après-midi. Depuis la dernière visite du pape Benoît XVI, en septembre 2008 pour le 150e anniversaire des apparitions, jamais Lourdes n'avait connu un tel déploiement de forces de sécurité.

L'ombre descendue des sommets envahissait la ville. Au sud-est, vers la route menant à la frontière espagnole, la grande croix en treillis métallique fichée au sommet du pic du Jer s'était allumée à l'heure du crépuscule. Des milliers de pèlerins et d'habitants de Lourdes tournaient leur regard vers ce signal familier, avec une attention renouvelée. Dressée dans la nuit au terme de cette journée de deuil, la croix illuminée devenait un symbole de la vie, plus forte que la mort. À la messe vespérale célébrée dans les nombreuses églises et basiliques de la ville mariale, cité meurtrie maintenant recueillie dans le deuil, on priait ce soir-là avec une intensité toute particulière.

Manon et ses amis avaient appris la tragédie du pic du Jer et de l'église du Sacré-Cœur par leurs familles et leurs amis de Bordeaux qui les avaient appelés aussitôt après la diffusion de l'information. Des images inquiétantes tournaient en boucle sur les chaînes télévisées. Un peu honteuse, Manon avait avoué à ses parents qu'elle était en plus préoccupée depuis la veille au soir par la perte de son sac à dos rouge. Elle avait ensuite dû rassurer à plusieurs reprises ses amies de fac qui ne cessaient d'appeler.

– Je n'en sais pas plus, répondait Manon. Je n'ai pas plus d'infos que vous. Ici, au Sanctuaire, on ne risque rien. On est très protégés, plus qu'à Bordeaux, je pense.

6

Rachid Bouraoui et Bilal Yousfi étaient restés dans le petit appartement. Bilal avait demandé à sortir pour aller voir sa famille à la cité de l'Ophite. Rachid l'avait mis en garde.

– Tu fais l'aller-retour à la pizzeria et tu reviens. Pas plus. Tu vas pas ailleurs. Tu reviens ici tout de suite. *Khalas!*

Bilal avait voulu négocier, sans voir monter l'énervement chez son ami. La tchatche lui avait souvent servi à s'en sortir, à obtenir des concessions ou des avantages de la part de ses professeurs ou de ses employeurs. Il pensait que tout pouvait se marchander. Pour lui, sa tchatche, son sourire et sa capacité d'insistance à toute épreuve qui finissait par fatiguer ses interlocuteurs pouvaient lever tous les blocages. Patiemment Rachid lui avait expliqué que c'était maintenant impossible. Le passage à l'acte de Karim et de Driss avait mis toute la police de Lourdes sur le pont. Les services antiterroristes devaient être en train de contrôler toutes les familles à l'Ophite. C'était trop dangereux.

– Réfléchis, putain! Les frères ont porté le feu chez l'ennemi d'Allah. Les keufs sont partout. On ne va pas se faire prendre.

Bilal allait de nouveau tenter d'argumenter. Il avait stoppé net devant le regard noir de Rachid. Son « grand frère » ne plaisantait plus.

– Au nom d'Allah, tu arrêtes ça. Un mot de plus, je te saigne et je jette ta tête de piaf dans la rue. La vérité, tu arrêtes ou c'est mort pour toi.

Bilal avait eu peur. Il avait compris l'avertissement.

La radio n'avait pas donné beaucoup de détails sur le double attentat de la matinée. La ville et le pays étaient de nouveau sous le choc. Les mêmes experts pontifiants et incompétents étaient venus expliquer qu'on ne savait pas grand-chose, que la guerre continuait malgré la fin territoriale du califat de Daech. Les deux hommes avaient écouté France Info à faible volume, guettant en même temps les moindres bruits dans l'escalier et la cour intérieure.

– Ça va être l'heure, Bilal, avait dit Rachid. Tu te rappelles ce qu'on s'est dit. Tu pars d'abord. Tu rejoins les *kouffars* qui vont à la procession et tu les colles. Après, c'est du gâteau.

Bilal devait se fondre dans un groupe de pèlerins. Après le dîner, ils étaient plusieurs milliers à quitter en même temps les hôtels pour rejoindre la procession aux flambeaux. Ils se dirigeaient vers le Sanctuaire par le boulevard de la Grotte dont la pente menait au gave et à la porte Saint-Michel. Certains portaient des bannières, d'autres poussaient des fauteuils ou tiraient des chariots. La reconnaissance faite la veille par Bilal avait été utile. Il avait remarqué que la demi-douzaine d'hôtels situés sur l'avenue de la Gare et le long de l'avenue Général-Baron-Maransin déversait ces pèlerins par paquets de trente ou cinquante. C'est là qu'il s'intégrerait aux *kouffars*. Il avait noté aussi la bonne humeur de ces croyants venus du monde entier, leur joie communicative d'être là. Il n'aurait aucun mal à se fondre dans un de ces groupes. Ses quelques mots d'anglais et sa tchatche habituelle suffiraient à le faire accepter, jusqu'à la porte d'entrée du Sanctuaire.

Bilal n'avait aucune idée de ce qu'allait faire Rachid de son côté. Il n'osait pas le lui demander pour ne pas fâcher le grand frère, pour ne pas rompre ce lien qui faisait de Bouraoui, à ce moment, son seul ami au monde. La solitude lui avait tant pesé, comme le vide de sa vie. Rachid et Karim lui avaient apporté une amitié, une nouvelle famille et une raison de vivre ou de mourir.

Bouraoui lui avait demandé de s'asseoir. La douceur de son ton avait ému Bilal.

– Tu es un combattant de la foi, mon frère, de la vraie religion. N'oublie pas ce que dit le texte sacré, la parole de Dieu révélée à notre Prophète, qu'il soit loué: « Ne pense pas que ceux qui ont été tués dans la voie d'Allah soient morts. Au contraire, ils sont vivants auprès de leur Seigneur, bien pourvus. »

Les âmes des martyrs vivent dans de beaux oiseaux, libres d'aller et venir dans le paradis. Ce sont des lampes suspendues au trône du Très-Haut. Et quand le Seigneur leur demande ce qu'est leur désir, ils répondent qu'être au paradis auprès du Seigneur, de voler et de paître à leur guise, est leur seul désir.

Rachid souriait. Bilal avait senti monter en lui une émotion pure, une reconnaissance éperdue envers celui qui lui parlait. La réalité s'était effacée de ce petit deux-pièces misérable, la cité de l'Ophite où il ne retournerait sans doute jamais, les séances d'humiliation à Pôle Emploi, les petits boulots sans lendemain, le bruit et la poussière de la carrière du Soum, le racisme que certains regards portaient comme des flèches sur sa famille, sur sa fierté de jeune homme en quête de racines, plein de projets, de confusion, si mal dans sa peau.

– Allah est notre but. Le Prophète est notre modèle, le Coran notre loi, le djihad notre vie et le martyre notre vœu le plus cher.

Bilal avait enfilé avec précaution la lourde veste sombre. Il avait passé le sac à dos bordeaux volé par Karim quelques jours plus tôt. Les pompons multicolores l'amusaient. Ce côté oriental lui plaisait bien. « Ça fait style, se disait-il. Ça passera mieux. » Bilal souriait encore en ajustant les bretelles du sac à dos. La porte de l'appartement s'était refermée sur lui dans un grincement sinistre. Le vieux monde était resté derrière lui.

Une fois Bilal parti, après la dernière prière commune, Rachid Bouraoui avait respiré profondément. Pour lui, tout était en ordre. La mission se déroulait comme il l'avait prévu. Karim et Driss avaient porté les premiers coups terribles, même si le pic du Jer n'était pas l'objectif désigné. Il avait dû se passer quelque chose mais le symbole était fort et les deux grenades avaient dû anéantir assez d'ennemis d'Allah dans le petit train devenu un piège mortel. Ensuite, ce serait au tour de Bilal. La veste bourrée d'explosifs avait été réglée avec le minimum de retard pour que, une fois enclenché, le mécanisme saute sans aucun délai de sécurité, dans la seconde. Bilal n'aurait pas le temps de réfléchir, de jeter sa veste.

Il revenait à Rachid d'achever la mission. Il ouvrirait les feux de l'enfer sous les pas de ces idolâtres qui se trompaient de religion et profanaient la vraie foi.

7

Les bruits de la ville n'arrivaient que très atténués à l'accueil Notre-Dame. Il y avait tant à faire. Messes, chemin de croix des malades, service aux piscines, procession eucharistique, célébration de la Réconciliation, onction des malades, prise de la photo officielle sur la grande esplanade du Sanctuaire, rencontre dans les chambrées avec l'archevêque de Bordeaux venu rendre visite à ses ouailles. Les journées passaient à une vitesse folle.

Manon entendit au loin dans un couloir l'harmonica de Guy. Cet ancien maçon abîmé par un demi-siècle de chantiers et affaibli par un AVC dès sa première année de retraite, était seul, sans famille. Son univers s'était rétréci à l'Ephad de Bègles où il partageait son temps entre sa passion pour l'harmonica et les tournois de dames entre pensionnaires. Ces parties finissaient souvent mal, Guy n'y voyait plus très bien mais il voulait à tout prix jouer. Malgré ses épaisses lunettes correctrices, son strabisme divergent s'était aggravé. Après quatre ou cinq minutes de concentration, il perdait pied et se mettait en colère. L'ancien maçon aux mains épaisses et dures comme du béton écrasait alors son poing sur le damier, faisant voler les pièces et pulvérisant le tablier en contreplaqué. L'irascible Guy était pourtant apprécié pour les concerts d'harmonica qu'il donnait chaque samedi soir. Il ne connaissait que trois mélodies mais les pensionnaires les oubliaient d'une semaine à l'autre. Tout le monde était content, sauf le personnel obligé de subir ses interminables trilles, rarement justes.

Manon se pencha pour apercevoir Guy, enfoncé dans son fauteuil roulant. La casquette vissée de travers, les lunettes légèrement désaxées, il avait retroussé les manches de sa grosse chemise de chantier qui lui donnait un vague air de bûcheron canadien. C'est celle qu'il préférait pour les grandes occasions. La soirée du 14 juillet et la procession aux flambeaux faisaient partie des moments forts de son pèlerinage, son vingt-huitième avec l'Hospitalité bordelaise. Autrement, il restait en marcel blanc. Les hospitalières avaient toutes les peines du monde à lui faire passer une chemise. Cette année, Guy faisait partie des malades dont Louise s'occupait. Elle racontait à Manon les caprices du maçon. Elle arrivait à le calmer en lui demandant de parler du *Jeu des 1 000 francs*, animé par le célèbre harmoniciste Albert Raisner au début des années 60. Guy conservait sa photo dans son portefeuille, soigneusement pliée.

Quelques notes parvenaient du bout du couloir, sans véritable cohérence. Guy s'échauffait. Manon écoutait, un sourire aux lèvres, en pensant à son amie Louise aux petits soins pour ce musicien incompris, cabossé par la vie. Elle tendit mieux l'oreille mais ne reconnut aucun air particulier, malgré l'énergie que Guy mettait à jouer.

Il était manifestement en forme. Il répétait toujours le même air, accroché à son instrument comme à une bouée, heureux. Manon ouvrit une nouvelle fois son carnet du pèlerin, pour vérifier l'heure de la procession mariale : « 20 h 30, sur l'esplanade », nota-t-elle. Son livret était corné, un peu taché. Il rythmait depuis presque trois jours sa semaine de service.

Pour se donner du cœur à l'ouvrage, les pauses cigarettes entre copines sur la murette de pierre au bord du gave ne suffisaient pas. Elle relisait les textes des lectures sélectionnées pour le pèlerinage de l'Hospitalité bordelaise. Le psaume 144 l'apaisait : « Le Seigneur est tendresse et pitié, lent à la colère et plein d'amour... » Elle, si prompte à l'impatience et aux gestes d'humeur avec ses proches, apprenait la lenteur nécessaire pour le service des malades, la patience devant leurs manies, l'acceptation de leurs colères, souvent irraisonnées, et parfois de leur méchanceté, liée à leurs souffrances.

La nature avait été cruelle pour ces hommes et ces femmes que Manon et les autres hospitaliers entouraient et soignaient pendant les cinq jours de leur engagement bénévole. À la page 23 de son livret de pèlerin, le psaume 129 lui rappelait la réalité de l'état de souffrance de ceux qu'elle acceptait de servir : « Du fond de ma détresse dans l'abîme où je suis, À toi seul je m'adresse et les jours et les nuits ; Mon Dieu, prête l'oreille au cri de ma douleur, Et que ma plainte éveille ta pitié, Dieu sauveur. »

Manon pensait et priait en particulier pour Sébastien, un grand jeune homme athlétique. Cinq ans auparavant, un très grave accident de moto sur une route des Landes l'avait laissé entre la vie et la mort, la colonne vertébrale brisée en deux endroits. De nombreuses fonctions vitales avaient été touchées. Tétraplégique à 27 ans, privé de la parole et, apparemment, de toute communication avec les autres, Sébastien était hospitalisé depuis son accident dans un établissement spécialisé de la région bordelaise. Il avait quand même réussi à faire comprendre à ses proches son envie de participer au pèlerinage annuel de l'Hospitalité de Bordeaux. C'était sa troisième année. Lourd comme un tronc d'arbre, rigide comme de l'acier, il fallait quatre solides hospitaliers pour le lever, lui faire sa toilette, l'installer dans son brancard roulant. Totalement dépendant pour toutes les fonctions de la vie, Sébastien ne savait plus que sourire. Le personnel qui prenait soin de lui devait en permanence éponger la bave que sa bouche ouverte laissait échapper. Son regard resté lumineux et rieur empêchait de rendre effrayant ce rictus figé pour toujours. Son sourire perpétuel impressionnait les nouveaux venus.

– C'est sa façon à lui de nous remercier, la seule expression qui lui reste, avait expliqué Anne-Marie, hospitalière depuis vingt-deux ans et qui s'était occupée de Sébastien lors de son premier pèlerinage.

Manon s'était aussitôt attachée à lui. Elle lui rendait son sourire, surtout que le jeune homme la suivait constamment du regard, attendant la main fraîche de la jeune hospitalière sur son front, son coup de peigne « pour le rendre beau » après la toilette, avec une ou deux aspersions de son eau de toilette préférée, « Pour un homme » de Caron. Quand Manon lui appliquait un gant mouillé sur le front et les joues aux heures les plus chaudes de la journée, Sébastien fermait les yeux, apparemment comblé par le plaisir de ce contact si fugace, si doux. Il attendait ensuite la bise que la jeune fille n'oubliait jamais de lui déposer sur le front, avant de partir s'occuper d'autres malades.

Le passage dans la grotte des Apparitions, étape rituelle de tout pèlerin de Lourdes, était un moment fort du pèlerinage. La tradition et la foi veulent que les pèlerins entrent dans la grotte, longent la roche noire jusqu'au fond de l'anfractuosité plongée dans une obscurité permanente. L'air y est plus frais, rafraîchi par la source jaillie pour la première fois le 25 février 1858, lors de la neuvième apparition de la Vierge à Bernadette. La « Dame » a vouvoyé la petite bergère : « Allez boire à la fontaine et vous y laver. » Bernadette a raconté son dégoût. C'était de la terre mêlée à l'eau froide. Elle a pourtant obéi, maculant son visage de boue. Depuis cette date, l'eau qui coule de cette source est parfaitement claire.

Le parcours des pèlerins est devenu une marche d'espérance. Ils viennent du monde entier et cette marche les fait passer de l'ombre de la grotte à la lumière du grand ciel bigourdan, de la boue à l'eau vive, de la mort à la vie. Lorsqu'ils ressortent du rocher, à côté d'un buisson de six rangées de cierges qui brûlent jour et nuit, les croyants peuvent méditer sur cette prière qui leur est destinée : « Que les tempêtes de la vie n'éteignent pas la flamme de l'amour. »

Manon aimait y conduire Sébastien. Totalement immobilisé par des plaques d'acier fixées le long de sa colonne vertébrale, la nuque enserrée dans une minerve dissimulée dans un large foulard, le jeune homme était allongé dans un chariot-lit. Sous le rocher de la grotte de Massabielle, la tradition est de toucher, d'embrasser ou de poser le front sur la roche polie par les mains et les lèvres des millions de pèlerins. Sébastien était privé de ce contact, si fort pour les croyants. Manon faisait les gestes à sa place, pour lui. Sa prière muette lui aurait semblé si puérile ailleurs, en d'autres temps : « Dieu, qui est le Père des miséricordes, donne-moi ta force et ta douceur… »

Elle laissait traîner sa main sur les parties basses du rocher, les plus humides. Aussitôt après, juste avant de revenir dans la lumière de l'esplanade qui bordait le gave, elle approchait ses mains à la verticale devant le visage de Sébastien, dans un geste traditionnel de prière, avant de poser ses paumes mouillées sur les joues brûlantes du jeune homme. Sébastien s'abandonnait à la fraîcheur de cette caresse ferme et douce. Son grognement sourd et son sourire à jamais tordu exprimaient sa joie, la confiance accordée à « sa » jeune hospitalière.

Manon le connaissait depuis deux ans. Elle avait été heureuse de le retrouver pour ce nouveau pèlerinage. Elle lui parlait beaucoup. Elle échangeait avec lui comme avec un ami étudiant retrouvé après une longue séparation. Il aurait pu être son frère aîné, un peu plus âgé qu'elle. Le voir cloué sur son lit ou sanglé dans son fauteuil pour le reste de ses jours la bouleversait. Elle comprenait qu'elle ne pourrait jamais en faire assez pour lui. Sauf miracle, Sébastien allait devoir vivre encore longtemps avec son terrible handicap. « Sauf miracle », se répétait parfois

Manon, comme tant d'autres malades et hospitaliers venus à Lourdes pour prier ou implorer la Vierge. Pour eux-mêmes ou pour d'autres.

Manon se devait d'être joyeuse et toujours disponible, mais cette situation la rendait triste. Pour la première fois de sa vie, l'étudiante privilégiée était confrontée à la plus grande détresse physique. Elle ressentait une impuissance désespérante et aussi une foi inattendue pleine d'espérance. Elle avait décidé d'être tout entière dévouée à Sébastien pendant les cinq longues journées de pèlerinage. Le jeune homme devait ressentir la densité douce et patiente que lui apportait la présence de Manon. Anne-Marie, celle qui le connaissait le mieux, avait confié dans un sourire sa joie et sa confiance, dès le premier soir, à l'heure du débriefing après le coucher des malades :

– Je n'ai jamais vu Sébastien aussi heureux.

8

Dès 20 heures, des flots ininterrompus de pèlerins convergeaient vers les deux portes d'entrée du Sanctuaire. Ils avaient dîné tôt pour participer à la procession dans le cadre de leur pèlerinage diocésain ou simplement pour assister au magnifique spectacle de ces milliers de marcheurs rassemblés derrière leurs bannières, éclairés par des flambeaux, avançant à pas lents sur l'esplanade, au rythme des chants tour à tour joyeux et graves.

On se bousculait un peu à la porte Saint-Joseph, accès principal en venant de la zone des hôtels. Bruno Lussan avait repris sa position de vigile devant le pilier de marbre gris. À deux ou trois reprises, il avait déjà dû calmer des groupes de scouts italiens en chemise jaune ainsi que des guides irlandais en chemise verte. Ils chahutaient au milieu d'un convoi de fauteuils de personnes âgées, tirés par des bénévoles maladroits.

– Oh les jeunes, un peu de calme ! *Careful, careful.* Voyez un peu autour de vous. Faites attention aux malades.

Aucun n'avait compris ses mots mais son regard sévère et sa stature autoritaire avaient fait passer le message.

Lussan aimait regarder ces foules converger vers le Sanctuaire. Accablé par la chaleur et ses sept heures de service, son collègue était resté dans la guérite de surveillance, le nez plongé dans une page de « mots fléchés » qu'il voulait finir. Par habitude professionnelle autant que par curiosité, Lussan préférait rester à l'extérieur, en faction devant son pilier. Les pèlerins bigarrés et les bannières qui passaient devant lui, les différents vêtements ecclésiastiques et les bribes de langues étrangères qu'il entendait l'espace d'une seconde le faisaient voyager, lui qui n'était jamais allé plus loin que Toulouse. Avec l'habitude, d'une année sur l'autre, Lussan reconnaissait les couleurs des foulards ou des chemisettes de certains groupes. Il savait d'où ils venaient et pour combien de jours.

En ce début juillet, comme chaque année, il voyait passer des Sardes et des Écossais, des Bavarois et des Tamouls, des Anglais et des Suisses. Les Tamouls étaient discrets, craintifs, d'une piété exemplaire. Les Écossais en kilt et hautes chaussettes blanches, rubiconds et rafraîchis à la bière, étaient les plus bruyants, les plus drôles. Lussan les observait, indulgent, à la mesure de la dernière victoire du Quinze de France sur le Quinze du Chardon dans le Tournoi des Six Nations. Il se montrait plus sévère à l'égard des Anglais qui avaient humilié la pauvre équipe de France une après-midi de février à Twickenham. Devant son pilier, Lussan s'était promis d'être intraitable avec ces Anglais arrogants s'ils venaient à chahuter ou à se présenter à l'entrée en tenue débraillée.

La foule des entrants restait très dense. Lussan voyait arriver au loin, au débouché de l'avenue Bernadette-

Soubirous, un groupe de religieuses de la communauté des Béatitudes en beige et blanc. Joyeuses et légères, entourées d'un groupe de jeunes gens, elles semblaient voler dans leurs robes et leurs voiles. Les gens s'attendaient, ralentissaient à hauteur du portail, juste avant la rampe qui descendait en pente douce vers l'esplanade. Il regarda un bref instant vers la guérite où un couple semblait demander un renseignement. Son collègue pouvait répondre. En reportant son attention vers l'entrée, il marqua un léger temps d'arrêt sur un homme assez grand qui piétinait lui aussi avec les autres. Il se tenait au milieu d'un groupe de pèlerins qui allaient s'engouffrer vers la rampe.

« Des Écossais, remarqua Bruno Lussan. Toujours aussi joyeux... » Un instant il regarda ailleurs puis revint aussitôt sur le groupe qui s'approchait du portail. De nouveau, Lussan nota le grand type brun émergeant des têtes rousses ou blondes. Il baissait légèrement la tête, comme s'il regardait ses pieds. « Il doit faire gaffe à pas piétiner les autres... » L'ancien gendarme avait la manie du détail. Question de métier, d'habitude. L'ennui qui le rattrapait parfois dans ses longues factions au portail l'avait entraîné à détailler les pèlerins, à imaginer leurs vies, parfois à l'autre bout de la planète. Au début, il avait été particulièrement vigilant à l'approche de groupes d'enfants ou d'adolescents roms. Il veillait à ce qu'ils n'entrent pas en masse turbulente dans le Sanctuaire, à ce qu'ils respectent les autres pèlerins. Un *modus vivendi* avait été trouvé. Les grappes de jeunes mendiants avaient été remplacées par des adultes assez âgés, souvent des femmes. Elles stationnaient ou se mettaient à genoux en posture d'imploration, assez loin, de façon paisible et résignée.

Le soleil n'était pas couché et il faisait encore lourd et chaud. Les Écossais au visage rougi par la chaleur et les pintes de bière étaient arrivés à sa hauteur, un peu excités par cette belle soirée de procession qui s'annonçait. Malgré leurs kilts et leurs chemisettes, ils transpiraient à grosses gouttes. Un détail aussitôt frappa le vigile. Ce grand pèlerin au visage très brun ne souriait pas, ne levait pas la tête. Et surtout, il portait une grosse veste de toile, incongrue avec cette chaleur. « Eh bé, celui-ci ne va pas avoir froid ce soir… »

Ce n'est que lorsqu'il fut de profil puis de trois quarts arrière que Bruno Lussan nota l'autre détail étonnant. Le pèlerin portait un sac à dos de couleur bordeaux. Il fallut encore quelques secondes pour que le vigile comprenne que quelque chose n'allait décidément pas. Ce sac à dos, bien reconnaissable, était celui des pèlerins de l'Hospitalité Notre-Dame de Lourdes de Bordeaux. Tous les participants de cette Hospitalité bordelaise le portaient, sur leur tenue de service, une chemise bleu clair. Lussan nota la grosse veste sombre fermée, ce qui n'était pas vraiment dans les habitudes des Bordelais. Et ce sac à dos ? Il regarda autour de lui. Le grand gars était seul, isolé au milieu des Écossais suivis par quelques Polonais qui poussaient des fauteuils d'handicapés. Il revint vers lui mais l'homme était déjà à une dizaine de mètres, entraîné par la pente vers l'esplanade, une fois le portail franchi, qui accélérait le rythme de la foule. Lussan vit alors ce qui n'allait vraiment pas : des pompons multicolores orientaux se balançaient sur la poignée du sac à dos. « Nom de Dieu ! Mais c'est pas possible ! C'est le sac de la jeune de l'autre jour… »

Lussan hésita. Son collège était toujours dans la guérite de garde, à quinze mètres de l'entrée. Il l'appela deux fois, par son prénom. L'autre n'entendait rien. Il devait aussi écouter la radio. Il quitta le portail, se glissa au milieu du flot des pèlerins et cria, assez fortement, en direction du groupe qui s'éloignait :

– Eh vous, là-bas. S'il vous plaît. *Please… please*, arrêtez-vous !

Des Polonais le regardèrent, étonnés. D'autres pèlerins butèrent sur lui. Il se replaça sur le côté et descendit le plus vite possible vers la guérite. La foule était trop compacte. Il avait perdu de vue le groupe du pèlerin au sac à dos bordeaux. Il se hissa sur un gros rocher posé sur l'herbe et scruta le bas de la rampe. Lussan vit de nouveau le groupe, sur la place où se trouvaient le Centre d'information et le bureau de permanence des pèlerinages. Il était trop loin pour qu'il le rejoigne. De plus, il ne pouvait pas quitter son poste sans prévenir son collègue. Lussan entra en trombe dans la baraque des vigiles.

– Patrick, putain, tu m'entends pas ou quoi ? Qu'est-ce que tu fous ?

Patrick Cassagne, son collègue amateur de mots fléchés, leva la tête, étonné, avec un sourire soudain goguenard.

– C'est plutôt à toi qu'il faut le demander ce que tu fous. Ta permanence n'est pas finie, que diable, non ?

Il allait se replonger dans le magazine mais il releva la tête, le sourire soudain figé.

– Mais t'as quoi, Bruno ? T'as vu ta tête ? Tu me fais pas un infarctus tout de même ! Ou alors, t'as la *caguère*. Les prunes ça ne te réussit pas, je pense…

Lussan avait saisi le téléphone de service et regardait la fiche des numéros affichés sur le panneau, à gauche du bureau.

– Oh Bruno, réponds ! Tu cherches quoi ?

Le visage écarlate, essoufflé par l'émotion et une situation qu'il ne comprenait pas encore très bien, Lussan pointa du doigt une ligne et pianota sur le combiné.

– Patrick… Va dehors. Remplace-moi deux minutes. Je t'expliquerai. Y a un mec suspect qui est entré et… Merde !

Il s'interrompit, le poing serré tapant le bureau. La ligne du chef de la sécurité du Sanctuaire était sur répondeur. Patrick entendit le signal sonore de la messagerie s'enclencher. Il resta sur le pas de la porte, déjà ouverte, pour comprendre. Lussan commença le message, un peu emmêlé, confus, mais assez clair pour être compris.

– Ici, c'est Lussan. À la porte Saint-Joseph. Tout à l'heure, enfin maintenant, je… Il est 20 h 25, presque, presque. Voilà, j'étais au portail et des Écossais… Plutôt non, un mec pas écossais est passé. Et voilà quoi : il portait un sac de l'Hospitalité bordelaise sans avoir l'uniforme bleu, vous savez. Vous le connaissez, je pense.

– Abrège Bruno, abrège, faut faire vite, putain, l'interrompit Patrick.

– Donc, je disais que ce mec, genre arabe je dirais, est passé avec ce sac à dos qu'il ne devrait pas avoir. Il appartient à une fille, une jeune hospitalière de Bordeaux. Avec des pompons. Le sac, je veux dire… Et il portait une grosse veste. Et je me suis dit que c'était pas normal.

Bruno Lussan transpirait à grosses gouttes. Il n'avait plus fait de compte rendu à ses supérieurs depuis près de vingt ans. Il ne trouvait plus ses mots. Tout se bousculait dans sa tête. Plus il y pensait, plus ce pèlerin passé devant lui, à quelques mètres, lui faisait peur. Patrick revint vers l'intérieur de la guérite et lui enleva doucement le combiné.

– Laisse, Bruno… Laisse-moi faire, calme-toi. Heu… Monsieur, là c'est Cassagne qui parle, le collègue de Lussan. Il est secoué, un peu. On dirait, en tout cas. En fait, rappelez vite, hein, s'il vous plaît. Dès que vous avez le message. C'est urgent je pense, compte tenu des évènements.

9

Il fallait maintenant se dépêcher pour ne pas être en retard à la mise en place de la procession mariale. Cette tradition du soir était très attendue par les pèlerins. Instaurée dès 1863 par le père Marie-Antoine, un capucin surnommé « le saint de Toulouse », elle était un évènement majeur de la journée. Chaque année, le Sanctuaire organisait deux cents processions aux flambeaux. Entre avril et fin octobre, rien ne pouvait interrompre ces grandes marches de prière, quelle que soit la météo. Venues de différents diocèses de France et du monde, les Hospitalités avaient leur place attitrée dans la longue procession qui commençait à 21 heures. Les points de rassemblement le long du gave et aux abords de la grande esplanade étaient connus à l'avance de tous les responsables. Le minutage et la répartition des zones d'attente étaient stricts. Il fallait éviter le désordre et les mouvements de foule préjudiciables au recueillement et à la dignité de la cérémonie.

En quittant l'accueil Notre-Dame, l'Hospitalité de Bordeaux s'était rassemblée sur la rive droite du gave, sous les platanes, devant l'église Sainte-Bernadette. Elle partirait en cortège à l'heure dite vers le pont des Piscines et reviendrait s'aligner ensuite rive gauche, au début de l'esplanade, juste au pied de la grande statue de la Vierge couronnée, carrefour central du Sanctuaire. C'est de là que partirait la procession, vers l'ouest d'abord, avec le château fort en ligne de mire, puis en revenant ensuite vers l'est, le regard et les prières tournés vers les deux basiliques illuminées par des centaines de projecteurs : l'altière Immaculée Conception et sa flèche sombre pointée dans le ciel pyrénéen, Notre-Dame du Rosaire donnant sur l'immense parvis de dix mille mètres carrés. La foule immense des pèlerins y serait réunie pour la dernière prière du soir autour de 22 heures.

Manon aimait ce moment précis qui précédait de quelques minutes le début de la procession aux flambeaux. Lancés dans une sarabande bruyante, des milliers de martinets achevaient leur journée avant d'aller nicher dans les platanes. Les chariots et les fauteuils maintenant alignés quatre par quatre sur le point de rassemblement attendaient le signal de départ derrière les bannières traditionnelles qu'aucun souffle de vent ne soulevait. À deux pas des premiers rangs, les brûloirs chargés de centaines de cierges offerts par les pèlerins grésillaient dans l'obscurité, répandant une lueur orangée de forge ancienne. L'odeur chimique de la cire fondue se mélangeait au parfum sucré des aubiers bordant le gave. Deux feutiers chargés de l'entretien passaient de boîte en boîte pour redresser ou enlever les cierges, les éteindre ou les rallumer. Ramollis par la chaleur concentrée sous les abris, les plus fins pliaient et se recourbaient sur eux-mêmes jusqu'à toucher le socle. Les plus gros, décorés de rubans ou d'incrustations votives, pesaient jusqu'à soixante-dix kilos. Ceux-là pouvaient brûler pendant des jours.

Rien n'échappait à l'attention des feutiers, lancés dans un ballet rapide et précis qu'observaient les pèlerins. Ces volontaires dévoués servaient le Sanctuaire du matin au soir. Manon avait appris dans son livret de pèlerinage que plus de quatre cents tonnes de cire étaient brûlées en moyenne chaque année. L'élite de ces équipes d'entretien, regroupée sous la bannière des « feutiers de l'Apparition », honorait aussi une autre mission de confiance à laquelle ils tenaient particulièrement : veiller sur l'imposant candélabre de la Grotte, une composition de quatre-vingt-dix cierges couronnés par un cierge sommital.

Des briquets circulaient. Les fumeurs prenaient leur revanche. Ils plaisantaient en insistant sur la nécessité de leur présence pour allumer les cierges que chaque pèlerin allait porter fièrement pendant la procession. Ce moment était un peu la hantise de Manon et des autres hospitaliers. Les malades et les handicapés tenaient à porter eux aussi leur cierge afin d'être associés dans le même geste aux milliers d'autres pèlerins « valides ». Les plus faibles avaient des difficultés à le tenir longtemps. Malgré la collerette de papier entourant la mèche et la flamme, la cire bouillante coulait parfois sur leurs doigts. Certains restaient figés en regardant le liquide brûlant ruisseler sur leur main, muets d'effroi, la bouche grande ouverte sur une douleur qu'ils ne pouvaient pas exprimer. D'autres avaient déjà froid. Il fallait les couvrir, déplier la grande couverture de laine tricotée au crochet. En quittant l'accueil Notre-Dame, chaque hospitalier devait veiller à emporter une couverture dans son chariot ou son fauteuil attitré.

Avant même les premiers *Ave Maria* qui allaient rythmer l'heure de procession lente et solennelle, l'esplanade bruissait d'un murmure doux et joyeux. Il traduisait l'excitation de tous, la foi et la joie partagées dans la douceur de cette nuit de juillet.

Manon voulait des repères. Elle relut dans son livret de pèlerinage la phrase prononcée à Lourdes par Jean-Paul II, au soir du 14 août 1983, à la dernière minute de la procession mariale qu'il avait présidée, moins de deux ans avant sa mort : « Dans cette nuit paisible, nous veillons. Nous prions. Non plus chacun dans le secret mais comme un immense peuple en marche à la suite de Jésus-Christ ressuscité, nous éclairant les uns les autres, nous entraînant les uns les autres. »

L'étudiante pas très pieuse avait été séduite par ces mots simples qui donnaient du sens à sa présence à Lourdes. Nulle part ailleurs, elle n'aurait lu ou relu ce texte. Tenant fermement la poignée du chariot sur lequel était allongé Sébastien, elle se sentait heureuse, au cœur de ce peuple de croyants rassemblant toutes les nations, tous les peuples, toutes les langues. Elle en était, elle aussi. Elle marchait comme des millions d'autres pèlerins l'avaient fait avant elle. Elle allait refaire les mêmes gestes. Ceux d'une camarade de Bernadette, venue la première fois avec un cierge, le 18 février 1858, jour de la troisième apparition. Ceux de cette foule immense et bigarrée, un 14 juillet du XXIe siècle.

La procession avait commencé, à pas lents. Des arrêts réguliers permettaient de rajuster les couvertures, de rallumer les cierges. Les chapelets succédaient aux *Ave Maria* dans toutes les langues des pèlerinages présents. La récitation n'était en rien mécanique. Au début de chaque dizaine, des phrases répétées dans chaque langue donnaient l'orientation de la prière, chacun pouvant porter ses propres intentions dans la prière des autres. Manon chantait, vérifiait le maintien de la couverture sur Sébastien, immobile, souriant au ciel immense. Au-dessus de lui, les étoiles de l'été s'allumaient une à une. Il les comptait peut-être. Manon le voyait aux légères crispations de ses lèvres. Elle lui souriait, essuyait le filet de bave qu'il laissait échapper.

Quand commençaient les *Ave Maria*, elle lui prenait la main et battait quelques mesures avec lui. Parfois, elle avait l'impression qu'il tressaillait, que son poignet ou ses doigts répondaient par de petites secousses, presque indétectables. Elle insistait mais se rendait vite à l'évidence. Sébastien ne bougeait pas. Il ne transmettait rien d'autre que son sourire et ses grands yeux ouverts sur une interrogation sans fin. Les vibrations étaient celles des roues du chariot sur le chemin goudronné de la procession. C'était tout. Rien d'autre. Manon le regrettait. Mais, ce soir-là, elle lui prit la main plus souvent que d'habitude. Sans se l'avouer, elle espérait un signe.

Une famille espagnole marcha quelques minutes à ses côtés, au moment où les bannières de Bordeaux arrivaient sur le parvis, avant la grande manœuvre qui consistait à orienter et à ordonner en rangs serrés les chariots et les fauteuils face à la grande scène ouvrant sur la basilique Notre-Dame du Rosaire. Les pèlerins comme les simples curieux pouvaient se mélanger aux groupes organisés. C'était la tradition de Lourdes. La langue pouvait les séparer. La foi et les chants les réunissaient. Les deux enfants espagnols regardaient Sébastien à la dérobée. Manon devinait qu'ils étaient impressionnés, comme tant d'autres, par sa jeunesse, son visage lisse et souriant et ce terrible handicap qui le transformait en gisant de chair et d'os, immobilisé sur ce matelas de mousse. Avec les quelques mots d'espagnol qu'elle connaissait, elle leur donna le prénom de « son » malade, son âge. En contournant la grande statue blanche de la Vierge couronnée, elle fit aussi les présentations, cette fois aux parents, en anglais :

– Ici, le 3 juillet 1876, plus de cent mille personnes sont venues assister au couronnement de la Vierge. Et la couronne est vraie ! Elle est faite de pierres venues de toute la France, elle a été fabriquée par Mellerio, le plus célèbre joaillier de Paris à l'époque.

Étonnés, impressionnés, les Espagnols prirent des photos. Ils demandèrent aussi à photographier Manon avec Sébastien en arrière-plan. Elle accepta de bon cœur. Avant qu'ils ne s'écartent pour permettre de ranger les chariots, elle leur désigna une nouvelle fois la Vierge couronnée :

– *María dirige a Cristo*, tenta-t-elle en espagnol. Marie guide notre regard vers lui. Regardez ! Elle indique la bonne direction. Tournons-nous vers les basiliques.

10

– Arnaud, tu n'as pas entendu ? Je te parle. Coucou, j'existe…

Le capitaine Payolle releva la tête, froid, sans ce sourire confiant que sa femme Sarah aimait tant chez lui.

– Ça va. Je t'écoute…

Cette réponse était pire que tout. Sarah pensa quitter la cuisine, aller rejoindre ses filles à l'étage, qui tardaient à se coucher.

Arnaud avait cessé de picorer les miettes. Tassé sur lui-même, les épaules voûtées, il soupira et, la voix sourde, résignée, pleine de sous-entendus impossibles à interpréter, se tourna vers elle :

– Bon, OK, d'accord…

Il regarda de nouveau Sarah. Il sourit, sans éclat, par obligation, sans ces fines pattes-d'oie que son sourire habituel faisait naître au coin des yeux, ces rides fines apparues à la quarantaine que sa femme aimait suivre du bout des doigts. La mort horrible de sa collègue Fanny Fournier, la blessure grave du commandant Cabana, l'assassinat du vieux curé à l'église paroissiale, l'attentat au funiculaire du pic du Jer… Arnaud portait sur le visage, dans les yeux, les marques du stress, une fatigue immense.

– Oh, pardon. Je sais… C'est difficile. Je devrais…

– Sarah, l'interrompit-il, la voix plus claire, ce n'est pas facile pour toi, pour les filles non plus. Moi, je suis dans mon métier. C'est mon job, ma responsabilité. Toi, tu ne peux qu'attendre. Je sais, je suis désolé.

Sa voix tremblait un peu. Il avait les deux poings serrés l'un contre l'autre. Sarah s'en voulait. Elle sentit ses larmes monter. Elle ne se sentait plus capable de parler sans se mettre à pleurer. « Pas maintenant, se dit-elle. Non, ne pas ajouter de la tristesse. Ne pas le préoccuper davantage. » Par chance, Arnaud se leva, contourna la table et la prit dans ses bras. Elle l'entendit murmurer dans son cou, doucement, comme une caresse.

– En quittant Pau, je croyais trouver des missions plus tranquilles, tu te souviens. Je voulais me consacrer davantage à toi, aux filles. C'est raté.

– Je sais, je sais, murmura-t-elle les yeux embués de larmes.

– Ce qu'on vit en ce moment est terrible, mais ce n'est rien par rapport à ceux qui ont perdu la vie, qui sont blessés. On n'est pas les premiers. À Paris, à Nice, à Trèbes, ailleurs, ils ont subi ça. Ils ont résisté, fait face. Nous aussi, on va y arriver. Si on ne le fait pas, nos enfants nous le reprocheront un jour.

– Oui, oui, je sais. Tu as raison. On va être forts, ensemble.

– Tu vois, depuis ce matin, je me demande où on a merdé, qu'est-ce que je n'ai pas vu qu'on aurait dû voir. Ça me mine, tu ne peux pas savoir.

– Mais tu n'es pas responsable…

– Il y a eu forcément des signaux, poursuivit Payolle, comme pour lui-même. Des signaux infimes peut-être, mais bien là, sous nos yeux. On n'a pas vu. Ou on n'a pas voulu voir et ça, c'est le pire. Comme les autruches, tu sais. La tête dans le sable… À Lourdes, putain, à Lourdes ! Tu peux être sûre que leur propagande va se régaler.

– Mais c'est fini, après ce qu'ils ont fait…

– Fini ? Fini, peut-être. Je pense qu'ils ont grillé de belles cartouches. On a arrêté des mecs et une fille. Mais il y en a encore, des frères, dans la nature. Si c'est fini chez nous, je sais que ça pétera ailleurs.

Arnaud Payolle se dégagea de l'étreinte et regarda Sarah dans les yeux. Du revers de l'index, il essuya une larme qui coulait sur sa joue. La peau était douce et chaude. La larme aussi.

– Ce n'est rien, chérie. Tu sais, tu peux pleurer. Ce n'est pas honteux. Pleurer, c'est aussi partager quelque chose. On peut pleurer, si on reste fort et déterminé. C'est comme les bougies et les peluches qu'on met dans la rue après les attentats. Il en faut, c'est sûr, mais si on s'arrête à ça, on a perdu la bataille. Et les autres gagnent parce qu'ils savent, à ce moment-là, qu'ils nous ont mis les deux genoux à terre. On peut pleurer et prier. Après, il faut combattre.

Arnaud porta son index à ses lèvres et embrassa la larme. Il refit le même geste sur l'autre joue. Sarah souriait mais ses jambes étaient en coton.

– C'est salé, dit-il en mimant une grimace. Tes larmes me donnent de la force. Pour que tu n'en verses plus. Bon, je vais coucher les filles…

Il n'était pas encore arrivé sur le palier que son téléphone mobile, resté dans le salon, se mit à sonner en vibrant.

– Arnaud, c'est pour toi.

– Oui, j'entends. Regarde qui c'est.

Il entendit la réponse au moment où il allait entrer dans la chambre des filles. Elles l'avaient entendu monter et s'étaient cachées. Il eut le temps de lancer la formule rituelle :

– Si je vous trouve, que le grand Cric vous croque…

– Arnaud, c'est… Un certain Lussan, Bruno. Tu m'entends ?

Payolle avait parfaitement entendu. Le vieux vigile du Sanctuaire qu'il voyait parfois au rugby était un gars sympathique et très ouvert. Ancien gendarme, il connaissait beaucoup de gens et d'histoires sur la ville. Pendant les premières semaines après son arrivée au commissariat de Lourdes, Payolle s'était acclimaté très vite grâce aux histoires et confidences de Lussan, parsemées de dictons pyrénéens locaux. Il le soupçonnait d'en avoir inventé une bonne partie. Les discussions autour d'une bière avaient permis au capitaine de se familiariser avec les us et coutumes de la ville mariale, en découvrant les profils et manies de certains notables, comme l'existence de dossiers sensibles qu'aucun rapport ne signalait. Cet appel de Bruno Lussan était très inhabituel. Le vigile n'avait utilisé son numéro qu'une seule fois ces dernières années : pour s'excuser de ne pouvoir venir à un pot du club.

– Attendez-moi les chipies, je reviens. Sarah, décroche, s'il te plaît ! Dis-lui que j'arrive. Je t'expliquerai.

Bruno Lussan était excité. Il s'excusa trois fois avant d'en venir au fait. La conversation ne fut pas longue. Payolle comprit dès les premières explications : Lussan avait vu un homme grand et brun, avec une grosse veste noire malgré la chaleur et sur le dos un sac à dos bordeaux à pompons volé la veille. En trois questions sur le lieu, l'heure, l'ambiance, le capitaine cerna précisément la situation. Il regarda sa montre : 20 h 37. La grande procession mariale aux flambeaux commençait à 21 heures. Il voyait parfaitement la scène pour y être allé plusieurs fois en famille. Des dizaines de milliers de gens seraient concentrés sur l'esplanade. Il se retourna vers sa femme.

– Je crois qu'on a un problème. Au Sanctuaire. Je dois y aller.

Sa veste et son arme de service étaient restées dans le placard de l'entrée. Il ajusta son holster, vérifia le chargeur de son SIG-Sauer SP 2022. Au poids, il devina la présence des quinze cartouches de 9 mm. Il repensa à son dernier tir d'entraînement une semaine plus tôt. Il avait failli le rater, appelé au dernier moment par le commandant Cabana. Un major de la police lui avait réglé la hausse. Ses cartons avaient été très corrects malgré sa vue qui commençait à baisser. Le major l'avait félicité :

– Mon capitaine, avec cette arme vous mettez tout dans le buffet. Enfin, à quinze ou vingt mètres. Au-delà, il faut être bon. Il suffit de se concentrer un peu plus et de ne pas tirer en étant essoufflé.

Sarah l'avait suivi dans le couloir. Elle l'observait en silence, s'empêchant de dire quoi que ce soit. Pouvait-elle lui demander de ne pas y aller, pas cette fois ? Au nom de leur amour, de leur famille, de leurs enfants ? Il fallait qu'elle défende aussi tout cela. C'était sa responsabilité de mère. Elle se tut. Par amour. Arnaud se retourna.

– Voilà. J'y vais. Je reviens vite.

Un « oui » timide et vraiment pas convaincu lui répondit. Sarah baissa les yeux. Son mari faisait son travail. C'était normal. Mais ce travail le lui arrachait et cette soirée du 14 juillet lui mettait un goût amer en bouche. Pour la première fois depuis leur mariage, elle avait l'impression qu'Arnaud allait à la guerre et qu'il pourrait ne pas revenir. Comment le lui dire ? Il ne fallait pas lui parler de cela, pas maintenant.

– En fait, je risque de revenir un peu tard, lança-t-il en lui prenant les épaules. Tu peux coucher les filles ? Je les verrai demain. Je voulais te dire, Sarah...

Payolle hésita. Pourquoi allait-il l'inquiéter, sans doute pour rien ? Quels mots employer, à cet instant, qui ne soient pas ridicules ni grandiloquents ? Il fallait partir. Il l'embrassa sur la bouche, trop légèrement, et le regretta aussitôt. « Il est déjà dans sa mission », comprit Sarah. De nouveau, il se pencha sur elle. Le baiser fut plus appuyé. Ses lèvres étaient tièdes. Il s'attarda, elle aussi.

– Vas-y, murmura-t-elle en se dégageant, au moment où il commençait à vouloir la serrer plus fort dans ses bras.

Tendue, au bord de la nausée qu'elle sentait monter depuis quelques minutes, Sarah le regarda monter en voiture. Étonnée, elle entendit le moteur démarrer mais son mari ne partait pas. Légèrement penché vers l'avant, il semblait regarder son mobile ou composer un numéro. Elle allait ouvrir la fenêtre quand la Peugeot commença à rouler lentement, sur la contre-allée pour rejoindre la rue Lucien-Pourxet. Elle entendit le bip d'un message arrivé. C'était le numéro d'Arnaud. Un texte bref. Elle lut : « Je t'aime, je t'aime. À tout à l'heure. » Dans la seconde d'après, une nouvelle fenêtre grise s'alluma : « Je t'aimerai toujours. » Le futur et le « toujours » furent de trop. Bouleversée par ces mots qu'elle prit pour un dernier message, un adieu avant une séparation définitive, Sarah éclata en sanglots.

11

Bouraoui avait choisi de louer un Vito Mercedes, utilitaire de six mètres cubes, réputé très solide : cinquante-cinq euros laissés en liquide sur le comptoir du loueur, pour une journée et cent kilomètres. Cela suffirait. Bouraoui avait souri malgré lui à l'employé très consciencieux pendant le tour du véhicule. Le constat de départ avait été rapide.

– C'est un bébé Vito, m'sieur. Tout neuf. Pas une éraflure. Il a 1 548 kilomètres.

Rachid pensa que ce Vito n'aurait pas beaucoup plus de kilométrage au compteur quand le loueur le récupérerait. Mais dans quel état ? Il ne serait plus là pour signer le constat du retour. Le tour serait aussi vite fait qu'au départ : « Épave explosée. À réformer. »

La mobilisation policière déclenchée sur tous les grands axes de l'agglomération dès l'annonce des attentats du samedi matin le préoccupait. Les principaux ronds-points sur la route de Tarbes, au débouché de la gare et à l'entrée de la route de Pau, à hauteur du pont de chemin de fer, allaient être contrôlés. Le filtrage serait sévère. Rachid ne pouvait pas prendre le risque d'être intercepté. La veille, par précaution, il était allé garer son Vito rue de Gascogne, devant l'hôtel du Clos Fleuri. Il le rejoindrait à pied sans passer par l'avenue Alexandre-Marqui, sans se rapprocher de la gare, en prenant la route de Pau au tout dernier moment. L'itinéraire choisi lui permettrait de contourner toutes les zones les plus surveillées.

Sorti par l'arrière de son immeuble qui donnait sur la cité Albert-Ier, il fit un long détour par la rue Louvain, le chemin de Labastide et la rue des Flandres. S'efforçant de marcher le plus naturellement possible malgré le gros sac de sport qui lui sciait l'épaule, il fut sur place en quinze minutes. Il regarda l'heure en s'installant derrière le volant : 21 h 31. Le ciel était encore clair, rosé orangé vers l'ouest. Il avait un quart d'heure devant lui pour mettre en place son feu d'artifice personnel du 14 juillet. Il aurait lieu à 21 h 55, cinq minutes avant la fin de la procession. Son repérage, trois jours plus tôt, l'avait convaincu que c'était le meilleur moment, quand les milliers de pèlerins rassemblés sur le parvis de la basilique attendaient la bénédiction finale. Juste avant la dispersion de 22 heures.

Il lui fallut un peu plus de temps que prévu pour connecter les charges préparées dans l'appartement aux fils conducteurs et aux détonateurs volés à la carrière du Soum. Grâce à Bilal, il manipulait du très bon matériel. Installé à l'arrière du Vito, sans jamais cesser de regarder l'extérieur, à intervalles réguliers, Rachid vida son énorme sac de sport, manié avec tant de précautions. Son épaule et son dos lui faisaient mal. La marche avec ces quarante kilos de matériel l'avait épuisé. Il étala devant lui les boîtes contenant les quinze kilos de poudre blanche de TATP, les deux petites bonbonnes de gaz, les fils électriques de couleurs différentes et les détonateurs gris. Le claquement sec de l'ouverture de son cran d'arrêt le rassura. Il aimait ce travail précis d'assemblage qui commençait. Son masque de protection et la chaleur dans l'habitacle entièrement fermé le gênaient. Il devait travailler vite mais sans gestes brusques.

L'arrière du Vito ressemblait à la paillasse d'un véritable laboratoire clandestin. Un atelier du diable. Rachid maniait avec d'infinies précautions ces cristaux blancs comme du sucre, baptisés la « mère de Satan » pour leur puissance meurtrière. Il se réjouissait en imaginant les effets de son minutieux montage de mort : « Encore mieux qu'au Bataclan, parce que mieux préparé... » S'il ne s'était pas trompé, l'énorme effet du souffle et la terrible explosion du gaz brûlant disséminant des centaines de clous et de vis ouvrirait les portes de l'enfer à des centaines d'ennemis.

Bouraoui avait appris à fabriquer cet explosif artisanal surpuissant à Raqqa, sous la houlette de deux djihadistes tchétchènes venus du Caucase russe. La veille, il avait passé la matinée à préparer les mélanges, veillant aux proportions précises mémorisées depuis des mois : l'acétone, l'eau oxygénée et l'acide chlorhydrique, achetés en petites quantités par ses complices ou volés à l'hôpital par Karim. Après deux heures de travail, tout avait été transformé en peroxyde d'acétone.

Rachid referma les boîtes après avoir fixé les détonateurs pyrotechniques reliés aux fils électriques. Il avait testé au préalable leur bon fonctionnement, à blanc, avec un bouton-poussoir qu'il garderait à portée de main. Il posa délicatement l'un des deux gros sacs de sport sur le siège avant, son couteau ouvert à côté. L'autre sac, le plus lourd, relié par des fils plus longs, reposait juste derrière lui, sur le plancher du Vito. L'horloge du tableau de bord indiquait 21 h 43. Même s'il ne pouvait pas rouler très vite, il ne lui faudrait pas beaucoup plus de cinq minutes pour arriver sur le site. Il était dans les temps.

Bouraoui resta quelques minutes immobile derrière le volant. Méfiant, aux aguets, il observait tout ce qui se passait devant son véhicule, sur les côtés, vers l'arrière. À Alep, lors de son premier combat, son impatience d'aller au contact avait failli faire capoter l'opération : une embuscade contre un pick-up de l'armée régulière syrienne. Il était arrivé trois semaines auparavant dans la ville, envoyé en renfort au profit d'un groupe djihadiste frère, mis en difficulté sur la ligne de front. Bouraoui avait ouvert le feu, avant l'ordre de son chef, un Tchétchène aguerri. Les sept occupants du transport de troupe avaient été massacrés. Bouraoui avait personnellement égorgé le plus vieux, un homme maigre et ridé aux cheveux blancs, sans doute un réserviste. Mais son chef l'avait menacé de le renvoyer à l'arrière pour indiscipline.

Ensuite, Bouraoui avait appris la patience et pris du galon. Dans les derniers combats de Raqqa, il commandait une *katiba*[1]. Les effectifs avaient fondu au fil des engagements et surtout des bombardements aériens de plus en plus meurtriers. À la fin, il n'avait plus qu'une vingtaine d'hommes sous ses ordres. « Des lions », se

1. Une compagnie.

souvenait-il avec nostalgie. Des combattants prêts à tout pour sauver le califat. La mort ne leur faisait pas peur. Ils la donnaient ou la recevaient avec la même ardeur, ou la même indifférence. Tous le savaient : mourir pour Allah c'était l'assurance d'aller directement au paradis et d'obtenir toutes les récompenses que leur pauvre vie terrestre ne leur apportait pas.

La seule chose qui leur faisait peur était les combattantes kurdes. Des meufs ! Ils en avaient plus peur que des hommes, persuadés qu'ils iraient en enfer s'ils étaient tués par une femme. L'action kamikaze d'Arin Mirkan, une jeune milicienne kurde qui s'était fait exploser dans la bataille de Kobané en emportant avec elle des dizaines de djihadistes, les avait terrifiés. En montant au combat dans le nord de la Syrie, ils demandaient de plus en plus souvent à leurs chefs si des *Yekîneyên Parastina Jin'es*[1] étaient déployées face à eux. Leur ardeur au combat n'en était que décuplée. Et aussi leur sauvagerie sur le corps des malheureuses YPJ capturées vivantes. Mais, depuis 2013, plus aucune ne se laissait prendre vivante.

C'est pour Allah et en souvenir de ses valeureux « lions » que Bouraoui avait longuement préparé cette opération. Elle serait la dernière de sa vie. La plus ambitieuse, la plus terrifiante, comme le reconnaîtraient ses frères entrés dans la clandestinité. Ceux qui vivraient après lui et chanteraient ses louanges.

1. YPJ, Unités féminines kurdes de protection du peuple.

12

Bruno Lussan avait attendu le capitaine Payolle à la guérite de permanence de la porte Saint-Joseph. La foule des pèlerins continuait d'arriver et de se déverser sur l'esplanade. Le policier avait recompté machinalement les énormes banquettes anti-intrusion en béton posées devant le portail : « Treize plots. Suffisant pour arrêter un véhicule. Mais pas un mec à pied avec une ceinture ou une veste bourrée d'explosifs. Aucun portique de sécurité. Deux agents de service seulement à l'entrée. Trop léger. » Il comprenait que c'était une faille et espérait que les terroristes ne l'aient pas repérée ni exploitée. C'était peut-être trop tard.

– Merci Lussan. Merci d'avoir appelé, dit Payolle. Des nouvelles de Cestas ? S'il ne rappelle pas, c'est qu'il doit être très occupé.

Alerté par Lussan, le responsable de la sûreté du Sanctuaire avait juste envoyé un texto en guise d'accusé de réception. Le message était bref, pas très explicite : « OK Lussan. Bien noté. Merci. Mesures prises. » Payolle se demandait quels dispositifs supplémentaires avaient été mis en place. Retrouver un individu dans la foule nécessitait de lancer des agents à sa recherche. Il n'y en avait pas assez. Il essaya deux fois d'appeler lui-même Cestas. En vain. La ligne était occupée. Au troisième appel, il s'apprêtait à rejoindre le central sécurité pour mieux comprendre ce qui se passait quand son portable vibra.

– Payolle ? Ouais, salut. C'est Cestas. Tu es au courant ? Lussan t'a dit ? Bon, j'ai mis deux mecs supplémentaires dans la foule pour repérer le gus. Tu peux me mettre quoi en renfort ?

Le capitaine réfléchit à toute vitesse. Tous ses effectifs étaient mobilisés. Une partie était en ville, dispersée en mode statique aux différents ronds-points distribuant les accès au centre-ville de Lourdes. Des hussards parachutistes de Tarbes étaient en deuxième rideau au cas où un contrôle se passerait mal. Les ordres du préfet étaient formels : « Ouverture du feu en cas de légitime défense ou de mise en danger de la vie d'un collègue. »

Payolle savait que personne ne se ferait prier pour utiliser son arme. L'agression barbare contre le commandant Cabana était dans toutes les têtes. Il devinait que les policiers et les militaires auraient à cœur de ne pas se laisser surprendre. Les autres collègues faisaient des patrouilles pour sécuriser le périmètre du feu d'artifice et aux abords du Sanctuaire. Les derniers étaient de garde au commissariat, avec un renfort de militaires postés à chaque entrée de la rue Baron-Duprat. Quelle serait la cible ? Aucun renseignement ne permettait encore de lever le doute.

– Je n'ai plus grand monde, Benoît. C'est un peu la dèche. J'attends encore un renfort de CRS de Toulouse.

Ils risquent d'arriver après la bataille. On a aussi des gars du régiment de Bayonne. On réquisitionne maintenant des forces spéciales, c'est dire !

– On n'a pas le choix. Il faut prendre ce qu'on a sous la main. Et ce sont des bons, ces gars.

– Oui, bien sûr. Le commandant m'a d'ailleurs parlé de tireurs d'élite. On verra bien. Pour mes mecs, ils sont tous mobilisés. Si je peux en récupérer un ou deux, c'est bien le maxi.

– Et si on a un gros pépin ici ?

– Ne t'inquiète pas. C'est prévu. Si ça tape au Sanctuaire… On a la procédure et l'accord du préfet. Tu auras des collègues qui rappliqueront et la réserve de Sentinelle fera mouvement.

– Mouais, murmura Benoît Cestas, dont la voix trahissait une certaine circonspection. Si ça tape, tu dis… Mais ce sera après. Les dégâts seront faits.

– Si tu as la solution pour que ça ne tape pas, tu me le dis, Cestas, répliqua Payolle, pressé d'agir. Et tu me le dis vite, qu'on prenne les dispositions. Je n'ai pas le choix, mon vieux, et tu le sais. On a trop de cibles à couvrir après ce qui s'est passé ce matin. La priorité est de retrouver, identifier et éventuellement neutraliser ce mec au sac à dos.

– Une aiguille dans une botte de foin…

– Je sais mais on est sur une terre de miracles, non ? À partir de maintenant, Cestas, on reste en liaison sur le réseau interne. La moindre info, tu préviens. Et réciproquement.

En raccrochant, Arnaud Payolle vit Lussan qui le regardait avec attention. Le vigile était inquiet. Il ne pouvait pas le cacher. Il attendait des indications, une mission, des ordres. Le capitaine n'avait plus le temps de demander lui-même la conduite à tenir au commissaire divisionnaire arrivé de Tarbes en fin de matinée. Il faudrait tout lui expliquer de nouveau, lui faire un point de situation pour s'entendre dire, sans aucun doute :

– Payolle, vous connaissez le terrain. À vous de voir ce qui est le mieux.

C'était trop tard. Lui connaissait Lourdes et le Sanctuaire. Il fallait agir sans attendre, retrouver le suspect dans la foule. Ne l'ayant pas vu et les indications données par Bruno Lussan étant des plus vagues, l'identification serait plus longue. Il venait de prendre sa décision.

– Lussan, avec moi. Laissez votre collègue ici. Il peut assurer seul la permanence. Je préviendrai Cestas. On y va. *Let's go* Lussan.

L'ancien gendarme bondit dehors comme un cabri, arrachant un sourire à Payolle. Au passage, Lussan saisit une matraque télescopique qui ne quittait jamais la guérite de surveillance. Les vigiles ne s'en étaient jamais servis. Les deux hommes descendirent à grandes enjambées la pente vers la zone de l'accueil. Des pèlerins se reposaient sur les bancs en marbre des Pyrénées. En montrant sa carte de police, Payolle leur demanda poliment de se lever. Il avait mis son brassard orange marqué « Police ». Il aida Lussan à se hisser à son tour, debout sur le banc.

– Bon, Lussan, c'est le moment ou jamais. Vous y voyez bien ? Je veux dire, assez pour voir éventuellement notre mec.

Vexé, Lussan cligna des yeux et grogna.

– Mon capitaine, à la palombe ou là-haut dans la montagne, je vous mets au défi. Je chasse depuis tout petit. Le gibier, ça me connaît.

– Mais pas le gibier humain, dans une foule de dizaines de milliers de personnes qui ne cessent pas de bouger.

– Faites-moi confiance, macarel ! Mon père m'a appris à regarder comme il faut une pente ou une forêt, comme lui-même l'avait appris de son père. Je n'ai pas de diplôme comme vous mais la nature, je sais la regarder, l'interpréter. J'anticipe même...

Payolle sourit, ému par l'indignation du vieux vigile. « S'il anticipe, c'est parfait. Anticipons ensemble, alors... »

– Bien sûr, Lussan. Je n'en doute pas, soyez-en sûr. N'oubliez pas que je suis d'ici. Du Val d'Adour c'est vrai, pas de Gavarnie, mais je connais un peu le pays tout de même. Je sais que dans nos montagnes, la vue est une arme.

– Aussi bonne qu'une lunette de précision. Et derrière, il y a le cerveau du chasseur, avec toute son expérience...

– OK, OK, Lussan. Alors si vous étiez le prédateur, vous iriez où pour croquer votre proie ? L'endroit le plus...

– J'ai compris, ne vous fatiguez pas. Si notre loup veut tuer le maximum de brebis, il ira là où il y en a le plus, pardi. Et le plus, c'est là-bas, au pied du parvis, où commence à arriver la procession aux flambeaux.

13

Bilal regardait sa montre toutes les deux minutes. Le temps semblait s'écouler si lentement. Il sentait la transpiration couler dans son dos. Sa veste et le sac à dos lui donnaient chaud, autant que le stress qu'il ressentait, seul dans cette foule immense. Un instant, il eut peur que sa chemise, trempée de sueur, ne dérègle le mécanisme. Il portait la mort et personne ne s'en doutait. Arrivé assez en avance, il avait hésité puis il s'était rapproché du parvis. Le rideau distendu des jeunes chargés de sanctuariser la zone interdite, au centre, l'avait laissé passer.

Bilal était allé s'adosser à la rampe de droite, sur la première marche du parvis. De là, face à lui, il pouvait voir arriver la procession. Derrière lui, des hommes religieux en aube ou en chasuble commençaient à s'aligner. D'autres marchaient en tête des groupes puis venaient se ranger à leur tour. Certains portaient de drôles de chapeaux et tenaient des bâtons au bout recourbé. Bilal s'était placé entre les premiers rangs des malades et l'estrade où se tenaient les évêques qui présidaient cette procession mariale.

La plupart des gens autour de lui portaient un cierge entouré d'une collerette en papier. Il se sentait un peu idiot et surtout très seul, sans cierge, dans cette foule de croyants qui croissait sans cesse et semblait communier dans la lumière des flambeaux, les prières et les chants. Des rangs serrés de pèlerins arrivaient du fond de l'esplanade, précédés par des fauteuils roulants et des chariots pour handicapés. Fasciné, Bilal regardait le ballet des hospitaliers qui manœuvraient les chariots d'une main sûre avant de les aligner au cordeau. Ils mettaient les freins, disaient un mot gentil aux malades et repartaient pour accueillir les suivants qui ne cessaient d'arriver.

Des hospitalières en foulard blanc et bleu et en baskets blanches passaient ensuite entre les rangs, légères et vives, même les dames d'un certain âge. Il voyait les caresses à ceux qui restaient allongés, les gobelets d'eau, les plaisanteries, les baisers déposés sur des fronts. Bilal avait pris ces filles en uniforme pour des infirmières mais elles étaient trop nombreuses. Un groupe de ces filles rieuses se rapprocha de lui après avoir parqué leurs malades. Elles plaisantaient. Il osa leur demander si elles étaient infirmières ou médecins. Elles rirent de plus belle. Bilal s'excusa. Il comprit : « Des hospitalières, volontaires pendant leurs vacances pour venir s'occuper des autres. » Elles avaient son âge. Il les trouva belles et vivantes, ce qui le troubla. Ces filles pleines de vie et d'amour, étaient-elles, elles aussi, des ennemies du Prophète ?

La foule l'empêchait maintenant de bien voir le parvis. Il regarda de nouveau sa montre : 21 h 49. Les chants redoublaient. Tout l'espace devant la basilique était rempli par les fauteuils et les chariots. Une foule de plus en plus compacte occupait les abords. Bilal se retourna vers l'esplanade. Au-dessus de la foule, une sorte de cage dorée se balançait au rythme de la marche. De nouveau, il se déplaça pour mieux voir. C'était une grande statue de la Vierge portée sur un brancard de procession par quatre solides jeunes hommes. La statue couronnée, entourée de bouquets de fleurs jaunes à ses pieds était éclairée de l'intérieur. Les petits projecteurs fixés au dais la nimbaient d'une lumière d'or. « C'est beau. » Bilal admirait cette apparition, fasciné par cette Dame blanche que le léger mouvement de la marche donné par les porteurs semblait animer. Il remarqua aussi un religieux en soutane qui portait une sorte de fanal devant le cortège.

Autour de lui, les gens se signaient, priaient et chantaient. Ils déposèrent la statue en haut des marches, sur un socle, au milieu du parvis. Des jeunes venus du porche de l'église s'avancèrent, en arc de cercle. Ils portaient de grandes torches. Bilal réussit à se hisser sur une marche plus haute, en s'adossant à la pierre. Il voyait mieux la statue, les groupes de jeunes, l'alignement des malades. Certains étaient très attentifs, d'autres dormaient. Plus loin, adossés aux fresques du porche dans un alignement rigoureux, d'autres religieux, en noir, en rouge, en violet. Il comprit qu'il s'agissait des autorités. Certains, les plus âgés, portaient des vêtements cousus d'or et de grandes croix pectorales que la lumière des projecteurs faisait briller.

Bilal fut surpris par la beauté des mosaïques de la façade. Il devina une scène de banquet, un baptême. Étonné, il vit un palmier au-dessus d'une porte, sur la droite. Plus loin, sur la gauche de l'entrée, un pauvre vêtu d'une peau de bête. Il ne reconnut pas les noces de Cana ou le baptême du Christ ni saint Jean-Baptiste, mais il fut frappé par la taille et surtout par l'allure des personnages représentés sur les mosaïques. L'esthétique stylisée choisie par l'artiste était austère, fascinante. Ce style oriental un peu triste parlait à sa sensibilité arabe, enfouie sous son identité française. Un homme barbu et sa femme voilée au centre des fresques lui rappelèrent une photo de ses grands-parents, au bled, d'où venaient ses aïeux.

À cet instant, il entendit des mots dans la langue de ses parents. Les haut-parleurs venaient de lancer une prière en arabe. Il releva la tête. Une nouvelle fois troublé, il cherchait qui parlait. Qui osait utiliser la langue du Prophète pour parler à des mécréants ? Les chrétiens pouvaient être arabes. Il le savait. Ceux-là disaient qu'ils lisaient, eux aussi, des textes sacrés. Un mot de Rachid lui revint en mémoire : « La Bible est une œuvre humaine. Elle ne vaut rien. Le Coran, notre saint Coran, est au contraire dicté par Dieu, le Tout-Puissant. »

Il écouta la prière en arabe de ces chrétiens qu'il combattait. Elle était belle, envoûtante, aussi prenante que les sourates que récitait Rachid. Elle lui parlait sans qu'il en comprenne le sens.

« Bilal, écoute ce que le Très-Haut nous enseigne dans la sourate 3, lui disait aussi Rachid : «Vous formez la meilleure communauté suscitée pour les hommes : vous ordonnez ce qui est convenable, vous interdisez ce qui est blâmable, vous croyez en Dieu. »

Pourquoi douterait-il, aujourd'hui, alors qu'il allait accomplir son djihad personnel, dont la gloire rejaillirait sur sa famille ? Autour de lui, des gens semblaient réciter ensemble cette prière en arabe. Il en fut étonné. Il comprit qu'ils disaient la même prière, mais dans leur propre langue, unis à ceux qui la récitaient dans une langue étrangère. Le rythme et le tempo étaient les mêmes. Étonné, Bilal comprit que la langue arabe, si belle, pouvait réunir tant de croyants dans la même prière. Il en fut presque heureux mais troublé. Il fut soudain pris d'un léger vertige, saturé par tant d'émotions inattendues.

14

Le capitaine Payolle voyait le temps filer trop vite. Partie à 21 heures précises derrière un flot de bannières, la procession finissait de déverser les groupes de pèlerins, valides et malades, sur le parvis de la basilique Notre-Dame du Rosaire. Un mince rideau de scouts et de guides canalisait les flux, aidés par des volontaires chevronnés de l'Hospitalité Notre-Dame de Lourdes, héritiers des célèbres brancardiers d'autrefois. À pas lents, les Hospitalités et les pèlerinages diocésains représentés ce soir-là marquaient régulièrement des temps d'arrêt consacrés aux chants, aux *Ave Maria*, aux chapelets et aux intentions de prière énoncées dans les six langues officielles du Sanctuaire de Lourdes. La longue chenille humaine éclairée par les milliers de cierges et de flambeaux s'étirait tout au long de l'esplanade en forme d'hippodrome. Des milliers de personnes, pèlerins isolés ou simples badauds venus en touristes, s'étaient aussi massées sur les côtés pour regarder et photographier ce long serpent lumineux d'où montaient les chants. Certains chantaient en chœur avec la foule des croyants.

La procession marchait d'abord plein est, vers la porte Saint-Michel, fermée pour l'occasion. Elle revenait ensuite vers l'Ouest, face aux basiliques, en contournant le calvaire des Bretons, une sorte de dolmen chrétien en pierre grise. Ce monument avait été offert en 1900 par d'autres croyants à la foi de granit, les fidèles des diocèses de Rennes, Quimper, Vannes et Saint-Brieuc. Chaque pèlerin levait alors la tête, instinctivement, pour garder en mémoire ce moment si particulier de son pèlerinage, pour admirer la perspective de cette croix de douze mètres de haut dressée dans le crépuscule orangé, et regarder vers l'arrière ces milliers de marcheurs pour la vie.

Dans la pénombre qui gagnait l'esplanade, les plus attentifs pouvaient lire une phrase écrite en trois langues sur le socle : « De son cœur jailliront des fleuves d'eau vive. » Une allusion directe à Longinus, soldat, martyr et saint, statufié avec Marie et saint Jean sur ce calvaire breton. Oublié de tous, ce légionnaire romain avait percé le cœur du Christ sur la croix, avant de se convertir. Mort en martyr, saint Longin était devenu un puissant symbole d'espérance dans une logique de mort.

Arrivés sur le parvis de Notre-Dame du Rosaire, dont les mosaïques dorées ruisselaient de lumière, les malades et les handicapés étaient pris en main par les hospitaliers chargés de la régulation. Le capitaine Payolle observa un moment leurs gestes, précis, énergiques, réglés au millimètre. En quelques poignées de secondes, les centaines de chariots et de fauteuils se retrouvaient parfaitement alignés devant les marches de la basilique, les roues calées. Des hospitalières de permanence circulaient au milieu des rangs pour servir à boire, relever une couverture, rallumer ou éteindre un cierge. Il fallait rassurer aussi les plus craintifs, ceux que ce rassemblement tellement inhabituel effrayait.

Cette masse humaine compacte et presque immobile concentrait à cet endroit plusieurs milliers de personnes. Payolle voyait les hospitaliers et hospitalières dans leur tenue bleue pour les hommes, blanches pour les femmes. Des milliers de spectateurs les entouraient sur les côtés, serrés derrière des cordes que tenaient des groupes de jeunes scouts. Il voyait mal le reste de la foule caché sous les platanes. La nuit tombait. Après 22 heures, ce serait trop tard. À ses côtés, Lussan continuait à scruter la procession. Il tira Payolle par la manche.

– Mon capitaine, ce n'est pas là qu'il faut se mettre. Ici, on est de biais, on ne voit pas tout, c'est impossible. Si le gus veut taper, c'est là-bas. Il faut aller sur le parvis, face à la foule, pour l'avoir en visuel, de face, comme sur un grand écran.

C'était l'évidence. Ils foncèrent vers le parvis, écartèrent des scouts d'Europe qui voulaient les arrêter.

– Laissez-nous passer, les jeunes, on est de la maison.

À la vue de l'émetteur radio et du polo bleu ciel des agents de sécurité du Sanctuaire, on leur ouvrit le passage. Les deux hommes débouchèrent sur le parvis au moment où passait la statue de la Vierge portée sur le brancard de procession. Le capitaine fut saisi par l'ampleur de la foule. Un léger désespoir le gagna. Comment faire pour retrouver le suspect au milieu de ces milliers de corps et de visages.

Il eut l'impression qu'une marée humaine se mouvait au pied de Notre-Dame du Rosaire, une mer de visages et de cierges, d'où montaient des chants graves et mélodieux. L'image lui rappela sa première visite de sécurité au Sanctuaire. Benoît Cestas lui avait rappelé qu'au temps de Bernadette Soubirous, cet immense espace aujourd'hui goudronné était une prairie humide, plantée de peupliers. Un canal faisait tourner le moulin de Savy, ce canal sommaire que Bernadette et deux autres fillettes avaient traversé, le 11 février 1858, en ramassant du bois.

« C'est là, près du rocher entouré d'eau boueuse, que la petite sentit un étrange coup de vent "sans que les arbres ne bougent", lui avait raconté Cestas. Si on est chrétien, on date de ce jour-là la première des dix-huit apparitions. »

Payolle balaya du regard la vaste esplanade envahie par la foule. La lumière baissait à vue d'œil. Sous les puissants projecteurs du Sanctuaire les mosaïques de la façade scintillaient de mille feux. Le jour déclinant donnait aux flambeaux le premier rôle. Devant les marches, un immense tapis de lucioles mouvantes marquait la présence des centaines de malades et de handicapés, bien alignés dans leurs fauteuils. Tout autour, une haie profonde de cierges ceinturait la scénographie nocturne.

Le capitaine leva les yeux, ébloui par le spectacle. Se pouvait-il que le suspect soit monté sur la grande terrasse surplombant l'esplanade? Impossible et idiot. La foule était massée surtout en bas, malgré la présence de centaines de fidèles répartis sur les deux immenses rampes entourant le parvis du Rosaire. Leurs cierges allumés formaient un long serpent lumineux, agité par des bannières et des drapeaux de toutes les couleurs. Dans la nuit, les longues rampes de pierre grise de cette église à ciel ouvert prirent la forme de bras lumineux ramenant les fidèles vers la basilique, les bras d'une mère rassemblant ses enfants.

– C'est beau hein, mon capitaine !

La voix rocailleuse de Bruno Lussan tira un instant Payolle de son observation méthodique de la foule. Sans répondre, il continua de scruter le parvis, ses abords, les escaliers, l'environnement immédiat de la statue de la Vierge, droite et blanche sous son dais éclairé. La beauté de la cérémonie et la profondeur de tout ce que représentait Lourdes, « capitale mondiale de la prière », le renforcèrent dans sa détermination. Il se devait d'intercepter et de neutraliser au plus tôt ces pèlerins du diable cachés dans la foule des fidèles. Il fallait stopper la folie meurtrière qui s'apprêtait à frapper, sans doute à quelques mètres de lui. Il devait le faire pour son pays et pour les millions de gens venus prier ici, de l'étranger, depuis des décennies.

Le capitaine décida de se rapprocher de la scène. Non sans mal, il parvint à fendre les rangs de la foule et monta la dizaine de marches qui menaient au parvis. Il se souvint à cet instant d'une phrase prononcée par le commandant Cabana à son arrivée au commissariat de Lourdes, pour l'initier à ses méthodes et à son goût du latin : « *Sursum corda*, Payolle. Élevons notre cœur ! Recherchez les choses d'en haut. Attention, ce n'est pas moi qui vous le dis. C'est saint Paul. »

15

Rachid Bouraoui démarra lentement pour quitter la rue de Gascogne, sans cesser d'observer les rares voitures garées derrière son Vito. Par précaution, il décida de ne pas rejoindre directement son objectif, situé route de Pau, à deux cents mètres à vol d'oiseau de son parking. Il prit à droite la rue de Bretagne et roula sur deux cent cinquante mètres, à vitesse réduite, vitre ouverte. La rue était déserte. Les habitants étaient chez eux, c'était l'heure de l'apéritif-barbecue. Au carrefour de la rue de Bourgogne, il sentit une forte odeur de grillades.

Au bout de la rue, il prit à gauche pour revenir lentement vers la route de Pau, sur le chemin Lannedarre qui conduisait à l'avenue Antoine-Beguere. Un groupe d'hommes et de femmes discutant avec animation devant la résidence l'Acacia le mit en alerte. Il les dépassa et regarda aussitôt dans son rétroviseur. Personne n'avait fait attention à lui. À cette heure, un Vito Mercedes blanc passait totalement inaperçu. Le passage à niveau ouvrant sur la route de Pau était ouvert.

La circulation était fluide, dans les deux sens. Bouraoui continua à rouler à vitesse modérée. Il lui faudrait accélérer après le couvent Beth Mariam, au numéro 62 de la route de Pau. Sur la gauche, derrière un rideau d'arbres, il aperçut la grande prairie verte du Sanctuaire puis le portillon d'accès pour les piétons, face à l'entrée du couvent. C'est là que se tenait le gardien. Il n'y en avait pas devant les deux portails repérés discrètement les jours précédents. L'accès le plus éloigné sur la route de Pau, face au Salus Infirmorum, donnait accès au grand parking des autocars, récemment refait. Le portail était plus récent. La grille coulissante était en barres d'acier d'un seul tenant, renforcée au milieu, arrimée à des poteaux en béton. Elle serait sans doute difficile à forcer. Donnant directement sur la route, elle ne permettait pas de prendre de l'élan.

L'autre entrée, juste après Beth Mariam, était au contraire en léger retrait de la route sur la gauche, ce qui permettait de lancer un véhicule à pleine vitesse avant de virer sèchement. Formé de deux vantaux de tôle fermés par le milieu, ce portail à battants semblait plus vulnérable. Il s'ouvrait vers l'intérieur, un facteur favorable en cas de percussion extérieure. Bouraoui avait choisi le Vito pour l'enfoncer. L'accélération sur une cinquantaine de mètres serait suffisante. Les deux tonnes du Mercedes lancées à soixante ou soixante-dix kilomètres-heure devaient pouvoir défoncer sans problème ce vieux portail, dont les gonds accrochés aux piliers étaient en partie rouillés. Aucune chaîne de sécurité ne renforçait le montant central du portail ou la serrure. Le choc serait brutal. Les serviettes de toilette qui avaient servi à emmailloter les explosifs et rembourrer les sacs de sport devaient amortir l'impact.

21 h 55 au cadran de bord. Dès le franchissement du passage piétons du 62 route de Pau, Bouraoui accéléra.

– *Allahou Akbar ! Allahou Akbar !*

Libéré par ce cri de guerre, il écrasa l'accélérateur. Les cent quatorze chevaux du Vito le propulsèrent sèchement vers l'avant. Il fallait cinq secondes pour atteindre les cinquante kilomètres-heure et virer en même temps vers le centre du portail, en visant sa partie la plus fragile. La grille explosa en ralentissant à peine le véhicule. Arraché et propulsé sous les roues, le vantail gauche fit tanguer brutalement le Vito. L'autre vantail rebondit sur le flanc droit, arrachant le rétroviseur et les deux enjoliveurs. Les deux vitres latérales explosèrent.

Le chemin goudronné qui s'ouvrait devant Bouraoui conduisait en pente douce vers le gave. À peine ralenti par la destruction du portail, il put accélérer de nouveau pour foncer vers la Tente de la Rencontre, immense structure blanche vers laquelle convergeaient toutes les voies de l'immense prairie, verte et lisse comme un parcours de golf. La vue du grand vaisseau de pierre grise que dessinait la basilique de l'Immaculée Conception, érigée sur le rocher de Massabielle, le galvanisa. « Le temple des idolâtres », pensa-t-il une seconde avant de se reconcentrer sur sa conduite. Il devait ensuite fortement ralentir avant d'atteindre le gave pour éviter la passerelle trop étroite qui menait aux piscines du Sanctuaire. Juste avant, dans les derniers mètres, il fallait freiner et virer à quatre-vingt-dix degrés sur la gauche, en direction du nouveau pont, juste avant la zone des brûloirs. Inondé de sueur, électrisé par la violence de l'effraction du portail parfaitement maîtrisée,

il hurla de nouveau ce qui pouvait le soulager, l'encourager et légitimer son action :
– *Allahou Akbar! Allahou Akbar!*

Une jeune hospitalière aux joues rouges de chaleur passait dans les rangs pour donner à boire aux malades. Elle remonta deux marches et, soudain, s'arrêta devant Bilal. Manon chassa les deux ou trois mèches échappées de son bonnet blanc. Elle resta face à lui et sourit à ce grand jeune homme brun, qu'elle trouva maigre et très pâle. Bilal comprit qu'elle lui disait quelque chose. Il n'entendait pas. Son cerveau devenu cotonneux ne lui obéissait plus tout à fait. Il s'en voulut, se trouva idiot. Il étouffait, se sentait vaciller, les jambes un peu molles. La fille lui tendit un gobelet d'eau fraîche. Il le prit sans réfléchir, mécaniquement, et but, sans penser à remercier. Il se toucha le front. Il ruisselait de sueur. Ses mains étaient moites. Ce n'était pas la peur mais autre chose. Il ne cessait de se le répéter mais n'en était pas si sûr.

L'hospitalière s'éloigna vers les rangées de malades et de handicapés. Elle s'arrêta devant un fauteuil et parla à un homme avec une casquette de travers qui voulait porter un harmonica à sa bouche. La fille l'en empêcha en riant. Ils échangèrent des mots, un sourire et le malade souleva sa casquette. L'hospitalière rejoignit ensuite un long chariot bleu parqué en bordure de la rangée, tout près des arbres qui bordaient les grandes arches de la rampe. Le chariot était en réalité une couchette posée sur quatre roues. Bilal vit un grand jeune homme emmailloté dans une couverture tricotée constituée d'une multitude de carrés de laine multicolores.

– Mes chers frères et sœurs, bon pèlerinage et bonne nuit…

Les cloches sonnèrent 22 heures au moment où l'archevêque de Bordeaux donnait le signal de la fin de la procession. Au micro, la phrase était reprise dans toutes les autres langues. Hyperattentif à tout ce qui se passait autour de lui, Bilal n'entendit pas. Il pensait à trop de choses en même temps : cette marée de malades et de handicapés à ses pieds, les hospitaliers, les flambeaux éclairant des visages apaisés et recueillis, cette fille aux joues rouges qui donnait à boire aux autres, ce mécanisme de mort qu'il portait sur son torse et dans son dos, sa vie qui allait s'achever au milieu de tant de beauté et de foi. Il ne comprenait plus ce qu'il faisait là.

– … dans un geste de paix et d'amitié devant la Grotte, en silence…

L'orateur continuait de traduire. C'était en arabe. Les mots familiers secouèrent Bilal. Il leva les yeux. Dans son axe, de nouveau cette hospitalière. Elle se penchait sur le malade allongé et lui rafraîchissait la figure avec une lingette. Une autre fille, plus petite, coiffée d'un bonnet bleu, la suivait. Elle portait un lourd jerrycan d'eau. Une autre tenait des gobelets en plastique. L'hospitalière en coiffe blanche en prit un et donna délicatement à boire au malade totalement immobile. Bilal eut envie lui aussi de cette fraîcheur, de cette attention. De l'eau, peut-être. Une caresse, un sourire, sûrement. Ce dont il avait tant manqué. C'était maintenant trop tard. Il eut envie de pleurer et se détourna au moment exact où la jeune hospitalière relevait la tête.

Manon vit aussitôt le sac à dos bordeaux et les pompons orientaux. Son sac. Elle allait crier quand les milliers de martinets noirs qui s'endormaient dans les arbres s'envolèrent en même temps dans un bruit assourdissant. Surpris, tous les pèlerins levèrent les yeux. La masse virevoltante des oiseaux dessinait d'immenses vagues sombres dans le ciel qui virait à l'encre violette. Leurs cris stridents résonnaient sur les rampes et les façades des basiliques. Ils couvrirent pendant quelques secondes les hurlements de la foule.

16

Le Vito dérapa sur quelques mètres en amorçant le virage vers le pont des Brûloirs offrant un accès direct à la Grotte. Bouraoui reprit le contrôle et accéléra. Des gens crièrent en agitant les bras. D'autres restaient figés en fixant la voiture. Le djihadiste vit un jeune prêtre en aube blanche, entouré d'enfants portant des foulards rouges. Assis sur la pelouse, ils se levèrent tous ensemble, se regroupant autour de leur aumônier. Pour Rachid Bouraoui, enfants ou religieux, personne ne méritait d'être épargné. Tous étaient des cibles, des ennemis d'Allah ou des complices des impies.

Comme le recommandait le Livre saint, lu tant de fois, en prison ou sous la tente, dans les tranchées comme dans son appartement de Lourdes, il était là en messager de la Vérité pour jeter l'effroi dans les rangs des infidèles. Le verset 5 de la sourate 9 était la parole dictée au Prophète par Allah : « Quand les mois sacrés seront expirés, tuez les idolâtres quelque part que vous les trouviez ! Prenez-les ! Assiégez-les ! Dressez pour eux des embuscades ! »

Il n'y avait qu'un Dieu unique mais les chrétiens impies ne renonçaient pas à leur blasphème, cette invention d'un

Dieu en trois parties. Les versets du saint Coran commandant le bon traitement envers les non-croyants avaient été utilisés pour contourner et affaiblir la foi, détourner la jeunesse vers le péché. Le verset 73 de la sourate 5 résonnait encore dans sa tête comme une mission à accomplir, un devoir sacré, son djihad personnel : « S'ils ne renoncent pas à ce qu'ils disent, un terrible châtiment atteindra ceux d'entre eux qui sont incrédules. »

Bouraoui freina brutalement puis accéléra de nouveau pour s'engager sur le pont, assez large pour deux voitures. La camionnette tangua sur quelques mètres mais il réussit à la maintenir dans l'axe. Il ne fallait pas s'arrêter pour passer aussi vite que possible rive gauche d'où des cris lui parvenaient. Des pèlerins sans doute en retard se hâtaient pour rejoindre la procession sur le point de s'achever. Bouraoui fonça tout droit. Le Vito heurta violemment un fauteuil roulant poussé par une vieille dame. Le malade handicapé fut éjecté. Sa tête percuta la rambarde de bois clair, en laissant une large trace de sang. L'homme rebondit sur le treillage d'acier du garde-fou et s'affaissa lourdement sur le tablier du pont, sans un cri. Au débouché, près des fontaines, trois jeunes gens tentèrent de s'agripper aux poignées de porte, de chaque côté du véhicule. Ils ne purent rien faire. La vitesse fit céder leur bras et les fit tournoyer sur eux-mêmes. Ils roulèrent au sol, comme des toupies devenues folles.

Bouraoui dut ralentir pour négocier le virage à quatre-vingt-dix degrés juste après la sortie du pont. Il entendit des coups sourds sur l'arrière du Vito. Des gens tapaient pour ouvrir et cherchaient à l'arrêter. Il ne put contrôler un nouveau dérapage. L'arrière se déporta violemment vers le trottoir bordant le bosquet de bouleaux et d'érables plantés après les grandes inondations de 2013. Un des jeunes arbres plia puis se détendit brutalement, renvoyant le Vito vers la rambarde d'acier qui longeait le gave. Récemment refaite et consolidée après 2013, elle résista au choc. Une poubelle en bois explosa sous l'impact. Bouraoui avait calé. Secoué par le demi-tête-à-queue, il mit deux secondes à reprendre ses esprits, cherchant la clef de contact.

Au moment où il redémarrait, il sentit qu'on le tirait par le bras et au cou. Par la vitre restée ouverte, un homme cherchait à l'immobiliser, à s'emparer de la clef de contact. Un autre tentait de casser la vitre du côté passager. Sans lâcher le volant, Bouraoui saisit son couteau resté ouvert, posé à sa droite sur le siège avant. Il porta un coup violent sur l'avant-bras de son agresseur. L'homme poussa un hurlement et recula vivement en arrière. Bouraoui emballa de nouveau le moteur et reprit sa course folle. Il fonça tout droit vers l'esplanade, percutant d'autres pèlerins en prière debout devant la grotte. Il fallait rester sur l'allée dégagée, du côté gauche pour éviter le bosquet central où une trentaine d'arbres récemment plantés formaient une sorte de chicane difficilement franchissable. Quelques personnes se plaquèrent le long de la rambarde de sécurité, d'autres sautèrent dans le gave. Au bruit du moteur lancé à fond répondaient les cris affolés des gens, frôlés par la mort et témoins horrifiés de cette irruption sauvage.

Arnaud Payolle et Bruno Lussan s'étaient postés au pied du grand escalier à gauche du porche, sous la statue de Saint-Pierre. De là, ils dominaient légèrement la foule et n'étaient plus gênés par les arbres. La nuit était désormais tombée et il fallait dévisager les pèlerins à la lumière des cierges.

– Lussan, observez la partie gauche du parvis ! Limite gauche, la rangée de platanes. Limite droite, l'allée centrale au milieu des malades. Je prends la partie droite. Il faut le trouver, ce mec.

– Je crois que si on le trouve, mon capitaine, ce sera un miracle.

– Si ce n'est pas le cas, c'est à désespérer de tout. D'abord on le trouve. Ensuite, on ira faire une prière à la Grotte.

Payolle se retint d'ajouter « si on est encore en vie ». Ils commencèrent à vérifier méthodiquement les rangées de pèlerins. Les collerettes des cierges masquaient certains visages. Ils devaient se déplacer pour mieux observer. Lussan pestait :

– Mon capitaine, on ne voit pas assez d'où on est. Il faut que j'aille de l'autre côté. J'y vais.

– OK, Lussan. Ça permettra de croiser les angles de vues.

Bruno Lussan s'éloigna. Son polo bleu ciel d'agent de sécurité lui permit d'écarter les gens, de longer les marches devant le parvis puis de rejoindre la partie droite. Il fit un signe amical au jeune chapelain aligné avec les évêques français et étrangers qui présidaient la cérémonie. Lussan le connaissait bien car ils avaient fait ensemble quelques randonnées en montagne. Ce curé chargé du service de la liturgie dans les basiliques et à la Grotte était un bon sportif. Arrivé de Normandie deux ans plus tôt, il avait découvert les Pyrénées dont il était tombé amoureux. Intrigué par l'air préoccupé du vigile, le chapelain regarda Lussan se frayer un passage au pied du podium. D'habitude rieur et placide, Bruno Lussan semblait étonnamment concentré sur sa mission. Il le suivit des yeux et le vit se poster sur les premières marches de la rampe de droite.

Les chants et les prières montaient dans la nuit, saturant l'espace de l'esplanade, mais Bruno Lussan perçut autre chose. Comme une stridence. Il crut entendre les cris perçants du ballet habituel des martinets. Ils volaient toujours en groupe très bruyants quelques minutes avant la tombée du jour. Il le savait mais il les avait vus disparaître pour la nuit. Son instinct de chasseur en alerte, il tourna la tête légèrement à droite et à gauche pour mieux écouter, sans cesser de scruter la foule. L'ancien gendarme comprit aussitôt : des cris humains affolés, des hurlements de femmes, en provenance du bord du gave, vers la Grotte. En même temps, il entendit monter le grondement d'un moteur poussé à fond. Les cris se rapprochaient, le moteur aussi.

Bruno Lussan chercha du regard le capitaine Payolle. Il le vit, sur la plus haute marche du parvis, l'émetteur à l'oreille. Le policier parlait et regardait vers la rampe où se tenait le vigile. Lussan lui fit de grands signes, comme un sémaphore devenu fou. Payolle comprit, leva le bras pour lui confirmer qu'il l'avait vu. Il remonta à grandes enjambées les cinquante mètres qui le séparaient de la rampe et du vigile. Il n'avait aucun moyen radio de le joindre pour lui donner l'information terrible : le PC de sécurité venait de l'informer de l'intrusion d'une voiture à hauteur du portail central donnant sur la route de Pau. Sans doute un véhicule-suicide. Le garde avait eu le temps de prévenir que le Mercedes Vito fonçait vers la Grotte et l'esplanade après avoir franchi le pont des Brûloirs. Payolle vit le vigile refermer son poing à hauteur du col puis s'élancer vers le bas des marches. Au même moment, prévenus par un mystérieux signal de la nature, des milliers de martinets s'envolèrent dans une stridence assourdissante.

Payolle tourna la tête vers l'arche centrale. Le véhicule suspect faisait irruption sur l'esplanade en plein milieu de la foule. Une jeune hospitalière, debout au milieu d'un rang de malades, s'était dressée et pointait le bras vers le mur de soutènement des arches. Elle criait quelque chose. Et tout s'éteignit.

17

Bouraoui savait que le passage le plus difficile allait être à hauteur du vieux pont qui conduisait à l'Accueil Notre-Dame : foncer entre les derniers arbres et l'arche principale qui ouvrait sur le parvis de Notre-Dame du Rosaire. Le passage était étroit. Il ne fallait plus ralentir. Le Vito s'était engouffré sous l'arc de pierre, bousculant et écrasant les pèlerins qui assistaient à la fin de la cérémonie. Il laissa derrière lui des gens fracassés et des cris de douleur. Ralenti par les corps heurtés, Bouraoui déboucha sur l'esplanade. Il savait qu'il devait tourner sèchement à droite pour aller faire exploser le Vito au pied des marches, au milieu de la foule, mais il ne le contrôlait plus. Le véhicule tanguait sans réagir. Une des roues devait être crevée. Son coup de volant trop tardif ne l'empêcha pas d'aller percuter le premier arbre sur sa route. La voiture rebondit et alla finir sa course quelques mètres plus loin, ouvrant un sillage sanglant dans les premières rangées de malades qui s'apprêtaient à rejoindre les dortoirs.

Bruno Lussan n'avait hésité qu'un très bref instant. Attendre les renforts ou y aller tout de suite, mais seul. Il saisit dans son poing la médaille miraculeuse qu'il portait autour du cou. Il l'avait fait bénir à la Grotte vingt ans auparavant pour son premier jour d'embauche. « J'ai compris. C'est là. C'est maintenant... », se dit-il. Il dévala les marches au moment où surgissait la camionnette blanche de Bouraoui. Il eut le temps de voir le Vito percuter un arbre, rebondir et finir sa course comme un obus dans les premières rangées des malades. La voiture-kamikaze était à moins de dix mètres de lui.

Le Vito cala net dans un chaos de fauteuils et de chariots, de roues, de bâches, de couvertures et de corps disloqués. La collision brutale déclencha l'ouverture des coussins gonflables. À bout de souffle, presque aveuglé par le flot de sueur âcre qui brûlait ses yeux depuis de longues minutes, Bouraoui eut du mal à se dégager de son airbag. Il en lacéra la toile avec son couteau. Il perdit du temps. Lussan arracha la portière droite, déverrouillée par le choc. Il se rua à l'intérieur, de toutes ses dernières forces, comme il le faisait naguère dans les mêlées ouvertes, à la grande époque du Stade Lourdais.

Bouraoui s'était penché sur le siège passager pour enclencher les boutons-poussoirs reliés aux sacs de sport. Surpris par l'assaut brutal de Lussan, il marqua un léger recul. L'homme trapu aux cheveux gris, la mâchoire serrée, s'écrasa sur lui de toute sa masse en couvrant de son corps le premier sac d'explosifs. Bouraoui n'eut pas le temps ni la force de le repousser. Sous le choc, il lâcha l'un des deux boutons-poussoirs, celui relié au plus gros sac posé sur le plancher arrière. Sa dernière vision fut la médaille dorée que le mécréant portait sur son polo bleu ciel. Elle se balança une fraction de seconde sous ses yeux hallucinés. Le doux profil de la Vierge accompagna Rachid Bouraoui et Bruno Lussan dans leur dernier voyage.

L'explosion souleva le Vito dans un fracas métallique assourdissant. Une puissante onde de choc balaya l'esplanade, renversant tout sur son passage. Le souffle brûlant fit éclater une grande partie des mosaïques de la façade, mises en place depuis dix ans à peine à l'occasion du Jubilé de 2008. Installée au bas de la rampe, juste avant la guerre de 1914, la statue de saint Rémi, l'évêque qui baptisa Clovis, vacilla sur son socle. La colombe blanche aux ailes déployées en suspension au-dessus de sa main droite sembla prendre une fois pour toutes son envol, soufflée vers la cime des arbres. Le malheureux saint Rémi s'écrasa de toute sa hauteur sur l'esplanade. L'autre statue monumentale, celle de saint Martin, le soldat devenu saint, résista à la tempête. Ses bras paternels restèrent largement ouverts.

Un lourd silence se fit, figeant la marée des pèlerins dans l'horreur et la douleur. Sidérés, les yeux au ciel, les vivants regardèrent l'étrange pluie de feuilles brûlées qui commençait à se répandre sur le chaos et les corps enchevêtrés. Plus aucun arbre ne portait de feuilles. Tous étaient dénudés, comme au cœur de l'hiver.

Projeté au sol, assourdi et couvert de débris, la figure constellée de microprojections de graviers et d'éclats de métal, le capitaine Payolle se releva. Il regarda autour de lui et se demanda combien de temps il était resté inconscient. Les chariots et les fauteuils des malades avaient fait une sorte d'écran protecteur derrière lequel commençaient à émerger les rescapés, hagards, désemparés. Il vit accourir au loin Benoît Cestas et trois de ses vigiles. Des médecins en blouse blanche arrivaient aussi du grand bâtiment abritant le poste de secours et le bureau médical du Sanctuaire. Une première équipe de la Croix-Rouge s'affairait déjà auprès des blessés. Les deux premières civières étaient déployées. Il en faudrait plus tard beaucoup d'autres. Des couvertures recouvraient les corps sans vie.

Le capitaine sut aussitôt que Bruno Lussan ne reviendrait pas. Il l'avait vu se précipiter vers la voiture juste avant l'explosion. Il fut pris d'une nausée soudaine et chercha de l'air. Il inspira profondément mais sa gorge le brûlait. Il eut l'impression que des langues de feu léchaient son visage. Un jerrycan renversé au sol contenait encore assez d'eau. Il but et s'aspergea le visage. Autour de lui, certains bénévoles s'approchaient des malades dont beaucoup gémissaient. Payolle vit surtout des femmes, actives, déterminées. Les autres restaient hébétés, figés, sans savoir quoi faire. Parmi eux, beaucoup d'hommes, les bras ballants, choqués ou paralysés par leur impuissance. Crosse en main, la chasuble déchirée, un évêque au profil aquilin passait au milieu des pèlerins. Il parlait, bénissait, réconfortait. Payolle reconnut l'évêque du diocèse de Tarbes-Lourdes, le pasteur dont on venait de décimer le troupeau.

Un attroupement se formait sur le parvis, devant l'entrée de Notre-Dame du Rosaire. Payolle eut un mauvais pressentiment, sans arriver à déterminer clairement ce qui le gênait. Il s'approcha. Le responsable des chapelains s'était agenouillé, les mains jointes. Il saignait de l'oreille et du cou. De minuscules taches rouges parsemaient son aube blanche. Il priait. D'autres religieux l'imitèrent. Des pèlerins se joignirent à eux, à genoux ou assis. En quelques secondes, ils furent plus d'une centaine en prière. Puis beaucoup plus. Ceux qui se sentaient inutiles auprès des blessés, désormais très entourés, s'approchaient. La plupart priaient à l'unisson du chapelain. Certains pleuraient, d'autres restaient prostrés, le visage douloureux, les yeux fermés sur les images atroces qui venaient d'endeuiller cette procession.

Payolle écouta sa radio. Elle annonçait l'annulation du feu d'artifice et l'arrivée de renforts de police. Des équipes médicales convergeaient de partout. Il fallait organiser le dispositif et aménager des voies d'évacuation pour les ambulances. Une partie de l'esplanade devait être évacuée pour installer le centre de traitement d'urgence au plus près des blessés. Le capitaine réfléchissait à toute vitesse. Un élément important lui échappait. Il ne savait pas lequel. Bousculé par l'onde de choc, son cerveau ne lui livrait pas encore la bonne information. Il se força à refaire le court film des évènements, juste avant l'explosion.

Tout s'éclaira soudain, alors que le groupe des priants lançait un nouveau chapelet. Il comprit. Bruno Lussan et lui recherchaient un suspect porteur d'un sac à dos volé, vêtu d'une veste épaisse, peut-être explosive. Ils ne l'avaient pas retrouvé. Était-ce une fausse piste ? La dernière image avant l'attentat lui revint : cette jeune hospitalière terrifiée qui criait quelque chose en désignant le parvis. Qu'avait-elle vu, que voulait-elle montrer ou dire ?

18

Projetée à terre et recouverte par deux chariots renversés, Manon eut du mal à se relever. Les longues barres de conduite des chariots l'avaient durement heurtée. Tout son corps était endolori et elle dut faire un gros effort pour reprendre ses esprits. Elle entendait des gémissements, des cris de douleur, des prières. Tout lui semblait évoluer au ralenti, en sourdine. Elle n'entendait plus bien, la peau lui brûlait. Elle avait très soif. La bouche trop sèche, elle fut incapable de parler ou d'appeler au secours. Manon décida de se libérer elle-même de l'enchevêtrement d'acier. En émergeant, elle vit le chaos qu'éclairaient les derniers projecteurs encore en service. L'un d'eux clignotait dans la nuit, rendant encore plus inquiétante la scène de désolation. Les gyrophares des premières ambulances lançaient une lumière bleutée glaçante sur les abords.

Manon pensa à l'eau qu'elle était en train de donner aux malades. Sébastien ne devait pas être loin. Elle repéra son lit à quelques mètres d'elle, à peine incliné. Elle le vit, toujours solidement sanglé sur son matelas. Deux fauteuils l'avaient bloqué dans sa chute. Leurs occupantes étaient étendues au sol. L'une d'elles gémissait. Mais Sébastien était là, tout près d'elle. Manon se fraya un passage pour le rejoindre au plus vite. C'est lui qu'elle devait d'abord secourir, « son » malade. En se rapprochant, elle retrouva le sourire. Sébastien la regardait venir, les yeux grands ouverts, son éternel sourire confiant accroché à sa bouche tordue. Elle se précipita sans pouvoir lui dire un seul mot. Elle en était incapable, muette d'émotion. Elle l'enlaça pour le câliner et le rassurer. « Il a chaud le pauvre... Il est tout mouillé. Il transpire. Quelle peur pour lui. »

Sébastien ne bougeait pas. Il n'exprimait rien. Elle desserra un peu son étreinte et le regarda bien en face. Il souriait toujours, comme d'habitude, aux autres et au ciel.

– On ne va pas se quitter, hein Séb...

Manon l'observa un peu mieux. Il souriait mais ne bavait plus. Elle retira délicatement ses bras de son dos. Ils étaient trempés. Elle regarda ses mains, les manches de sa blouse et gémit.

– Non, non... Non... Non... Pas ça. Pas toi, Sébastien, pas toi mon ami. Mon pauvre ami. Non, non, je ne veux pas... Mon Dieu, mon Dieu... Au secours, au secours...

Elle leva les bras vers le ciel. Un sang épais les enveloppait. Elle sentit le liquide chaud et visqueux s'insinuer à l'intérieur de ses manches, couler le long de ses avant-bras. Le sang de son ami. Elle se pencha et regarda mieux le dos de Sébastien, ce corps raide et pourtant vivant dont elle avait tant pris soin depuis le début de ce pèlerinage. Un éclat d'acier grand comme une main lui avait labouré le dos, brisant net la colonne vertébrale. Sébastien était mort foudroyé, le regard tourné vers la flèche de l'Immaculée

Conception, confiant en tout ce qui pouvait lui arriver, la vie comme la mort, tant il était dépendant des autres.

Le médecin urgentiste qui s'approcha de Manon lui confirma que tout était fini.

– Mort sur le coup...

Il recouvrit Sébastien de la couverture de laine dans laquelle son hospitalière l'avait bordé une heure avant à peine, au début de la procession. Un secouriste accompagna la jeune fille à la tente de la Croix Rouge. Elle but, prit deux morceaux de sucre et se nettoya les bras et les mains. Elle décida de rester sur l'esplanade non loin de Sébastien, pour ne pas le quitter tout de suite. Sa blouse blanche resterait rouge de sang pendant encore de longues heures, jusqu'au petit matin.

Manon n'arrivait plus à pleurer. À prier non plus. Elle regarda la grande statue de la Vierge couronnée et, au loin, le château de Lourdes, dont les murailles inutiles éclairaient la nuit. La colère, la révolte et une sourde violence la submergeaient. Le mal et la haine l'avaient rattrapée, elle et son ami Sébastien, dans ce lieu de paix, d'échanges, de prières. C'était injuste. Elle revécut les derniers instants avant l'explosion. Sébastien qui lui souriait en bavant, la lingette humide sur son visage pour le rafraîchir et ces cris venus du gave...

Elle se leva d'un bond, se rappelant soudain avoir aperçu l'homme qui portait son sac à dos, son voleur. Manon reporta aussitôt sur lui toute la violence née en elle depuis quelques minutes. Le voleur était adossé au mur de la rampe droite. Était-il lui aussi blessé ? Il s'était peut-être enfui. Elle retraversa l'esplanade à grands pas.

La marche et l'air renouvelé lui firent du bien. Des gens priaient sur le parvis. D'autres personnes étaient allongées tout autour. Certains étaient adossés aux murs. Les mosaïques détruites sur la façade formaient une lèpre de taches sombres, de part et d'autre du grand portail. Il restait assez de projecteurs pour éclairer la scène. Elle repéra Bilal accroupi, prostré, apparemment indemne, à l'endroit même où il était posté quelques minutes plus tôt. Il n'avait pas bougé.

Protégé par le mur de soutènement de la rampe droite, Bilal avait échappé au souffle et au choc de l'explosion. La violence de l'évènement le laissait sidéré. Il n'avait pas combattu, juste vu des scènes de guerre sur YouTube. Il s'en était repu pendant des soirées entières, avec leurs séquences d'exécutions sanglantes, admirant les techniques d'égorgement utilisées par les frères. Il appréciait particulièrement les voitures piégées qui explosaient au passage des convois de l'armée américaine en Afghanistan ou des forces syriennes du tyran Assad. Les chants martiaux et la musique militaire islamiste qui accompagnaient ces scènes de boucherie l'exaltaient. C'était du cinéma et il avait rêvé, lui aussi, de participer à cette épopée, d'avoir son nom inscrit dans la légende des martyrs. Rachid et Karim lui avaient promis que ce serait le cas et que l'honneur de son sang versé retomberait sur sa famille, pour des générations.

« Tu ne seras plus un rouage qui ne sert à rien dans cette société, dans cette vie de merde, Bilal. Tu ne seras plus un objet perdu dont tout le monde se fout. »

Il aimait les écouter parler, tracer son avenir, ouvrir de belles perspectives pour lui et les siens. Ils le rassuraient.

« Tu choisiras ton destin et tu trouveras les réponses à toutes tes questions. Tu ne seras pas un soldat des hommes mais un soldat de Dieu. Tu deviendras un frère, sous le regard du Seigneur. Sois le bienvenu parmi nous. »

Ces mots l'avaient galvanisé. Coincé maintenant contre le haut mur gris, tout avait changé. Bilal était désemparé. L'explosion monstrueuse, les corps démembrés et mutilés des handicapés broyés dans leur fauteuil, les blessés gémissant étalés devant le parvis l'avaient profondément choqué. Il avait vu, à dix mètres de lui, le corps d'une de ces jeunes filles en bonnet bleu qui apportaient de l'eau aux malades. Son bonnet arraché par le souffle avait libéré une belle chevelure brune, comme celle de sa sœur Khadidja. Dessous, la figure de la fille avait été transformée en bouillie sanglante. Fasciné, il l'avait regardée jusqu'à ce qu'un vieux monsieur en chemise bleu clair recouvre délicatement le cadavre d'une couverture.

Ce qu'il voyait était loin des images vidéo de ses longues nuits devant Internet. La violence et la guerre n'étaient pas ce qu'il croyait. C'était la souffrance de ceux qui gémissaient à deux pas de lui, les corps vivants et soudain broyés, les vies fracassées. Ces gens-là étaient-ils vraiment des ennemis ? Ils ne portaient pas d'armes. Ils étaient jeunes comme lui. Il les avait vus prier, chanter, dans toutes les langues et même en arabe. Il revoyait ces jeunes filles caresser les malades, leur apporter de l'eau, comme le juste doit le faire à des gens perdus dans le désert. Où était la justice ?

Bilal leva la tête. De nouveau, des fidèles priaient leur Dieu, à genoux ou accroupis sur les dalles du parvis. Il pensa à la mosquée, à ses frères. Ils avaient les mêmes attitudes, les mêmes gestes, la même piété. Karim, Rachid et Driss étaient eux aussi des croyants. Ils avaient versé le sang des autres pour le Seigneur, parce que « les autres » étaient les ennemis d'Allah. Mais l'étaient-ils vraiment, ces croyants emportés dans la mort ou brisés par la souffrance, à deux pas de lui, dont la dignité et la prière l'impressionnaient ?

Il vit une personne se lever du chaos métallique et humain échoué devant les marches du parvis. C'était une hospitalière, sans bonnet, les cheveux répandus sur ses épaules. Il la reconnut : celle qui lui avait donné à boire. Très pâle, Manon avançait lentement vers lui en contournant les corps, avec précaution. Il vit sa blouse et ses manches couvertes de sang. Il fut soulagé de la savoir en vie. Elle, au moins, avait échappé à la vengeance de ses frères. Il se redressa, toussa et regarda de nouveau autour de lui. L'éclat intermittent des gyrophares bleus, le ballet des sauveteurs en blouse blanche et des volontaires en tenue orange le ramenèrent à la réalité. Plus loin, des policiers en nombre et des militaires en tenue camouflée délimitaient des couloirs de circulation. D'abord regroupée sur les côtés, la foule des valides voulait passer du côté du gave. Bilal les vit converger vers les arches, par centaines. Il entendait leurs appels, des recommandations, leurs certitudes s'affirmer dans cette nuit de mort.

– À la Grotte ! Tous à la Grotte ! Allons prier…

19

Manon remarqua que son voleur de sac se levait. Elle ne voyait pas son regard dans la semi-pénombre du mur auquel il était adossé mais il l'avait sans doute remarquée. Elle se sentait sans force pour crier et l'interpeller. Elle avançait pourtant vers lui avec une détermination que rien ne pouvait arrêter. Bilal ne savait plus quelle attitude adopter. Il aurait dû se rapprocher d'un groupe, de préférence des policiers ou des militaires, mais il se sentait incapable de marcher. Il se mit à trembler et ouvrit lentement sa veste explosive.

Hésitant sur la conduite à tenir, l'oreille collée à sa radio qui continuait de cracher des informations et des ordres, le capitaine Payolle avait lui aussi vu la jeune fille se lever et marcher vers le parvis. C'est elle qui avait crié en levant le bras, juste avant l'explosion. Quasiment seule à être debout à cet endroit, elle l'intrigua. Il la suivit des yeux tout en se rapprochant lentement d'elle. Elle zigzaguait entre les obstacles, sans l'ombre d'une hésitation. Dans quel but ? Il tenta de comprendre ce qu'elle voulait faire et regarda en direction du parvis. Allait-elle rejoindre le groupe de prière agenouillé ? Un détail le retint soudain en regardant le mur. Une silhouette assez grande se détachait. Il se rapprocha un peu plus. L'homme fit un pas un avant. Jeune, brun, il portait une grosse veste multipoches noire. Sur les épaules, les bretelles sombres d'un sac à dos. C'était Bilal Yousfi, le suspect qu'il avait tant recherché avec l'aide du pauvre Bruno Lussan.

« Ne pas courir, se dit aussitôt Payolle. Ne pas inquiéter ou provoquer trop tôt le suspect. Ne pas affoler la foule encore nombreuse autour de lui. » Sans quitter l'homme des yeux, il percevait en parallèle la marche d'approche de la jeune hospitalière. Il décida de continuer à avancer tout en gardant son pistolet au poing, caché dans la poche de son blouson. Il émit un bref appel sur la radio, en chuchotant, mais suffisamment fort pour être entendu sur le réseau. Ses collègues prendraient leurs dispositions.

– Ici Payolle, au pied du parvis. Suspect en visuel devant. Armé, dangereux. Veste explosive probable. Suis à vingt mètres, en approche.

Le commissaire par intérim répondit aussitôt.

– Ne bougez pas ! Pas d'initiative. Une équipe BRI[1] se déploie. On a deux TE[2] en position sur la terrasse du Centre d'information. Ne bougez pas, putain de merde !

– Quoi ? Le mec peut tout faire sauter et il faudrait attendre ! Négatif, patron.

Payolle se tourna vers la droite, portant son regard vers le fond de l'esplanade. Le PC de crise se trouvait dans le

1. Brigade de recherche et d'intervention de la police nationale.

2. Tireur d'élite.

Centre d'accueil et d'information. Les tireurs devaient être en position sur le toit du bâtiment ou sur l'annexe à droite. C'était le meilleur endroit pour surveiller le parvis, les façades et les rampes des basiliques. Étaient-ils vraiment en place ? Que pouvaient-ils voir à deux cents mètres dans cette semi-pénombre ? Payolle coupa la radio. Il fallait avancer, comprendre, agir.

Bilal fit un autre pas en avant. Le capitaine le vit esquisser un geste lent vers sa veste.

– Mon Dieu, non. Non, pas ça !

Payolle anticipa l'horreur. À cette distance, il serait pulvérisé, l'hospitalière et le groupe de prière aussi. Parmi eux, il avait aperçu l'archevêque de Bordeaux, le recteur du Sanctuaire et le sympathique directeur des chapelains. Il connaissait les ravages de ce genre de veste explosive. Un nouveau carnage. C'était donc cela la tactique choisie par cette cellule djihadiste. Un premier massacre et, dans la foulée, une deuxième opération suicide pour anéantir les équipes de secours et les autorités accourues sur les lieux. Il connaissait la quantité d'explosifs volée à la carrière du Soum. Il y avait de quoi faire sauter une partie du Sanctuaire.

Une force irrésistible le poussait pourtant à aller encore vers l'avant. Payolle vit alors Bilal défaire un à un les boutons de sa veste. À cette distance, il ne pouvait pas tirer. C'était trop risqué. Bilal avança de un ou deux pas vers le centre du parvis. Il fallait lui parler tout de suite, le retenir au centre, sous les projecteurs, pour en faire une cible parfaite dans le viseur des tireurs d'élite. La jeune fille allait rejoindre Bilal. Elle lui dit quelque chose, masquant le djihadiste pendant deux secondes. Payolle fit un brusque écart sur le côté et eut juste le temps de voir la main droite de Bilal ressortir de dessous la veste. Avait-il amorcé quelque chose ?

– Mademoiselle, n'avancez plus. Police, reculez, reculez !

Manon se retourna, surprise.

– Il m'a volé mon sac. Ce type est…

Payolle l'interrompit sèchement. L'ordre claqua :

– Je sais. À terre, tout de suite, couchez-vous !

L'irruption du policier en civil avait pris de court Bilal. Il ne l'avait pas vu venir mais sa décision était prise. Les choses étaient désormais claires en lui. Il avait cessé de trembler. Il regarda le brassard orange et le bras tendu vers lui, prolongé par un pistolet tenu fermement. Il entendit la voix ferme s'adresser à lui pendant que la fille aux cheveux défaits s'allongeait au sol, à trois mètres de lui. Pour elle aussi, le cauchemar allait s'achever.

– Ne bouge plus, lève les mains ! C'est terminé pour toi.

Bilal esquissa un drôle de sourire. Payolle ne quittait plus ses mains des yeux. Le moindre geste et c'était fini. Il repensa à Fanny, son lieutenant, retrouvée égorgée par un de ces types sur un parking. Peut-être que l'assassin aussi souriait en enfonçant sa lame dans la gorge de son adjointe. Il pensa à Cabana, son patron, toujours entre la vie et la mort. À ces dizaines de malades et de handicapés, d'hospitaliers et de bénévoles, fauchés autour de lui. Ils avaient frappé les plus faibles et les moins dangereux de la société. Au nom de quelle foi ? Il revit la blouse ensanglantée de Manon, sa détermination et son courage. Tout cela valait la peine d'être défendu même au sacrifice de sa vie. Un bref instant, il pensa aussi à Sarah, à ses filles. Elles comprendraient. Comment continuer à vivre si l'on renonçait à protéger les siens ? Il mourrait aussi pour elles, pour leur avenir. C'était trop tard.

– Lève les mains, je te dis ! À genoux.

Sourd à cet ordre, Bilal fit encore un pas en avant comme s'il voulait entrer dans la basilique du Rosaire. Il regarda la porte sur la droite, celle qu'il voulait franchir. Le palmier vert et marron en mosaïque lui parut encore plus beau de près, mis en valeur dans sa voûte de pierres grises. Il lut l'inscription écrite en bleu sur ces mosaïques dorées comme une promesse du paradis : « Porte de la Vie. » Il se retourna vers le policier, le sourire aux lèvres, libéré, et lui dit tout en ouvrant largement sa veste :

– C'est fini. J'ai plus rien. Je…

Trois détonations coupèrent net sa phrase. Bilal venait de faire le geste de trop, celui que redoutait Payolle. À six mètres, deux des balles atteignirent le djihadiste en plein cœur. Tirée trop haut, la troisième fit exploser un fragment de mosaïque bleue de l'inscription au-dessus de la porte. Des policiers se ruèrent vers le parvis. La radio grésillait dans sa poche. Payolle resta debout, le pistolet tenu à deux mains, ramassé sur lui-même, sous le choc de ce tir instinctif pour tuer. C'était la première fois qu'il tirait sur un homme. Il s'attendait à l'explosion du kamikaze et avait décidé de mourir debout. Il vit Bilal s'affaisser lentement, plier les genoux. Ses deux bras s'élevèrent de part et d'autre de sa tête, comme s'il allait prier une dernière fois. Son buste bascula sur le côté.

Étonné, le capitaine rengaina son pistolet et se précipita vers le corps inerte sous lequel grandissait une large flaque de sang. Il ouvrit lentement la veste, largement. Il nota les deux impacts sur le haut du torse. Il vit les charges explosives, encore en place, fixées avec des bandes de chatterton noir. Il en compta une douzaine, bien alignées dans les poches intérieures. Il observa les fils multicolores. Dessus et dessous les alvéoles chargés d'explosifs, ceux-ci pendaient, arrachés par grappes. Plus aucun n'était relié aux charges.

Victime d'une hémorragie foudroyante, le jeune homme agonisa en quelques secondes à peine. Sa main droite jusque-là fermée se détendit et s'ouvrit. Le bouton-poussoir orange qu'il serrait dans son poing depuis une heure roula sur les dalles de marbre. Le fil du déclencheur était là aussi, arraché. Bilal avait tout neutralisé, de lui-même, au moment où il avait vu Manon arriver vers lui. Ensuite, il avait choisi de se diriger vers la Porte de la Vie.

20

Arnaud Payolle resta un long moment accroupi et pensif, à quelques pas du cadavre. Ses collègues avaient aussitôt établi un périmètre de sécurité et recouvert le corps d'un drap. Le médecin légiste devait attendre les démineurs avant de commencer ses constatations. Il aperçut la jeune hospitalière sur laquelle se penchait une policière. Elle ne voulait pas partir. Pas tout de suite. Payolle s'approcha et lui sourit.

– Il faudra récupérer votre sac à dos... Il a une histoire, maintenant.

– Je ne voulais pas tout ça.

– Je sais bien. Vous n'y êtes pour rien. Moi non plus, vous savez, je ne voulais pas tout ça. Moi non plus... J'ai tué ce jeune en pensant éliminer un djihadiste. C'est une tragédie. Ce pèlerin du diable est mort en choisissant la vie. Il avait réfléchi. Trop tard...

Manon regardait fixement le drap blanc recouvrant le corps du terroriste. En était-il encore un au moment de sa mort ? « À Lourdes, grâce à Bernadette, la boue devint source d'eau claire... » Elle se souvint d'une phrase de saint Paul, lue quelques jours plus tôt dans son livret du pèlerinage : « Nul n'est à l'abri d'être sauvé… On peut faire crédit jusqu'au dernier moment. L'amour fait confiance en tout, il espère tout, il endure tout. » Elle regarda Payolle, assis sur le banc à côté d'elle. Le policier la rassurait. Il avait utilisé son arme pour elle et pour tous ceux qui étaient autour. Manon lui mit la main sur le bras.

– Merci. Si on est chrétien…

– Je le suis, la coupa doucement Payolle.

– Alors si on est chrétien, il faudrait pouvoir pardonner tout le mal qu'ils nous ont fait. Je pardonnerai, un jour. Pas maintenant. Non, pas maintenant. Un jour. Peut-être…

Arnaud Payolle et Manon Pradier s'avancèrent sur le parvis. Une activité intense régnait sur l'esplanade. Des groupes électrogènes ronronnaient dans la nuit. Manon revit Louise, un peu plus loin. Elle n'était pas blessée, juste choquée, comme tous les rescapés. Les deux amies s'étaient longuement enlacées après l'explosion, incapables de prononcer une parole. Louise était en pleurs. Elle s'était ensuite excusée d'avoir entraîné Manon à Lourdes. Le portable vibra une nouvelle fois. Manon écouta le message. Sa mère était inquiète : « Manon, tout va bien ? Pourquoi ne m'appelles-tu pas ? Rassure-moi. » Elle fronça les sourcils et soupira. Que dire à ses parents ? Qu'allait-elle raconter, aujourd'hui ou demain ? L'horreur et le désespoir absolus peuvent-ils se raconter à ceux qui ne les ont pas connus ? Elle tapa son texto-réponse à toute vitesse, d'une frappe rageuse avec ses deux pouces : *C'est toi qui me disais que Beyrouth était trop dangereux ?* Elle conclut avec une émoticône montrant un singe goguenard. Elle s'en voulut aussitôt de sa colère et de sa désinvolture provocatrice.

Le capitaine et l'hospitalière s'approchèrent d'un groupe toujours en prière. Le chapelain parlait à voix basse, de l'offense, du deuil, du pardon. Il lança un chapelet, repris avec gravité par la centaine de personnes présentes. Un officier de police s'approcha avec douceur pour leur dire qu'il fallait maintenant évacuer le parvis afin de permettre aux secours et à l'identité judiciaire de travailler plus facilement.

– Oui, monsieur l'agent. Avant de nous séparer, je propose un dernier *Ave Maria*, à cet endroit où la mort a frappé.

Quand le chant s'arrêta, tous se levèrent. Ils entendirent un son étrange sortir de la nuit, à quelques mètres d'eux, au bas des marches du parvis. Comme un naufragé rejeté par un océan de débris, enfoncé dans un des derniers fauteuils roulants encore sur ses roues, Guy semblait le dernier rescapé d'un tsunami. La casquette de travers, les lunettes éclatées par l'explosion, il s'accrochait à son harmonica. La bouche tordue, le corps lourdement affaissé sur le côté, il soufflait dans l'instrument, avec force et sérieux. Tous le regardèrent, sidérés. Guy sortait un son faux, incompréhensible. Il s'y reprit à trois fois, obstiné comme toujours. Il trouva enfin le ton juste. Ils reconnurent les premières notes de *La Marseillaise*.

Après quelques secondes d'hésitation, une hospitalière au tablier rosi par le sang de ses malades lança les premiers mots de l'hymne, aussitôt repris en chœur par tous. Sur le parvis, sur l'esplanade, sous les arbres, dans la lumière ou dans la pénombre, des malades et des handicapés se redressèrent, au côté de leurs hospitaliers. Des policiers et des sauveteurs au travail levèrent la tête et rectifièrent leur position. Vigilants, étonnés et très émus, les jeunes soldats de Sentinelle esquissèrent un garde-à-vous timide. Les centaines de pèlerins en prière au même moment devant la Grotte entendirent aussi le chant. Le chapelain qui présidait au recueillement arrêta sa lecture. Spontanément, tous entonnèrent *La Marseillaise*, sans quitter des yeux la statue de la Vierge au regard doux.

Collection
TERRITOIRES

Jean ANGLADE
Une vie en rouge et bleu
Le Dernier de la paroisse
Le Choix d'Auguste
Le Sculpteur de nuages
Les Cousins Belloc
Le Grand Dérangement

Sylvie ANNE
Le Gantier de Jourgnac
La Maison du feuillardier

Sylvie BARON
Un été à Rochegonde
Les Ruchers de la colère
L'Auberge du pont de Tréboul
L'Héritière des Fajoux
Rendez-vous à Belinay
Terminus Garabit

Jean-François BAZIN
Les Raisins bleus
Le Clos des Monts-Luisants
Le Vin de Bonne-Espérance
Les Compagnons du grand flot
Le Maître de la lumière

Henriette BERNIER
Le Baron des champs

Jean-Baptiste BESTER
L'Homme de la Clarée
Plus près des anges
Les Amants de Sainte-Catherine
Meurtre au pont du Diable

Françoise BOURDON
Le Moulin des Sources
Le Mas des Tilleuls
La Grange de Rochebrune
Retour au pays bleu
Le Fils maudit
Les Sentiers de l'exil
Les roses sont éternelles
Le Maître du Castellar
Le Secret de Belle Epine

Édouard BRASEY
Les Lavandières de Brocéliande
Les Pardons de Locronan
La Sirène d'Ouessant
L'Affaire Cabre d'or
Le Domaine des oliviers
Les Fils du patriarche

Patrick BREUZÉ
Les Remèdes de nos campagnes
La Valse des nuages
L'Étoile immobile
Mon fils va venir me chercher
La Montagne pour refuge

Nathalie de BROC
La Vallée des ambitions

La Robe pourpre

Michel CAFFIER
Corne de brume
La Paille et l'Osier
Les Étincelles de l'espoir

Anne COURTILLÉ
La Tentation d'Isabeau
Le Gaucher du diable
Les Damoiselles de Clermont

Annie DEGROOTE
Les Racines du temps
D'infinies promesses

Jérôme DELIRY
Une rivière trop tranquille
L'Héritage de Terrefondrée
La Maraude

Raphaël DELPARD
L'Enfant sans étoile
Pour l'amour de ma terre
L'enfant qui parlait avec les nuages
Le Courage de Louise

Alain DUBOS
La Mémoire du vent
La Corne de Dieu
Le Dernier Combat du Dr Cassagne

Élise FISCHER
Les Noces de Marie-Victoire
Je jouerai encore pour nous
Villa Sourire
L'Étrange Destin de Marie
Le Jardin de Pétronille
Aux Deux Hirondelles
Les Femmes des terres salées
La Promesse du sel
Le Vin de Pâques

Emmanuelle FRIEDMANN
Le Rêveur des Halles
La Dynastie des Chevallier
L'Orphelinat
La Faute des autres

Alain GANDY
Les Cousins de Saintonge

Gérard GEORGES
Une terre pour demain
Le Destin des Renardias
Le Bal des conscrits
Mademoiselle Clarisse
Anatole, fils de personne
La Mésangère

Georges-Patrick GLEIZE
La Fille de la fabrique
Pas plus tard que l'aurore
Le Serment des oliviers
Le Vent de la jeunesse
Quelques pas dans la neige
Les Noisetiers du bout du monde
Les Amants de la cité blanche

Yves JACOB
Sous l'ombre des pommiers
Le Silence de Justine

Guillemette de la BORIE
La dernière héritière

Hélène LEGRAIS
L'Ermitage du soleil
Les Héros perdus de Gabrielle
Les Ailes de la tramontane
La Guerre des cousins Buscail
Les montagnes chantaient la liberté
Ceux du Château, ceux du Moulin

Trois gouttes de sang grenat
Les Anges de Beau-Rivage
Le Bal des poupées

Philippe LEMAIRE
Rue de la Côte-Chaude
L'Enfant des silences
L'Oiseau de passage
La Mélancolie du renard

Alfred LENGLET
Du poison dans les veines
Jeux mortels en hiver
Temps de haine
Cœurs de glace

Éric Le NABOUR
Retour à Tinténiac
La Louve de Lorient
À l'ombre de nos larmes
La Frondeuse
Cécile et les Beaujour

Jean-Paul MALAVAL
L'Or des Borderies
Soleil d'octobre
Les Noces de soie
La Villa des térébinthes
Rendez-vous à Fontbelair
La Folie des Bassompierre
Chronique des Strenquel
La Bastide aux chagrins
Les Sœurs Querelle
Les Larmes de la pinède
La Belle Étrangère
Adélaïde au bord de la falaise
Les Gens de Combeval
La Souveraine en son domaine
Un si joli mariage

Antonin MALROUX
La Promesse des lilas
La Cascade des loups
La Pierre marquée
L'Homme aux ciseaux d'argent
Les prés refleuriront
Fenêtre sur village
Marie des Adrets
L'Espoir de belles aurores
Le Pain de paille
Le Cœur de mon père

Jean-Luc MOUSSET
L'Enfant des labours
Le Secret de Neige

Nicole PROVENCE
Le Secret d'Aiglantine

Joël RAGUÉNÈS
La Maîtresse de Ker-Huella
La Dame de Roz Avel
La Sirène du port
Les Trois Saisons de la vie
L'Or du lin
Les Vies de Jeanne
Pêcheurs du bout du monde

Florence ROCHE
La Terre des Falgères
L'École du lac
La Réfugiée du domaine

Geneviève SENGER
La Maison Vogel
L'Enfant de la Cerisaie
La Dynastie des Weber
Les Jumeaux du val d'amour
La Promesse de Rose
Les Bellanger
La Dame des Genêts

Jean Siccardi
La Source de saint Germain
Le Maître du diamant noir
L'Ivresse des anges
L'Auberge du gué
Gaston des vignes

Bernard Simonay
L'Or du Solognot
Le Marais des ombres
Meurtres d'outre-tombe

Jean-Michel Thibaux
L'Olivier du Diable
Le Maître des Bastides
Le Rappel du tambour

Katia Valère
Après la nuit vient l'aube

Brigitte Varel
Le Secret des pierres

Louis-Olivier Vitté
La Guérisseuse de Peyreforte
Là où coule une rivière
Le Secret de Tire-Lune
La Statue engloutie
La Dame des vignes hautes
La Femme qui voulait voir la mer

Colette Vlérick
L'Enfant sur le pont
Un air de liberté
La Nacre des abers
Dans la lumière de Pont-Aven

Pour être régulièrement informé de nos actualités,

REJOIGNEZ LE CLUB DES LECTEURS

CALMANN LÉVY
territoires

Nom .... Prénom ....

Date de naissance ... / ... / ...... Profession ....

Adresse ....

Code postal .... Ville ....

E-mail ....

Dernier livre de la collection que vous avez lu ....

....

Régions qui vous intéressent ....

....

☐ Je souhaite m'inscrire au Club des lecteurs et recevoir des informations de la part des éditions Calmann-Lévy.

Vous pouvez vous inscrire par e-mail à l'adresse

commercial@calmann-levy.fr

ou en retournant ce coupon à

Calmann-Lévy Territoires
21, rue du Montparnasse
CS 10636 – 75298 Paris cedex 06

Retrouvez
Calmann-Lévy Territoires
sur Facebook

Conformément à la législation, vous pouvez exercer vos droits d'accès, de rectification, d'opposition, de portabilité, ou encore définir des directives post mortem par e-mail à commercial@calmann-levy.fr ou en nous écrivant à Calmann-Lévy Territoires - 21, rue du Montparnasse - CS 10636 – 75298 Paris cedex 06.
Pour plus d'informations sur vos droits et sur le traitement de vos données, consultez notre charte de confidentialité sur www.calmann-levy.fr.

Photocomposition Belle Page

Achevé d'imprimer en août 2019
par CPI BUSSIÈRE (18200 Saint-Amand-Montrond)
pour le compte des Éditions Calmann-Lévy
21, rue du Montparnasse, 75006 Paris

N° d'éditeur : 7921490/01
N° d'imprimeur : 2046759
Dépôt légal : septembre 2019
Imprimé en France.